LE SILENCE DES REPENTIS

KIMI CUNNINGHAM GRANT

LE SILENCE DES REPENTIS

Traduit de l'anglais (États-Unis)
par Alice Delarbre

BUCHET • CHASTEL

Titre original : *These Silent Woods*
Éditeur original : Minotaur Books

ISBN : 978-2-283-03582-5

Pour papa

« Comme l'oiseau qui erre loin de son nid,
Ainsi est l'homme qui erre loin de son lieu. »

PROVERBES, XXVII, 8

« Je ne me savais pas si grand, si bon,
Je n'avais pas conscience de tout ce trésor en moi. »

WALT WHITMAN,
« Chanson de la piste ouverte », *Feuilles d'herbe*

1

Un truc cloche, je le sens : picotement sur la peau, tiraillement de l'intérieur.

Un rêve, peut-être. Un souvenir. Les deux m'ont apporté leur lot de tristesse. Je fais l'effort d'ouvrir les yeux, une infime lueur grise filtre à travers les rideaux. Le jour n'est pas encore levé. Il y a pourtant assez de lumière pour que je puisse discerner la silhouette recroquevillée dans le petit lit à côté du mien, couverture remontée jusqu'au menton et bien serrée sur ses minuscules jambes. Finch, endormie. En sécurité.

Le sommeil m'attire, musculeux et puissant.

Et pourtant… À l'extérieur de la cabane, un mouvement furtif sous la fenêtre. Un affrontement. Coup sourd, cri d'agonie, détresse.

Debout maintenant, Cooper. Lève-toi.

Je rejette mes draps, m'assieds. Puis j'attrape la lampe frontale pour la fixer sur mon front. Enfin je récupère le Ruger, déjà chargé, sous l'oreiller à côté du mien.

Finch roule vers moi et se redresse. Elle se frotte les yeux.

– Qu'est-ce qui se passe ?

– Reste ici.

Je sors de la chambre sans un bruit. Dans la pièce principale, j'empoigne la pelle qui se trouve à sa place habituelle, contre la porte d'entrée – sa poignée métallique sert à bloquer la béquille. Je fais coulisser le verrou du haut et je retire le crochet du bas ; le battant en bois résiste avec un grincement quand je l'ouvre en grand.

Dehors, il fait toujours noir, le soleil ne va plus tarder, les bois sont gris, peuplés d'arbres aux formes menaçantes : sentinelles sombres, soldats. Après ces nombreuses années, tout me ramène toujours à ça. La guerre.

Je balaie la clairière avec ma lampe, sur le qui-vive. Il ne s'agit probablement que d'un animal, je le sais bien, mais la semaine dernière, à notre réveil, nous en avions perdu une, une grosse poule qui se pavanait comme si elle était la reine de l'enclos. *Pouf !*, envolée. Pas d'excréments ni d'empreintes, rien. Juste un petit trou creusé sous la clôture. Bon. Renards, coyotes, ratons laveurs, martres… En dépit de mes efforts acharnés pour protéger le poulailler, les filles constituent des proies faciles et, selon le temps qu'il m'a fallu pour me lever, elles pourraient bien avoir toutes été massacrées. Toutes, c'est-à-dire nos quatre poules. Dans ce cas on serait vraiment mal, parce qu'on aurait perdu notre unique source de protéines garantie. Et on ne peut pas se permettre de se retrouver dans cette situation à l'approche de janvier et des premières neiges.

Il y a une bête dans l'enclos, je l'entends s'agiter. Un grognement rauque. Je frappe le toit en tôle comme j'en ai l'habitude pour faire sortir les poules lorsqu'elles couvent leurs œufs et ne veulent pas bouger. Le fracas ébranle toute la structure, elle tremble tant que je crains qu'elle s'effondre. La bête détale aussi vite que les poules, dévale la petite rampe sur des pattes un peu flageolantes jusqu'à l'herbe. Je braque ma lampe frontale sur elle et découvre des yeux luisants, d'un jaune-vert menaçant dans l'obscurité. Un raton laveur. Dans sa gueule, une poule inanimée. Tante Lincoln l'aurait traité de petit démon. Aussi futé que méchant. Il montre les dents en grognant et se précipite vers moi d'un air de vouloir me provoquer : « Essaie un peu… »

Je ne me fais pas prier. J'ouvre le portillon et lui assène un bon gros coup de pelle sur la tête, suivi de plusieurs autres, *bam bam bam*, jusqu'à ce qu'il s'écroule, et même lorsque je suis certain qu'il ne lui reste plus la moindre once d'énergie pour se battre, je continue à m'acharner. J'ai bien conscience que c'est cruel en un sens mais parfois cet instinct surgit en moi, sombre et méprisable : il existe, il me constitue, et il lui arrive de se manifester brusquement, sans que je puisse le contenir. La poule remue, toujours prisonnière de la gueule du raton laveur. Je me sers de la pelle pour libérer son cou, et comme elle est, par je ne sais quel miracle, encore en vie, je lui donne à elle aussi un coup, un seul, sur la tête. Assez fort pour secouer sa minuscule cervelle et lui fracasser le crâne. Je m'agenouille et braque le faisceau de ma lampe sur elle. Finch ne sera pas contente d'avoir perdu une de nos filles. Moi non plus, seulement Finch… le prendra plus à cœur.

– Cooper ?

Je sursaute : sa voix dans l'obscurité.

– Je t'avais dit de rester à l'intérieur, ma puce.

Elle a toujours su se déplacer en catimini. Il faut dire que je lui ai appris à le faire. Parce que c'est notre façon de vivre. La plupart des gosses traversent les bois d'un pas bruyant, donnent des coups de pied dans les feuilles, jacassent et effraient tous les animaux à l'exception des grives. Pas Finch. Ce qui est, pour l'essentiel, une bonne chose, puisque nous devons chasser pour nous nourrir et mener une vie discrète, mais il arrive qu'elle me prenne au dépourvu, comme à cet instant, alors que je me croyais seul, sans public pour me voir me livrer à ma sale besogne de semeur de mort.

Elle se tient à côté de moi, une main posée sur mon dos. Elle glisse l'autre sous mon menton et incline ma tête pour éclairer la poule.

– C'est Susanna, dit-elle.

Je l'attire sur mes genoux.

– Tu l'as frappée.

Elle frissonne, elle ne porte que son pyjama, alors qu'on est en décembre et qu'il fait froid, l'herbe scintille de givre. Elle remonte ses pieds nus sur mes genoux.

– Elle souffrait.

Nous avons déjà parlé de l'éthique de la forêt. Nous en faisons l'expérience chaque jour, dans son cas depuis qu'elle est bébé. On ne tue pas pour tuer. Mais on abrège les souffrances dès que c'est possible.

– Elle serait morte à petit feu, étendue là, je n'ai fait qu'écourter son agonie. Je lui ai rendu service.

Finch se dégage pour s'agenouiller par terre et caresser les plumes noir et blanc de Susanna. C'est une Plymouth, gage de qualité pour une gallinacée. De mon côté, je fais des calculs, en priant pour qu'il s'agisse de l'une des poules de trois ans qui ne pondait pas tous les jours. Il faut dire qu'on y tient, à nos œufs. Qu'on a besoin d'eux. En hiver, avec la baisse de la luminosité et les pontes qui s'espacent, on en manque déjà.

Derrière Finch, les bois s'embrasent, puis le soleil s'extirpe de l'horizon pourpre. Les jeunes arbres et les grands pins, le soleil qui étire ses rayons, tout est flamboyant et baigné de lumière, de nouvelles ombres apparaissent, le monde prend vie. Je serre la main de Finch.

– Je ne veux pas la manger, dit-elle en s'essuyant le visage avec la manche de son pyjama.

– Mmh…

Au fond de moi, j'imaginais déjà un dîner d'exception, un poulet à la cocotte. Accompagné de pommes de terre et de carottes de la cave à légumes. Oh, rien qu'à cette pensée…

– Ce ne serait pas bien.

– Ah bon ?

– Cooper.

– Si tu le dis.

– Et est-ce qu'on peut l'enterrer ?

– Bien sûr. Derrière la cabane. Après le petit déjeuner.

Elle se relève d'un bond, et nous observons les deux animaux morts à nos pieds.

– Mais pas le raton laveur, reprend Finch. Lui, je ne veux pas l'enterrer. Il a pris ce qui ne lui appartenait pas. C'était un voleur.

Je voudrais lui expliquer qu'il avait juste faim, pourtant je me tais. Parfois on sait les choses, et on n'a simplement aucune envie de les entendre. Je la comprends. Je charge le raton laveur sur la pelle. Il est gras et lourd, avec une tête aplatie maintenant, ce qui lui donne un air comique.

– Je vais le déposer sur l'autre versant de la butte, tu veux venir ?

Elle secoue la tête. Je vérifie les alentours. La poignée rouge de la pompe à eau. La corde à linge avec ma chemise en flanelle bleue, et deux autres appartenant à Finch, une jaune et une rose. Le tas de bois sous le porche. Les pommiers nains, dont les branches ne sont plus alourdies de fruits. Tout est normal.

– Mets la poêle à chauffer, tu veux ?

Elle hoche la tête et se dirige vers la cabane. Je jette un coup d'œil dans la remise avant de m'éloigner, parce que cet endroit m'a toujours rendu nerveux – il est à l'écart de la maison, quelqu'un pourrait facilement s'y cacher –, et puis il faut dire qu'il y a deux jours, alors qu'on faisait du repérage, Finch et moi, nous avons aperçu des empreintes de pas près de l'un de nos abris de chasse. Trop grandes pour être celles de Finch, et trop petites pour être les miennes. Ce qui signifie que quelqu'un d'autre est venu ici, sur nos terres. Enfin pas les nôtres à proprement parler. Les nôtres au sens où cette parcelle de terrain nous tient lieu de « chez nous ». Il n'y avait pas d'autres indices décelables, et les empreintes étaient à bonne distance de la cabane, mais n'empêche. Des traces de pas.

Finch a 8 ans maintenant. 8 ans et 316 jours. Ce qui fait qu'elle a 3 238 jours – nous avons passé deux années bissextiles ici. Je me demande parfois si d'autres parents tiennent le compte des jours depuis la naissance de leurs enfants, et je parie que non. En tout cas pas comme moi, qui trace au quotidien un trait dans mon carnet. Je me souviens, avant d'en devenir un, de la réaction des pères, à l'épicerie ou au restaurant, quand quelqu'un, la serveuse ou je ne sais qui, voulait connaître l'âge d'un môme. En général, c'était le gosse qui répondait, s'il en était capable. Plus d'une fois, devant moi, le père s'est planté, le rajeunissant d'un an, à croire qu'il avait raté une fête d'anniversaire, et le gamin, ou parfois la mère, l'a repris. Ça ne risque pas de m'arriver. J'ai tenu le compte des jours, et je bénis chacun d'eux, parce que s'il y a bien une chose que j'ai apprise au cours de cette existence, c'est qu'elle peut se terminer brusquement. Je sais, aussi, que ça nous arrivera. Que ça se terminera, je veux dire. D'une façon ou d'une autre, notre vie ici – à Finch, à moi et aux poules, dans cette petite enclave au milieu des bois – ne pourra pas durer éternellement. Mais je n'aime pas y penser.

Je m'enfonce dans les bois sur environ deux cents mètres, jusqu'à l'endroit où le sol se met à descendre. Les arbres sont plus clairsemés, le paysage plus dégagé. Je pousse le raton laveur dans la pente, et il atterrit, avec un bruit sourd, près d'un oléastre à ombelles. Les feuilles de l'arbre frémissent et certaines se détachent, pluie blanche comme une bénédiction. Les charognards ne tarderont pas à le trouver. Vautours, corneilles. Peut-être des coyotes, ou un ours. On a tout ça ici ; parfois les coyotes chantent la nuit.

Sur le chemin du retour, je m'agenouille pour cueillir une poignée de trèfles blancs. Je retire le givre avec mon pouce.

On l'ajoutera aux œufs du matin. Cette plante est riche en protéines, et Finch aime ça.

Dans l'enclos, les poules sont toujours sur les nerfs à cause du raton laveur, elles gloussent et s'ébattent. Ce sont des créatures sensibles, qu'un rien ébouriffe, si vous me passez l'expression. Je leur parle tout bas, d'une voix douce :

– Tranquillisez-vous, les filles. Cooper veille au grain. Je suis sorti dès que j'ai entendu du bruit. Je me suis occupé de cette sale bestiole, elle ne reviendra pas. Allez, du calme.

On n'aura sans doute pas d'œufs aujourd'hui, vu leur stress, mais il nous en reste trois d'hier, dans le bol rouge sur le plan de travail.

À l'intérieur, Finch a sorti la poêle en fonte sur la cuisinière et l'a mise à chauffer. Assise sur le canapé, elle lit un livre.

– Ça va ?

Elle redresse la tête et soudain – flash, souvenir, plaie dévorante. Cindy, la mère de Finch. C'est comme voir une revenante, ce que j'aime et déteste à la fois. Ses cheveux blonds et ses yeux verts, Finch les tient de Cindy, pas de doute possible. Ce qui m'a toujours paru être une forme d'insulte aux probabilités de la génétique : mes cheveux bruns et mes yeux marron auraient dû gagner. Mais il y a aussi sa façon de me regarder, de marcher, orteils tournés vers l'extérieur, d'enrouler des mèches autour de son index. Tout ça lui vient de Cindy. Ses expressions, surtout. Comment Finch peut-elle avoir, être tout cela alors qu'elles ne se sont connues que quatre mois toutes les deux ?

– Je suis un peu fâchée contre toi, dit-elle. Pour ce que tu as fait tout à l'heure.

Elle détourne les yeux.

Je verse une cuillère à café d'huile de colza dans la poêle. Si je la mesure, c'est parce que le rationnement est constant, tout se compte. Demain, 14 décembre, Jake – mon pote de l'armée, le propriétaire de cet endroit – devrait nous ravitailler. Sa visite annuelle constitue le seul événement marquant de notre existence. Et chaque année, à la même période, j'ai des sueurs froides. Je pense aux conséquences s'il ne se pointait pas. Il faudrait diversifier la chasse, peut-être exhumer les pièges dans le grenier de la cabane. Bien plus embêtant, il faudrait sortir et aller chercher des provisions.

Ça pourrait arriver, qu'il ne vienne pas, et je le sais. Cette pensée est tapie en permanence dans un recoin de mon esprit : Finch et moi à l'entrée de l'hiver sans réserves de nourriture suffisantes. La neige qui s'accumule, les routes impraticables. Je prends un œuf dans le bol rouge.

– Je suis désolé pour Susanna.

– C'est juste qu'on aurait pu tenter de la soigner. Elle se serait peut-être remise, si on lui avait laissé un peu de temps. Si tu lui avais donné sa chance.

– Non, Finch. Ce raton laveur lui a rompu les os du cou. Il était tordu, je l'ai bien vu.

Je me détourne de la cuisinière pour la regarder dans les yeux.

– Elle ne serait peut-être pas morte tout de suite, mais elle ne s'en serait jamais remise, ma puce.

– Ben, dit-elle tout bas, je ne vois pas en quoi ça justifie ce que tu as fait.

Je casse deux œufs dans la poêle, les bords blanchissent, grésillent, se soulèvent. Je les saupoudre de trèfle blanc et ajoute une pincée de sel.

– Les choses ne sont pas toujours aussi simples, Finch. Je suis désolé de te l'apprendre, la vie est ainsi.

Elle étend ses jambes pour les poser sur le petit coffre vert qui nous sert de table basse, puis referme son livre d'un geste sec. Elle se dirige vers la bibliothèque dans le coin de la pièce et range le livre à sa place – Finch est une créature d'ordre, elle aime qu'ils soient classés par genre –, avant de pivoter vers moi. Elle approche d'un pas nonchalant, avec une petite moue en coin.

– Mais tu répètes sans arrêt qu'il y a le bien et le mal, et qu'il faut faire le bien, dit-elle en jetant un coup d'œil au contenu de la poêle.

Puis elle me fixe. Ses yeux d'un vert perçant exigent une réponse.

Sauf que. Cette maison composée de deux pièces contient quatre couvertures, une vieille table et une bibliothèque. Elle est équipée d'une bouilloire, une cocotte et une poêle en fonte. D'un évier avec une petite fenêtre qui donne sur la longue route de gravier menant ici. De deux étagères au-dessus de la cuisinière à bois. Dans ce petit monde isolé, rien qu'à nous, il règne une telle simplicité qu'il est difficile d'expliquer la complexité de la vie. La frontière hasardeuse et souvent mouvante entre le bien et le mal. En vérité, Finch se met parfois en quête de réponses que je ne peux tout simplement pas lui donner, non pas parce que je ne le voudrais pas, mais parce qu'il y aurait trop d'explications à lui fournir. Elle n'a jamais rien connu d'autre que cette cabane, et les bois qui l'entourent. C'est la vie que je nous ai choisie. Enfin… on ne peut pas réellement parler de choix, je suppose. Je n'avais pas d'autre solution.

Je me contenterai de dire ça : il arrive que des drames se produisent sans qu'on y soit préparé, qu'on prenne des décisions qui paraissent judicieuses sur le moment, puis plus tard, avec le recul, on aimerait pouvoir les modifier en partie, mais on ne peut plus, et voilà.

Je retourne un œuf et le jaune crépite. Dans une tentative de diversion, je lance :

– Jake ne va pas tarder.

Elle sourit.

– Je sais. Demain.

Je regarde ma montre : une Seiko, automatique. Le plus bel objet que j'aie jamais possédé, cadeau de tante Lincoln pour mon diplôme du secondaire. Trente-trois heures. Peut-être trente-deux, s'il planifie bien son expédition et évite les bouchons. On entendra le moteur en premier : un discret vrombissement parmi les murmures des pins. On verra la camionnette apparaître, son capot argenté luisant au soleil, et les branches qui empiètent sur la route s'écarteront comme un rideau. Il se garera devant la maison, coupera le moteur. Il descendra du véhicule, s'aidant de son bras pour soulever sa mauvaise jambe, grimacera en se hissant sur ses deux pieds. Il prendra appui sur sa canne et sourira de ce large sourire, sa bouche étant la seule partie de son visage à avoir été épargnée par l'explosion.

Finch courra vers lui, jettera ses bras autour de sa taille et manquera de le renverser, et lui rejettera la tête en arrière pour rire avant de souligner combien elle a grandi depuis la dernière fois.

Finch m'aidera à sortir les provisions, à faire des allers-retours. Monter les marches, traverser le perron, entrer dans la cabane. Il y aura un ragoût de chevreuil, nous ouvrirons la porte de la cuisinière à bois pour écouter le feu crépiter et cracher. Une fois que Finch ne pourra plus garder les yeux ouverts, nous nous abandonnerons à la nuit, installés dans le salon ; Jake posera des questions sur l'année écoulée, et moi sur sa santé, et nous rirons, et pendant une semaine tout sera agréable, ou presque.

Jake sera là et tout ira bien.

– Tes cadeaux sont prêts ?

Je connais déjà la réponse : ils le sont depuis des semaines.

– Oui. Un os taillé, des violettes du printemps dernier que j'ai fait sécher.

Elle désigne du menton une pile de papiers sur le plan de travail, avant d'ajouter :

– Et… mon cardinal.

Finch est plutôt douée, et son dessin d'un cardinal perché sur une branche est l'une de ses œuvres les plus réussies.

– Bien. Qu'est-ce que tu dirais d'enterrer Susanna après le petit déjeuner ? Et ensuite on fendra du bois de chauffage pour l'entreposer à l'arrière de la cabane ? La neige va arriver en moins de temps qu'il ne faut pour le dire. Je parierais sur un petit mois, à peine.

Finch relève la tête, les yeux brillants d'excitation.

– Ma luge.

Je partage les œufs en deux, au milieu, puis je remplis nos assiettes.

– Ta luge.

L'an dernier, Jake en a apporté une, mais on n'a pas eu un bel hiver, des semaines et des semaines de grésil et de glace sans une seule chute de bonne neige.

Je prends une pomme dans le saladier et sors mon canif pour la couper. Je pose les assiettes sur la table.

– Petit déjeuner.

Finch se hisse sur sa chaise.

– Je vais fabriquer une croix pour Susanna, on la mettra sur sa tombe.

– Il y a de la ficelle dans la commode.

– Je vais avoir besoin de ma hachette. Et je pourrai utiliser ton canif ?

– Si tu fais très attention.

Finch joue avec l'œuf dans son assiette.

– Tu crois que c'est elle qui l'a pondu ?

Finch et ses questions impossibles. Pourquoi le lichen pousse-t-il sur les arbres dans cette partie de la forêt mais pas ailleurs ? Pourquoi les poules ont-elles les yeux ronds ? Tu crois qu'Emily Dickinson se sentait seule ?

Nous avions quatre poules. Trois, maintenant. Soit vingt-cinq pour cent de chances que cet œuf soit celui de Susanna.

– On peut décider que oui si tu veux.

Finch acquiesce d'un signe de tête et prend une bouchée d'œuf avec sa fourchette.

– Son dernier cadeau.

– Merci, Susanna, dis-je.

– Merci, Susanna.

Après le petit déjeuner, nous ressortons avec la pelle qui a mis fin aux jours de la pauvre Susanna, et qui porte toujours des traces de sang. J'essaie de l'essuyer dans l'herbe, mais il a déjà séché. Nous entreprenons de creuser une petite tombe. J'y dépose délicatement Susanna dans un esprit de recueillement pour faire plaisir à Finch, puis je recouvre son corps de terre, que j'aplanis. Finch récite un poème qu'elle vient d'apprendre par cœur. Tout ça grâce à la bibliothèque de la cabane, pleine à craquer. Certains livres font plus de cinq centimètres d'épaisseur et nous avons largement de quoi lire. Hans Christian Andersen, Walt Whitman, Ovide. Elle a tout lu. Le père de Jake était professeur de littérature, alors j'imagine qu'on peut dire que nous sommes pourvus en matière de vie intellectuelle. Ça me fait sourire parce que c'est le dernier terme qui viendrait à l'esprit de quiconque voudrait décrire l'existence que nous menons ici, à commencer par moi. Finch lit, relit, apprend et mémorise tout, si bien qu'elle est, par exemple, un vrai puits de science sur la *Littérature américaine avant 1900* – c'est le titre du livre qu'elle a dévoré au printemps dernier. Deux mille cinq cent soixante-quatre pages, écrites si petit que j'ai mal au crâne dès que je m'y plonge trop longuement. Bref, je soupçonne que la plupart des enfants de huit ans ne récitent pas du

Emily Dickinson, du Anne Bradstreet ou du Walt Whitman, or c'est ce que Finch fait depuis six mois maintenant.

– « Le plus bel accident de tous est la mort », dit-elle.

Whitman. Croyez-moi, j'adore Whitman, mais enfin ça reste d'une morbidité insoutenable dans la bouche d'une gamine de son âge.

– Susanna, poursuit-elle, tu étais courageuse et belle, et tu nous offrais tes œufs.

– Amen.

– Dis quelques mots, Cooper. Pas juste amen.

Finch ne s'en souvient pas, mais ce n'est pas la première fois que nous nous retrouvons devant une tombe tous les deux et, même s'il s'agit d'enterrer une poule cette fois, je ne peux pas m'empêcher d'y penser. De penser à elle. Cindy, qui, si les choses avaient pris un autre tour, aurait dû être ma femme, qui a failli le devenir. Je tourne mon visage vers le ciel, où brille le soleil à présent, sans un seul nuage, rien que du bleu et la traînée blanche d'un avion, qui traverse lentement l'immensité.

– Susanna, tu étais une bonne poule, et je suis désolé que tu aies dû partir dans ces circonstances, et je m'excuse de t'avoir frappée avec la pelle, même si ça valait mieux qu'une longue agonie douloureuse.

Je coule un regard à Finch, qui serre les paupières de toutes ses forces et qui fronce le nez à mes derniers mots.

– Amen.

– Tu aurais pu écrire un poème, observe-t-elle en plissant les yeux, éblouie par le soleil.

Elle met sa main en visière et me dévisage.

– Un poème, ça aurait été une meilleure façon de lui faire tes adieux.

Je lui ébouriffe les cheveux.

– Allez, je vais fendre du bois.

– Ton canif, s'il te plaît, demande-t-elle en tendant une main vers moi.

Je le sors de ma poche arrière.

– Je vais commencer la croix, ajoute-t-elle.

2

Huit années ici dans la nature et, à l'exception de quelques fouineurs, le seul véritable problème qu'on ait rencontré s'appelle Scotland. Notre voisin en aval, si l'on peut se fier à ses dires, car pour être honnête je n'ai, pour les confirmer, que le filet de fumée qui monte au-dessus de la cime des arbres les jours de froid. Peu après notre arrivée, ses pas l'ont conduit jusqu'à notre cabane, aussi discret qu'un fantôme. Une apparition. C'était en août, et le feuillage des arbres était si épais qu'en installant Finch sur sa couverture pile au bon endroit elle se trouvait à l'ombre – il me suffisait ensuite de la déplacer lorsque le soleil basculait à l'ouest dans le ciel. Elle était bébé à l'époque, elle apprenait tout juste à s'asseoir seule.

– Tu n'es pas Jake, a-t-il lancé.

Il se tenait là, à trois mètres derrière moi. Je vous le dis : je ne l'avais pas vu venir, je n'avais pas entendu une seule feuille bruire, une seule brindille craquer, rien.

Bon. C'est à cet instant précis, à cet endroit, que je l'ai décidé : je ne pouvais plus être Kenny Morrison. Je ne sais pas bien comment j'ai eu cette présence d'esprit, n'ayant pas vu d'autre être humain que Finch depuis plus d'un mois, alors qu'il venait de débarquer et de me prendre tellement au dépourvu que j'avais les idées embrouillées, mais je l'ai eue. Nous vivions sous la tente, parce qu'à cette époque Jake n'était toujours pas au courant de notre présence ici, et ça m'aurait fait tout drôle de m'installer dans sa cabane sans lui en parler auparavant. Je n'avais que deux livres : la bible de tante Lincoln et son manuel sur les oiseaux d'Amérique du Nord, et je suppose que c'est ce qui m'a fait penser aux piafs. J'avais des piafs plein la tête, oui. J'ai choisi ce nom-là, à cause de l'épervier de Cooper. Ceux qui s'y connaissent un peu en oiseaux savent que ce rapace est une créature discrète : il lui arrive d'adopter un vol rasant puis de s'élever brusquement pour franchir un obstacle et surprendre sa proie. Enfin bref, j'ai adopté ce nom depuis, même pour Finch. Elle ne m'a jamais appelé autrement.

– C'est une propriété privée, ai-je répondu.

– Ouais, mais justement pas la tienne, si ?

Sa façon de parler, glaciale et tranchante. De regarder. J'avais l'impression qu'il était capable de voir au-delà des apparences, au fond de moi, comme s'il devinait des choses qui s'y trouvaient encore et dont j'aurais pourtant aimé qu'elles aient disparu.

– Non mais t'es qui, bordel ?

Il a craché sur le côté, et du tabac s'est accroché à son menton. Il s'est essuyé le visage avec sa manche sale.

– J'aime ni ta grossièreté ni le ton de ta voix. Ils sont injustifiés. Je suis Scotland, ton voisin. Je vis par là.

Il a incliné sa tête en direction d'une falaise au sud d'ici, à l'endroit où la rivière commençait à s'incurver. Lorsqu'il s'est tourné sur le côté, j'ai vu qu'il avait un AK-47 en travers du dos. Un AK-47 !

– Tu chasses ? lui ai-je lancé en désignant le fusil d'assaut du menton.

J'ai décidé de jouer les idiots, de faire celui qui n'avait pas reconnu l'arme, pour le convaincre que j'étais juste un abruti de campeur échoué dans les bois. Mais en réalité je me demandais pourquoi il avait besoin d'une arme automatique. Et ce qu'il faisait là. Et comment je réagirais si la situation dégénérait. La réponse, je l'ai vite compris, était simple : j'étais prêt à n'importe quoi. Je n'avais aucune limite parce que j'avais déjà franchi toutes celles qu'on peut imaginer. Le truc, c'est qu'une fois qu'on est passé de l'autre côté, une fois qu'on a fait presque tout ce qu'on s'était toujours juré de ne jamais faire, on perd aussi une forme de confiance, l'assurance qu'on ne recommencera pas.

Il a accueilli ma question d'un rire, un rire de gorge qui tenait du grognement et semblait suggérer qu'il me prenait pour un imbécile, ce qui était exactement mon objectif.

– Ouais, a-t-il dit en découvrant de vilaines dents grises. Pour chasser. Des lapinous.

Je me suis présenté, Cooper, puis j'ai montré Grace Elizabeth.

– C'est Finch[1].

---

1. En anglais, « finch » signifie *petit oiseau*, et entre dans la composition de plusieurs noms, comme « goldfinch » – *chardonneret* – ou « chaffinch » – *pinson. (Toutes les notes sont de la traductrice)*

Quand j'ai prononcé ce nom, elle m'a regardé avec autant d'intensité que s'il s'agissait de son véritable prénom, qu'elle l'avait déjà entendu et qu'il était fait pour elle. Et même si c'était Cindy qui avait baptisé notre fille, elle qui avait feuilleté un gros bouquin en répertoriant au moins dix mille prénoms pour trouver le bon, Finch me paraissait une solution de substitution adaptée aux circonstances.

Il a brièvement hoché la tête.

– C'est pas mal Cooper, mais je crois que je préfère « L'Américain prodigue ».

– Comment ça ?

– Tu m'as entendu, voisin.

Il s'est esclaffé.

Il y avait quelque chose chez ce type, un truc louche, agressif et… quoi ? C'est le mot « éthéré » qui m'est venu à l'esprit. Pas tout à fait réel. Bon, la possibilité qu'il n'existe pas m'a traversé l'esprit, parce que même si ça ne s'était produit que dans les tout premiers temps de mon retour au pays, ça m'était arrivé de voir des gens qui n'étaient pas vraiment là. Mais « éthéré » n'était pas le terme approprié. Bizarre. Perturbant.

Un corbeau s'est envolé d'un pin voisin. Petit, pas encore à sa taille adulte, avec un morceau de fil rouge entortillé autour de la patte. Il est venu voleter près de mon visage comme un moucheron ou un moustique. Il battait des ailes, cherchant à me provoquer. Je l'ai chassé de la main, et d'un claquement de langue Scotland a appelé la créature, qui s'est posée sur son épaule. Il a sorti une miette de pain de la poche de sa chemise, et le corbeau l'a piochée directement dans sa paume, sans mentir.

– Je te présente Crow[1]. C'est sa façon de te dire qu'il ne t'aime pas.

Scotland a fait passer le fusil par-dessus sa tête et l'a déposé par terre. Il n'était pas si grand que ça, moins que moi, et il était maigre, mais il avait l'air rapide, puissant et nerveux, les veines de ses bras étaient épaisses et saillantes. Il était plus vieux que moi, d'une vingtaine d'années peut-être, ou simplement une dizaine. Difficile à dire : il avait l'apparence de quelqu'un qui menait son existence à la dure et son mode de vie avait laissé des traces. Sur son bras droit, il avait un immense tatouage d'une blonde, aux traits détaillés avec une grande précision : yeux, nez, bouche, tout était en couleur. Un autre visage sur le gauche, ainsi qu'un tatouage du corps des marines en dessous, sur l'avant-bras. Un ancien militaire, lui aussi.

Il s'est agenouillé près de la couverture de Finch et a tendu sa main sale vers elle pour passer un index sous son menton.

– Jolie poupée, a-t-il dit avant de se tourner vers moi. « Les enfants sont un héritage de l'éternel. » Psaume 127, 3. Surtout les filles.

Il s'est tu et a levé la tête vers les arbres, une brise s'est levée, les feuilles, lourdes et vertes, ont frissonné au-dessus de nous.

1. En anglais, « crow » signifie *corbeau.*

– La Bible ne parle pas des filles. C'est moi qui ai ajouté cette partie.

Soyons honnête. J'ai envisagé de le tuer sur-le-champ. J'aurais gardé l'AK-47 et on n'aurait jamais revu Scotland. La tristesse me rendait cruel à cette époque, une vraie bête enragée ; Cindy venait de nous quitter, nous nous étions réfugiés sous une petite tente, Finch et moi, et soudain débarquait ce type qui n'avait rien à faire dans le tableau, capable de menacer notre équilibre précaire, et il a bien failli me pousser dans mes derniers retranchements.

Du calme, Kenny. Cooper. Du calme.

Je me suis dit que si on se trouvait à l'épicerie ou dans un café, que nous étions simplement, Finch et moi, un père et sa fille sortis faire une balade matinale, qu'un inconnu approchait et la complimentait, ça n'aurait rien d'anormal. Finch était jolie, et les gens aiment s'extasier sur les beaux bébés. Ça ne signifiait rien. *Arrête d'imaginer systématiquement le pire chez les autres. Arrête d'être aussi parano.* J'entendais presque Cindy prononcer ces mots.

Scotland s'est relevé et s'est dirigé vers le porche de la cabane. Il a observé le bois empilé contre la façade. J'avais commencé à entasser des bûches, que je coupais à l'occasion.

– Ça ne suffira jamais.

– Comment ça ?

– Tu prévois de rester ici un petit moment.

Une affirmation, pas une question.

– Il t'en faudra beaucoup plus, a-t-il ajouté.

– J'avais besoin de changer de décor.

Scotland a émis un son entre le rire et le grognement, et j'en ai déduit que c'était sa façon de me faire comprendre qu'il n'était pas dupe. Il a placé une main en visière, puis a levé les yeux vers le toit, la cheminée, passant en revue le moindre détail. Il s'est approché des arbres fruitiers et a inspecté les branches, se penchant vers les minuscules boules qui ne ressemblaient pas encore tout à fait à des pommes.

– Tu es là depuis six semaines déjà.

Il nous avait observés. Surveillés. J'ai repensé au Ruger. Perturbé de constater que l'idée de le tuer me venait si facilement, qu'elle me semblait une solution naturelle. *C'est à cause de ce qui t'est arrivé*, ai-je songé. *Tu es devenu cet homme désormais. À une époque, tu ne supportais pas de voir tante Lincoln dépouiller un cerf. Sang, muscles, fascias, os : ce spectacle t'écœurait. Tu te plaçais à l'écart et tu tournais la tête. Plus maintenant.*

Une image de Cindy a alors surgi dans mon esprit, riant au crépuscule, des cheveux collés sur ses dents. À mon retour de Kaboul, il est arrivé, parfois, quand le soleil scintillait sur l'eau et la consumait, que j'aie l'impression qu'avec Cindy je pourrais redevenir l'homme d'autrefois. Ça prendrait du temps, mais j'y parviendrais, avec son amour, en adoptant un certain rythme de vie, avec l'aide de Dieu. Je redeviendrais quelqu'un qui détournerait les yeux en présence de la mort, qui s'y soustrairait.

Scotland s'est baissé vers son sac à dos et en a soulevé le rabat.

J'ai posé la main sur le Ruger.

Il a plongé le bras à l'intérieur, qu'est-ce qu'il allait sortir...

J'ai dégainé mon pistolet et l'ai braqué sur lui parce qu'on n'avait pas fait tout ça pour être abattus par un cinglé dans la forêt.

Crow a quitté l'épaule de son maître et a croassé en battant des ailes.

– Tiens, a dit Scotland.

Il n'a même pas posé les yeux sur l'arme, il les a rivés sur moi, il les a plongés fixement dans les miens. Pas troublé par le pistolet pointé sur lui, pas inquiet, pas même surpris. Il ne souriait pas, mais il avait une lueur dans l'œil qui suggérait que, peut-être, il était amusé.

– Tiens, a-t-il répété, la main tendue vers moi.

C'était une fusée éclairante.

– Si jamais tu te retrouves dans la mouise, utilise-la. Je la verrai. J'ai une longue-vue.

Ce qui expliquait comment il savait depuis combien de temps nous nous trouvions à la cabane. Je continuais à le viser avec le Ruger. Pétrifié. Finch a roulé sur le côté et s'est mise à pleurer.

Scotland s'est baissé pour déposer la fusée sur la couverture. Il a pris Finch dans ses bras et l'a gentiment agitée de haut en bas. Elle m'a observé, son visage poupon était rouge.

– Range ton arme, Cooper, m'a dit Scotland. Il faut que tu te montres plus amical avec tes voisins. Et je crois que ta fille a besoin de toi.

J'ai soutenu son regard et lui le mien, et il ne cillait pas, mais il y avait une cicatrice qui s'étirait au-dessus de son sourcil, une mince ligne blanche sur sa peau bronzée et tannée, et elle tressaillait. N'empêche, il ne s'est pas dérobé. J'ai rangé le Ruger dans ma poche. Finch a tendu les bras vers moi et je l'ai prise, je l'ai serrée fort.

– Écoute, je comprends pour le pistolet, a repris Scotland. Après ce que tu as fait, tu dois te sentir nerveux, j'imagine.

Je me suis tourné vers lui, j'ai tenté de capter à nouveau son regard, de le déchiffrer. *Il sait.*

Il scrutait les bois.

– Mais laisse-moi t'expliquer un petit truc, voisin. Si je voulais me débarrasser de toi, je m'en serais déjà chargé. J'aurais pu m'en occuper dès le jour de ton arrivée ici, le 29 juin. Et je ne l'ai pas fait. J'aimerais autant ne pas avoir de voisin du tout, enfin tu es là et tu as tes raisons, c'est pour ça que je vais t'accorder le bénéfice du doute, et t'appeler Cooper. Par contre, pour que cet arrangement fonctionne, il faut qu'on ait de bons rapports de voisinage. Tu comprends ?

Il a craché sur le côté.

Finch s'est retournée vers Scotland et elle a tendu une petite main potelée dans sa direction. Une fois de plus, il a passé son index replié sous le menton de ma fille. De près, j'ai constaté que ses mains n'étaient pas seulement souillées par de la terre. Il y avait du sang aussi. Des traînées rouges qui s'enroulaient autour de ses poignets et remontaient au-delà. Il a de nouveau plongé le bras dans son sac à dos. Il en a sorti une petite pile de journaux.

– Un peu de lecture pour toi, m'a-t-il lancé.

Il a ensuite extrait un lapin mort d'une seconde poche et l'a jeté par terre, puis il a remis son sac sur ses épaules. D'un claquement de langue, il a appelé Crow, qui s'est aussitôt élancé en éclaireur, puis Scotland nous a dit à bientôt, avant de s'éloigner et de disparaître. Finch ne l'a pas lâché des yeux un seul instant.

Ce soir-là, pour la première fois en six semaines, j'ai mangé autre chose que des haricots en boîte et des pêches au sirop. Je n'aurais pas imaginé dire ça mais, sans mentir, je ne me suis jamais autant régalé qu'avec le lapin de Scotland. Je l'ai dépecé, puis je l'ai fait rôtir sur un feu au crépuscule. Finch était assise sur mes genoux, elle remuait les bras et les jambes en regardant les flammes monter de plus en plus haut. J'ai rongé le moindre morceau jusqu'à l'os, cartilages et gras compris, et j'ai même donné de minuscules bouts à Finch, c'était la première fois qu'elle goûtait de la viande, à moins de compter les cochonneries qu'ils mixent dans les petits pots pour bébés.

Ce soir-là, j'ai compris que je m'y prenais comme un manche en abordant la situation au jour le jour, dans l'attente de… De quoi au juste ? Une équipe de snipers qui feraient une descente sur la cabane pour nous emmener, une flotte de voitures de police qui remonteraient au pas la route de gravier ? La fin, voilà ce que j'attendais, et ce n'était pas une façon de vivre, surtout que ça ne nous préparait pas pour le présent. Nos réserves diminuaient et on ne tiendrait jamais à moins que je ne me mette à chasser. Alors j'ai décidé que je devais trouver un moyen d'appeler Jake.

Ce soir-là, j'ai lu mon livre sur les oiseaux d'Amérique du Nord à Finch, comme je le faisais tous les jours depuis notre arrivée, et elle s'est endormie. La nuit était tombée, et j'étais impatient de feuilleter les journaux que Scotland m'avait apportés. Le lendemain matin peut-être, avec mon café. Une activité presque normale. Assis près du feu, j'ai observé les silhouettes des pins gris qui se balançaient au vent, les chauves-souris qui s'élevaient et plongeaient, voletant dans le noir. J'ai écouté le souffle de Finch, cette respiration précipitée des bébés qui ne suit pas le même rythme que celle des adultes, et pour la première fois depuis la mort de Cindy j'ai éprouvé un sentiment qui n'était pas tout à fait de la paix mais qui s'en approchait. La sensation que, peut-être, il était possible de croire à autre chose qu'à l'instant présent qui nous serrait dans son poing. Que peut-être il était possible de croire à un *nous* ici, composé de Finch et moi.

Je me suis dit que ça pouvait être positif d'avoir quelqu'un dans les parages s'il arrivait quelque chose de grave, une aide à solliciter, parce que n'y avait-il pas des dizaines et des dizaines de choses qui pouvaient mal tourner ici ? Je pouvais me blesser. Finch aussi. Ou tomber malade. Et qu'est-ce que je ferais dans ce cas ? Quelle serait ma stratégie de repli ? Je n'en avais pas prévu, et peut-être que maintenant, grâce à Scotland, j'en avais une.

Pourtant cette nuit-là j'ai rêvé de Cindy : un rêve joyeux et agréable, où elle tenait Finch contre elle, dans un porte-bébé, et où je lui disais : « Attends, je prends une photo. » Cette partie-là du rêve était inspirée d'un souvenir – ça s'était réellement produit, le premier jour de chaleur suivant la naissance de Finch. Juste après, Cindy me tournait le dos pour reculer de quelques pas, mais quand je lui lançais : « OK, c'est bien là », elle ne s'arrêtait pas, elle continuait à s'éloigner, et Scotland était là, il les attendait, et Cindy refusait de me regarder, et pour une raison inexplicable je ne pouvais pas bouger pour la rejoindre, et tous les trois partaient ensemble en m'abandonnant, et seul Scotland se retournait vers moi avec un sourire pour agiter la main, et celle-ci était couverte de sang.

3

Le 14 décembre arrive. Finch se lève de bonne heure, grimpe dans mon lit avant mon réveil, si bien que la première chose que je vois en ouvrant les yeux est son visage, à moins de dix centimètres du mien.

– Ah, bien, dit-elle avec un sourire. Tu es réveillé.

Elle appuie sur mes joues avec ses deux paumes, pour les écraser.

– Mon petit joufflu, dit-elle. Joufflu, joufflu, joufflu !

Elle rit, puis roule sur le côté pour se lever et sautille dans la pièce comme un lapin, les deux mains repliées devant sa poitrine.

– Quelle heure est-il ?

Je devine à l'obscurité ambiante qu'il est tôt. Peut-être même le milieu de la nuit.

– Aucune idée. Jake vient aujourd'hui. On est le 14. Tu n'as pas oublié, hein ? Ne me dis pas que tu as oublié.

Je m'assieds lentement.

– Je n'ai pas oublié… Finch, je crois que c'est encore la nuit.

– Je n'arrive pas à dormir. Impossible ! Je n'ai pas fermé l'œil un seul instant.

C'est faux ; sa respiration était profonde, elle dormait d'un lourd sommeil quand je suis allé me coucher, mais je ne dis rien.

– Tu sais bien qu'il vient toujours en fin d'après-midi.

Il se met en route dès le lever du jour, cependant même en partant de bonne heure il lui faut une journée pour se rendre ici. Et d'ailleurs ce long trajet l'épuise… Je le vois bien, même s'il a toujours un sourire jusqu'aux oreilles lorsqu'il se gare devant la cabane.

– Tu crois que tu pourrais aller lire un peu dans le séjour ?

Finch secoue la tête.

– Non.

C'est rare de l'entendre refuser de prendre un livre.

– D'accord. Alors pourquoi tu ne nous préparerais pas un petit déjeuner ?

– Je n'ai pas faim, mais d'accord.

Elle quitte la chambre en sautillant, les mains toujours repliées devant sa poitrine.

Je me rallonge dans mon lit et je tends l'oreille. Elle tourne les boutons de la cuisinière à bois, à fond sur la gauche, elle patiente puis ouvre la grille pour le tirant d'air et ajoute, enfin, du bois dans le petit foyer. Elle traîne une chaise depuis la table pour grimper dessus et attraper la poêle, qu'elle place sur la cuisinière. Elle remplit la bouilloire d'eau et la met à chauffer.

Je m'assoupis un instant… Elle est brusquement de retour et me tend une tasse de café. Je me redresse dans mon lit, me cale contre mes oreillers.

– Merci, ma puce. Petit-déjeuner au lit… C'est un luxe auquel je pourrais bien m'habituer, méfie-toi.

Elle hausse les épaules, quitte à nouveau la chambre en sautillant, pour revenir une minute plus tard avec une assiette contenant un œuf et une demi-pomme. Elle me rejoint dans mon lit avec sa propre assiette mais touche à peine à la nourriture, au prétexte que son estomac fait des sauts périlleux et que ça l'empêche de manger. Le temps qu'on termine le repas, le jour commence tout juste à se lever. Elle lit pendant un moment, sort installer une vieille canette qu'elle s'entraîne à viser avec son lance-pierres, s'inquiète de son dessin de cardinal pour Jake, lui écrit un petit mot.

J'essaie de l'occuper. Nous allons chercher trois pommes dans le cellier que nous faisons cuire à la cocotte avec le restant de cannelle. Nous coupons du bois pour nous chauffer, nous allons faire une promenade vers le sud et nous essayons de cuisiner une grouse. Les heures se traînent à une lenteur douloureuse, et Finch, passée de l'excitation du petit matin à l'euphorie débordante, est saisie d'une déception qui me fend le cœur. Elle sort sans arrêt de la cabane pour jeter un coup d'œil au virage de la route.

Lorsque le jour décline, elle va se poster derrière la fenêtre et guette Jake.

– Où est-il, enfin ? demande-t-elle, le nez collé à la vitre.

Depuis le dîner, une terrible appréhension me serre le torse, accablante. J'essuie mes mains sur les jambes de mon pantalon. Je déglutis, ordonne à ma voix de ne pas me trahir.

– Eh bien, Finch, peut-être qu'il ne viendra pas cette année.

– Il ne viendra pas ?

Elle plisse les yeux et fronce le nez dans un quasi-renfrognement.

– Pourquoi tu dis ça ? Tu sais très bien qu'il ne le ferait pas sans raison, insiste-t-elle.

– Je sais, ma puce. Il ne nous planterait jamais volontairement. Il ne renoncerait pas à une occasion de te voir. Mais tu dois bien avoir conscience d'une chose : comment nous aurait-il prévenus s'il avait eu un empêchement ? Il n'a aucun moyen de nous joindre, si ?

– Il a sans doute été retardé ce matin. Ou autre chose.

Elle colle à nouveau son nez contre la fenêtre.

– Il va arriver, dit-elle en scrutant l'obscurité, son souffle formant de la buée sur la vitre.

J'accepte de la laisser veiller. Elle s'installe à côté de moi sur le canapé et me fait la lecture pendant que j'ajoute un carré à la courtepointe en patchwork sur laquelle je travaille. J'ai décidé de donner une seconde vie aux vêtements qui ne lui vont plus et qui étaient entreposés dans des sacs poubelle au grenier, prenant de la place pour rien. La couverture dont Finch se sert était parfaite jusqu'à présent, elle devient un chouia petite. J'ai entrepris de découper des carrés dans ses anciens habits – bodys, tee-shirts, robes –, puis de les assembler un par un. Ça prend plus de temps que je ne l'imaginais et je regrette un peu de m'être lancé dans cette entreprise, mais on a un long hiver qui nous attend, avec des soirées interminables, la nuit tombant tôt à cette période de l'année. De toute façon, impossible de me dérober maintenant, tant Finch est folle de joie à l'idée d'avoir une courtepointe plus grande. Et puis ça l'éclate de retrouver ses anciennes affaires. Or comme je suis un incurable sentimental, je me dis que c'est un bon moyen de sauvegarder un petit bout de son passé. Un souvenir de nos premiers temps ici.

Le sommeil finit par l'emporter – elle veille depuis dix-neuf heures –, et elle s'allonge sur le canapé, les genoux serrés contre sa poitrine, pendant que je finis ma couture.

J'empile les carrés et me dirige vers la porte sur la pointe des pieds. J'enfile ma veste, enfonce mon bonnet sur mes oreilles. Je sors dans la nuit, le givre recouvre l'herbe de diamants, l'air est froid et sec. La lumière rouge d'un avion clignote dans le ciel dégagé et parsemé d'étoiles. Je fourre mes mains dans les poches de ma veste et m'appuie contre un des montants du porche.

L'an dernier, on s'est assis autour d'un feu de camp, Jake et moi, par une nuit qui n'était pas sans rappeler celle-ci.

Il a remué les braises avec un bâton.

– Tu sais que si jamais je ne viens pas, une année, c'est parce que je n'aurai pas pu, m'a-t-il dit.

Je lui ai répondu que je le savais, oui.

– Ce que j'essaie de t'expliquer, c'est que je ne vais pas mourir de vieillesse, a-t-il ajouté avant de grogner. Pour reprendre les mots de mon neurologue.

– Les médecins et leur tact légendaire…

– Bon, c'est plutôt mieux d'être prévenu, tu ne trouves pas ?

A-t-il soutenu mon regard à ce moment-là ? A-t-il fixé le feu pour éviter de le croiser ? Aujourd'hui, un an plus tard, je ne peux pas m'empêcher de repenser à cette conversation et de me demander si Jake cherchait à me faire passer un message. Il avait peut-être un pressentiment, ou alors il n'avait pas trouvé le courage de me dire toute la vérité sur sa situation, ou il m'appelait peut-être même à l'aide. Qu'est-ce que je lui ai dit déjà en l'aidant à rentrer dans la maison, plus tard ce soir-là ? « T'as pas intérêt à clamser et nous lâcher. » Ce qui, avec le recul, peut paraître insensible, j'en ai bien conscience. Égoïste. Je l'imagine seul, en pleine souffrance, ou pire. Lui, la seule et unique personne au monde en qui je pouvais avoir une confiance aveugle, qui avait répondu présent en dépit de tout ce qui s'était produit. Après tout ce qu'il avait fait pour nous, je ne pouvais pas l'aider. Je ne pouvais même pas être simplement à ses côtés. Je déloge un morceau de gravier avec la pointe de ma chaussure. Je le ramasse, le serre fort dans ma paume, il est froid.

J'ai toujours su que c'était une possibilité, qu'à un moment ou à un autre nous devrions nous débrouiller tout seuls. Depuis des années je cherche à obtenir plus du potager, mais soyons honnête la terre n'est pas bonne ici, rocailleuse et acide, et ce que nous avons réussi à faire pousser en plus de nos réserves… ne suffit pas. J'ai étudié les trajets jusqu'à différents magasins, chronométré le temps nécessaire, affiné ma liste annuelle de provisions. J'avais juste espéré que le jour ne viendrait jamais où j'aurais besoin de mettre ces repérages en pratique.

Il m'est arrivé de sortir des bois, au tout début. La première fois, pour passer un simple coup de fil à Jake, dans la cabine téléphonique de la station-service la plus proche. J'en ai profité pour faire quelques courses dans la boutique. Du lait, du pain, un pot de beurre de cacahuètes. La deuxième sortie s'est bien déroulée. Mais la troisième s'est si mal passée que j'ai encore du mal à y repenser. Je n'ai pas quitté les bois depuis.

Finch avait une vingtaine de mois, et elle gigotait beaucoup trop pour que je l'emmène. Elle commençait à marcher, et elle avait la mauvaise habitude de donner des coups de pied en me mordant et en hurlant « non ! non ! non ! » chaque fois que j'essayais de la prendre dans mes bras. Je parle d'une vraie crise. J'étais à peu près certain qu'elle allait faire une scène dans le magasin, et je ne pouvais pas courir le risque d'attirer l'attention des clients, surtout quand on sait quelle est la première chose qui vient à l'esprit des gens lorsqu'ils voient un enfant avoir ce genre de réaction en présence d'un homme. Voilà pourquoi, après évaluation des risques, j'ai décidé de coucher Finch pour sa sieste dans son parc, puis de faire un rapide aller-retour ni vu ni connu. Elle dormait bien à cette époque, je savais donc que j'avais une fenêtre de quatre-vingt-dix minutes au moins. J'étais de retour au bout de soixante-dix, serein, jusqu'à ce que, en descendant du Bronco, je découvre Scotland assis sur les marches du perron, Finch sur les genoux. Elle dormait, blottie contre lui.

J'ai failli péter un câble ce jour-là. Vraiment. Je ne crois pas avoir jamais été aussi près du point de rupture. J'avais le Ruger dans ma poche, je l'ai sorti d'un geste vif, je me suis jeté sur eux et j'ai empoigné Scotland par le col. Réveillée en sursaut, Finch s'est mise à pleurer, et je l'ai prise dans mes bras. Elle s'est immédiatement débattue pour que je la lâche. Je l'ai posée par terre et j'ai fait un pas vers Scotland.

– Qu'est-ce que c'est que ce bordel ?

Je me suis penché vers lui, j'ai senti l'odeur de wintergreen et de feu de bois. Crow était perché sur la gouttière, il est venu tourner autour de moi en croassant. Finch l'a montré du doigt en poussant des cris perçants.

– Du calme, Cooper, du calme. Je suis juste venu te filer un coup de main, c'est tout.

– Arrête un peu. Elle allait bien, elle dormait.

Il a secoué la tête en remettant sa chemise en place. Puis il a soutenu mon regard, à sa façon.

– Elle ne dormait pas.

– Et comment tu le sais ?

– J'étais là, sur le perron.

J'ai passé mon pouce sur la crosse du Ruger. Mon cœur rugissait, les contours de ma vision se brouillaient.

– Je t'ai vu partir, seul. Je suis descendu la garder. Me suis dit que tu étais peut-être trop fier pour me le demander, et j'ai décidé de prendre les devants, de te rendre ce service. Et j'ai bien fait. Parce qu'elle s'est réveillée et elle a escaladé son bidule, là, à la vitesse de l'éclair.

Il a croisé ses mains sur ses genoux.

– Cooper, tu ne peux pas laisser un enfant de son âge sans surveillance. C'est trop dangereux.

Sa cicatrice prenait des reflets argentés au soleil.

– Une chance que j'aie été là.

J'ai serré le poing, mes paumes étaient moites. À cause de la peur mais aussi de la rage.

– Comment elle est sortie sur le perron ?

J'avais peur de deviner la réponse. Avait-il une clé ? Avait-il forcé l'entrée ?

Il a souri.

– Ah, je confesse que ça a été un peu compliqué. J'ai dû l'amadouer. On a joué à un petit jeu ensemble et j'ai fini par la convaincre de m'ouvrir.

Je ne saurai jamais ce qui s'est réellement passé ce jour-là, en mon absence. Ça continue à me dévaster dès que j'y repense : je n'aurais jamais dû laisser Finch. Après cet incident, Jake est reparti avec une liste à l'issue de sa visite annuelle, et c'est comme ça que nous nous approvisionnons depuis. Je lance le gravier de toutes mes forces, très loin dans le noir, et je guette le son de sa collision avec je ne sais quoi. Je rentre. Ferme les deux verrous, mets la pelle en place. Je porte Finch jusqu'à son lit, souffle la bougie, puis sombre dans le sommeil à mon tour.

À l'heure du déjeuner le 15, je décide de parler à Finch. Il est temps de la libérer de cette attente, parce que je vois bien que ça la rend dingue de rester à l'affût du bruit de la camionnette de Jake, de chercher à l'apercevoir sur la route. D'espérer. C'est injuste qu'elle continue à penser qu'il débarquera d'une minute à l'autre, alors que je sais, moi, que s'il n'est pas venu le 14, il ne viendra pas du tout.

Elle est à table, elle termine son repas, et je fais les cent pas, en réfléchissant au meilleur moyen de le lui annoncer. Est-ce que je dois m'asseoir et lui serrer la main ? La prendre sur mes genoux ? Elle n'est pas trop grande pour ça, pas encore. Je suis paumé, je n'ai encore jamais eu à faire une chose pareille. Elle se sert du couteau d'office pour découper une pomme, avec application et précision, comme je le lui ai appris.

– Bon, qu'est-ce qu'il y a, Cooper ?

Elle lève les yeux vers moi, fourre une tranche de pomme dans sa bouche et la mastique lentement.

– Quoi ?

– Quelque chose t'énerve.

– Comment…

– Tu es agité.

Elle se débat avec la peau d'un vert tirant sur le rouge, incline le couteau d'avant en arrière.

– Vas-y, crache le morceau.

Je suis à peu près certain qu'elle récite ces mots de mémoire, que je les ai déjà prononcés devant elle. « Vas-y, crache le morceau. » Je m'assieds sur la chaise à côté de la sienne et je prends une profonde inspiration.

– Jake ne viendra pas.

Elle soutient mon regard un instant, ses immenses yeux verts absorbent la nouvelle, puis son visage tressaille sous le coup d'une émotion. Douleur, perplexité.

– Non, il a juste du retard. Tu dois être patient. Tu te trompes.

Elle reprend le couteau pour se couper une autre tranche.

– Je ne me trompe pas, Finch.

Elle appuie la lame du couteau sur la table.

– Et comment tu le sais ? Tu ne lui as pas parlé.

Les coins de sa bouche s'incurvent vers le bas, esquissent un rictus.

– Tu as raison. Mais on avait un accord tous les deux. Il m'a prévenu que s'il ne venait pas le 14, il faudrait en déduire qu'il avait eu un empêchement. C'est ce qu'il m'a dit. Quelque chose a dû lui arriver. Une chose qui l'a empêché de venir cette année.

Je pense à la pompe dans sa jambe, à la grimace qu'il faisait pour gravir les marches du perron. Toutes ces années, tous ces antibiotiques, pour combattre l'infection. Se trouve-t-il dans un lit d'hôpital quelque part, en train de souffrir ? Ou a-t-il fini par succomber ?

Je veux attirer Finch sur mes genoux, mais elle résiste, libère son poignet parce que, à cet instant précis, c'est moi qui la fais souffrir. Moi, le responsable.

Une chance, me dis-je alors en moi-même, que nous n'ayons jamais eu à vivre ça avec Cindy. Alors que tout ce temps je trouvais dommage que Finch n'ait pas connu sa mère, qu'elle n'ait pas un seul souvenir d'elle, que le fait de revoir une photo d'elle n'éveille aucune émotion, aucune douleur qui tord et dévore. À présent je comprends que puisqu'il était écrit que nous perdrions Cindy, nous avons eu de la chance que ça soit arrivé aussi tôt.

– Tu aurais dû me le dire.

– Je ne savais pas.

– Qui s'occupe de lui ? Il a quelqu'un ?

Elle s'essuie les yeux avec la manche violette de son tee-shirt.

– On devrait aller l'aider, ajoute-t-elle.

– Oh, Finch, c'est adorable de ta part de penser à ça. Mais tu sais bien qu'on ne peut pas.

Je lui tapote le dos.

– Je sais qu'on a des règles, oui… Il s'agit quand même de Jake, insiste-t-elle en se mordillant la lèvre. Tu ne crois pas qu'on pourrait faire une exception ?

– Désolée, ma puce. On ne peut pas.

– Mais pourquoi ?

Depuis un an elle montre les premiers signes de rébellion. Elle veut en savoir plus sur les raisons de notre présence ici et notre impossibilité à partir. Je prends une profonde inspiration, passe mon pouce sur une fissure de la table. Je lui ai répété l'histoire, très souvent. Enfin, une version abrégée. Je la regarde, elle attend.

– Tu sais bien pourquoi.

– Parce que tu as fait une chose que tu n'aurais pas dû faire, autrefois. Pour qu'on puisse rester ensemble toi et moi.

Elle s'interrompt, lève les yeux.

– Et que cette chose a eu des conséquences. Entre autres nous obliger à vivre à l'écart du monde.

Elle récite une leçon. Les mêmes mots chaque fois.

– C'est bien, ma grande.

Elle enroule une mèche de cheveux autour de son doigt.

– Cette chose que tu as faite, Coop... c'était grave ?

Question épineuse.

– J'ai fait ce que j'avais à faire.

Je recouvre sa main de la mienne et j'ajoute :

– Il a une sœur.

Je viens soudain de me souvenir de cette fille, il y a des années, qu'on avait dû se coltiner pendant notre partie de pêche, et qui n'avait pas sorti le nez de son bouquin. Aux dernières nouvelles, elle vivait en Angleterre.

Cette information semble apporter un peu de réconfort à Finch. Ce qui ne l'empêche pas de prendre la fin de la pomme, de grimper sur mes genoux et de fondre en gros sanglots qui résonnent en écho dans la cabane, me transpercent et me brûlent. Le ventre, la poitrine, la gorge. C'est un nouveau supplice pour moi : entendre la souffrance de Finch, ne pas être capable de la faire disparaître. Rien à voir avec les coupures, les contusions et les piqûres d'abeille de la vie, douleurs intenses sur le moment qui s'estompent : la peau cicatrise, l'enflure diminue.

– C'est injuste, sanglote-t-elle. Complètement injuste.

Je pose mon menton sur le sommet de son crâne, et je la serre, et je lui dis que je sais : je sais que c'est injuste. Elle reste assise là, jambes repliées contre son buste, et il faut longtemps pour que ses tremblements cessent.

4

Scotland apparaît dans la clairière. J'emploie ce verbe parce que c'est ce qu'il fait chaque fois, il surgit de nulle part, se matérialise brusquement, comme un fantôme, comme le brouillard. On ne le voit jamais approcher à travers les arbres, on ne l'entend pas, et je peux pourtant vous garantir une chose : je suis constamment à l'affût. Pas une fois je ne l'ai repéré avant qu'il arrive. Pas une fois je n'ai entendu un seul bruit. Ni brindilles qui craquent ni feuilles qui bruissent. Tellement il est discret. Je suis convaincu qu'il prend une sorte de plaisir malsain à nous surprendre – je me doute que je dois, chaque fois, afficher une expression de terreur pure, qui le fait immanquablement éclater de rire. Il rejette la tête en arrière, découvre ses vilaines dents et pousse un rugissement de plaisir qui secoue violemment son corps entier.

– Où est Jake ?

Sa voix rauque, juste là, tout à coup.

Je suis à l'entrée du potager, occupé à tailler les framboisiers, à réfléchir à ce que nous allons faire, Finch et moi, au temps dont nous disposons.

– Tu as déjà envisagé de te trouver un loisir, Scotland ? Au lieu d'espionner tes voisins ?

D'accord, ce n'est peut-être pas très poli. Et un peu gratuit. Mais il faut bien comprendre une chose. La première fois qu'il a débarqué ici avec cette fusée éclairante et ce lapin, les journaux qu'il avait apportés n'avaient pas été sélectionnés au hasard. Non, il les avait même choisis avec soin. Chacun d'entre eux contenait un article sur moi. Il se trouve que les parents de Cindy avaient usé de leur influence pour que l'affaire fasse le plus de bruit possible. Et que je passe pour une sorte de cinglé. L'un de ces articles avait même un gros titre, L'AMÉRICAIN PRODIGUE – le surnom que Scotland m'avait donné. À sa façon si subtile et si insidieuse, il me transmettait un message : il savait qui j'étais, ce que j'avais fait, pourquoi nous vivions dans la forêt, Finch et moi. Il voulait que je sois au courant qu'il me tenait. Je l'ai imaginé nous observant à travers sa longue-vue, épluchant la presse, conservant les journaux qui me mentionnaient, puis faisant sa petite livraison, son AK-47 en bandoulière dans le dos. Si je n'ai pas évoqué ces articles et leur contenu avec lui – je refusais de lui donner la satisfaction de constater à quel point ils m'avaient perturbé –, j'ai décidé ce jour-là de ne jamais baisser la garde en sa présence. De ne jamais lui accorder ma confiance.

Je continue à tailler les framboisiers et à empiler les branches mortes derrière moi. J'accélère la cadence. Crow est perché sur l'épaule de Scotland, et quand je pose les yeux sur lui, il ouvre son bec pour croasser avec insolence.

– Pas de temps pour ça, dit-il en déposant une pile de journaux sur le perron.

Il continue à en apporter, de temps à autre. Finch aime les lire. Moi, je ne leur jette pas un seul coup d'œil.

– Et puis « l'oisiveté est mère de tous les vices ». C'est ce que dit la Bible. Maintenant revenons à Jake. Explique-moi ce qui se passe. On est le 15. Il devrait être ici.

J'ai un geste d'irritation. J'ai annoncé la nouvelle à Finch il y a seulement quelques heures.

– Ah, tu aimes suivre les choses de près, hein, Scotland ?

– Eh bien, oui, Cooper, je te l'accorde. Je note tout dans mon agenda. On pourrait même parler de journal intime, même si c'est plutôt un carnet de bord, dans lequel je consigne ce qui se passe au jour le jour. Je suis méticuleux. « Attentif et soucieux du détail. » C'est ce que mon père disait de moi, et je crois qu'il avait raison.

Finch, qui était derrière la maison pour rendre hommage à Susanna la poule, nous rejoint en sautillant.

– Scotland !

Elle se précipite vers lui, l'enlace par la taille.

– Jake est mort, lui annonce-t-elle.

– Finch… On n'en sait rien.

– Si, insiste-t-elle, je le sens dans mon cœur. Il a quitté ce monde.

Scotland plonge les mains dans ses poches et se détourne. Il sort du petit potager pour se diriger vers l'un des pommiers.

– Il a participé à la plantation de ces arbres, je m'en souviens. Oh, je dirais qu'il n'était pas plus grand que toi, Finch.

– Tu connaissais Jake ?

Scotland penche la tête d'un côté, grimace.

– Je savais qu'il était ici, avec sa famille.

– Et tu veillais sur eux comme tu veilles sur nous ? lui demande Finch, trouvant un endroit qui lui convient, dans l'herbe, et s'y laissant tomber.

– On peut dire ça.

– Avec ta longue-vue ?

Elle fait rouler un bout de bois dans sa paume.

– Celle-là même.

Une buse à queue rousse passe au-dessus de nos têtes, et son ombre balaie la clairière. Crow s'envole pour se poser sur un pin blanc à proximité.

Scotland s'assied en tailleur à côté de Finch, son genou touche le sien.

– Ça va, petit pinson ? Je sais qu'il comptait beaucoup pour toi.

– C'était mon ami.

Elle pose le bout de bois sur sa cuisse et croise les bras sur sa poitrine.

– « Vie heureuse du passé ! Musique de joie ! Dans l'air, par les bois, par les champs, Amour ! »

Walt Whitman. Je regarde Scotland en remuant la tête.

– C'était quelqu'un de bien, dit-il. Quelqu'un de très bien. Avec une belle âme et un cœur d'or.

– Et on ne le reverra plus jamais.

Scotland lui tend la main, et elle l'accepte, sa minuscule menotte se retrouve engloutie sous ses gros doigts sales.

– C'est terrible de perdre une personne que l'on aime, terrible. On découvre une souffrance qu'on ne connaissait pas.

Finch est saisie d'un tremblement, et je continue à tailler mes framboisiers, un peu séché, comme d'habitude, par Scotland et sa sagesse inattendue. Et aussi un peu irrité par le naturel avec lequel il apporte du réconfort à Finch : il a su quels mots prononcer, il lui a tendu la main. Au fil des ans, ils se sont rapprochés – c'était sans doute inévitable, vu que les occasions de fréquenter du monde sont inexistantes ici, sans parler de l'inclination de Finch à s'attacher aux gens… N'empêche, je n'aime pas ça.

– Ça ira mieux, Finch. Dans l'immédiat, la tristesse prend toute la place. Tu as peut-être l'impression qu'elle pèse si lourd à l'intérieur de toi qu'elle va t'entraîner sous terre et que tu ne te sentiras plus jamais légère. Mais tu retrouveras de l'insouciance le moment venu, je te le promets.

Elle s'essuie les yeux puis demande, un trémolo dans la voix :

– Dans combien de temps ? Ça prend combien de temps ?

Il soupire.

– Je ne peux pas te le dire, Finch. J'aimerais bien. Ça varie d'une personne à l'autre. Mais le temps jouera son rôle. Le plus probable, c'est qu'un jour tu te rendras compte que tu es moins triste que la veille. Et le lendemain, tu iras encore un peu mieux, et ainsi de suite. La tristesse ne part jamais complètement, je crois, par contre elle devient plus supportable.

Finch me regarde, ses yeux verts écarquillés par l'interrogation, comme si elle attendait que je lui confirme que les choses se dérouleront ainsi.

– Plutôt bien résumé, oui.

Même si je ne suis pas certain que ça se soit passé ainsi avec Cindy. Il y a d'abord eu cette sensation, de celles qu'on éprouve sur un manège de parc d'attractions, ceux où on monte très, très haut, avant une immense chute, le tout contrôlé par des mécanismes très sophistiqués, sauf qu'on a quand même la sensation de tomber très vite et très fort, que le corps dégringole en ayant oublié le cœur en haut. Voilà ce que j'ai ressenti. Je ne pouvais me raccrocher à rien, me soutenir à rien. Mais ensuite les choses ont changé, et cette impression d'être perdu s'est transformée en une autre émotion, sauvage et animale. Il n'y avait plus que Finch et moi, alors, et la nécessité de rester en vie, je m'agrippais à elle, à l'importance de la protéger, et je savais que rien ne pourrait m'en empêcher.

– J'ai une dent qui bouge, lâche Finch, qui s'en souvient brusquement.

Et il suffit de ça pour que sa tristesse semble se dissiper, s'envoler vers le ciel. C'est réconfortant, quelque part, j'imagine – cette façon qu'ont les enfants de se remettre d'un coup d'un chagrin. Cette façon de penser toujours à autre chose, une chose qui déborde la tristesse. Elle ouvre la bouche pour montrer sa dent à Jake.

– Tu vois ?

Scotland lui fait le plaisir de se pencher.

– Elle ne va pas tarder à tomber, dit-il. Tu comptes la mettre sous ton oreiller pour que la petite souris puisse venir la chercher et te dépose un dollar en échange ?

Finch plisse les yeux.

– J'ai huit ans, tu sais.

– Je ne vois pas le mal à continuer à jouer le jeu.

Il tend le menton dans ma direction et ajoute, avec un clin d'œil :

– Pour faire plaisir à ton papa.

Elle sourit.

– Je la mettrai sous mon oreiller, et connaissant Cooper il la gardera sans doute. La dent, je veux dire. Il la mettra dans la boîte en fer jaune sur l'étagère, où se trouve déjà une mèche qui remonte à ma première coupe de cheveux et ses plaques d'identité de l'armée. Pas vrai, Coop ?

– Sans doute, Finch.

Scotland se lève et me rejoint.

– Qu'est-ce que tu comptes faire pour les provisions ?

– Je ne sais pas encore.

Il retire son sac à dos et le pose par terre.

– J'ai failli oublier... Je t'ai apporté quelque chose, Finch.

Elle s'est mise à tailler un bout de bois avec mon canif, mais elle s'interrompt pour redresser la tête avec un sourire.

– Qu'est-ce que c'est ?

Scotland va se rasseoir près d'elle. Il sort une couverture, puis un autre objet, lentement, de la taille d'une grosse tête humaine, emmailloté comme une momie. Je suspends mon élagage.

– Il faut faire attention. Je l'ai emballé parce qu'il est fragile.

Il retire les différentes couches de tissus : un sweatshirt bleu, un tee-shirt rose, un foulard violet. Bonté divine, des vêtements de fille... Que fait-il avec ça, enfin ?

Scotland déroule le foulard et révèle un crâne, propre et d'une blancheur parfaitement uniforme, aux orbites comme deux trous béants, aux dents longues et menaçantes.

Finch retient un cri.

– Qu'est-ce que c'est ?

– Un crâne d'ours.

– Je peux le tenir ?

– Bien sûr, mais tiens-le par en dessous. La mâchoire n'est plus attachée.

Depuis un an environ, les crânes et les ossements exercent une grande fascination sur Finch. Rien de morbide, juste peut-être un peu étrange. Quand nous en trouvons dans les bois, ce qui nous arrive parfois, elle les rapporte à la maison pour les ajouter à sa collection. Et chaque fois que Scotland débarque, elle lui demande de quel animal il s'agit, et il a toujours la réponse. C'est un raton laveur. Et ça, une marmotte. On la reconnaît à ses dents. Tu as vu comment elles rebiquent à l'extrémité ? Un signe infaillible qu'il s'agit d'un rongeur : leurs dents ne cessent jamais de pousser. Et ce petit gars-là, c'est un porc-épic. Et là, une biche.

Finch laisse courir ses doigts sur le sommet du crâne d'ours, les glisse dans le petit creux au milieu, dans les sphères creuses où se trouvaient les yeux. Elle suit les longues dents blanches.

– C'est si beau.

– N'est-ce pas ? Je l'ai trouvé dans la forêt il y a quelques semaines. Le corps tout entier d'ailleurs, même si je me suis contenté de prendre la tête. Je l'ai sciée. J'ai dû me servir d'une tronçonneuse, tellement sa colonne vertébrale était épaisse.

J'imagine la scène : Scotland en pleine forêt avec sa tronçonneuse rugissante et bégayante, découpant la tête d'un ours en décomposition, comme si c'était la chose la plus naturelle du monde. Je vous le dis, ce type est sans limites.

– Je n'ai repéré aucune blessure sur lui, poursuit-il, j'en ai déduit qu'il était vieux. Son heure était venue, alors il s'est allongé dans la forêt et il a laissé les charognards le prendre, il est retourné à la terre.

Scotland lève son visage vers le ciel.

– Ce n'est pas une mauvaise façon de quitter ce monde, si on y réfléchit. On s'allonge et on s'abandonne.

– Comment tu as fait pour qu'il soit aussi propre ?

Je me pose la même question. Le crâne luit presque tellement il est blanc, il ne reste pas la moindre trace de chair : ça n'a rien de naturel, surtout si Scotland a raconté la vérité et qu'il a trouvé l'ours mort dans la forêt quelques semaines auparavant.

Il passe son index sur le creux où se trouvait le museau de l'ours.

– Eh bien j'ai des insectes qui mangent la chair morte. On appelle ça des dermestes du lard. Des petites bestioles bien commodes. Elles sont dans un grand tonneau métallique, et chaque fois que je trouve un crâne je le mets dedans, et je le récupère une dizaine de jours plus tard. Elles le nettoient entièrement, elles mangent tout, les poils, la chair, le moindre morceau jusqu'à ce qu'il ne reste plus que l'os.

– Trop cool, s'émerveille Finch en retournant le crâne. Je pourrai les voir un jour ?

– Non, dis-je en lançant un regard à Scotland, juste avant de me piquer le pouce sur une épine.

Je préfère ne pas lui demander pourquoi il a ce genre d'insectes chez lui.

– Il ne faut surtout pas les déplacer, dit-il. On ne peut pas se permettre d'avoir des insectes rongeurs de chair en liberté, si ? Qui sait sur quoi ils pourraient tomber…

Il fait un clin d'œil à Finch avec un sourire. Replie soigneusement la couverture et les vêtements, puis les range dans son sac à dos.

Elle glousse.

– C'est vrai, réplique-t-elle. Ce ne serait pas une bonne chose.

Elle referme le canif.

– Ils font peur ? demande-t-elle. Ces insectes ?

– Non, pas vraiment. Ils font juste ce qu'il faut pour survivre. Comme nous autres.

Finch a un peu de terre étalée au coin de la bouche, et Scotland se lèche le pouce pour la nettoyer.

– Allez, Finch, ce bon vieux Scotland doit rentrer chez lui maintenant.

Finch se lève, l'enlace par la taille, et il pose sa main sur le sommet de ses cheveux blonds, ferme les yeux et reste ainsi une minute. Si je pouvais voir ma tête, j'imagine que je me trouverais un air renfrogné : je déteste tellement tout ça. Leur proximité. La confiance qu'elle lui accorde. Et lui qui laisse faire. Il lui presse l'épaule, puis s'écarte avant de s'éloigner dans les bois, vers l'aval, aussi discrètement qu'il est arrivé.

5

Avec Finch, on n'a pas toujours vécu dans la forêt. Il y a eu un *avant* pour nous, une autre vie.

C'est une longue histoire... En voici une version abrégée, qui commencerait comme ça, je crois : à dix-sept ans, je suis tombé amoureux. Pas le genre d'amour qui fait briller les yeux et rend aveugle. Bien sûr, on a connu tout ça, mais c'était plus grand, ce qu'on avait, Cindy et moi.

On pourrait sans doute dire que ça a débuté dans le car du lycée. C'était la toute première fois que je lui adressais la parole. À Cindy. Nous faisions de l'athlé ensemble, et ce jour-là elle était en retard pour un meeting, il ne restait qu'une seule place de libre, à côté de moi.

Elle a remonté l'allée avec sa tenue de sport bleue et son sac à dos jaune, et en s'asseyant elle m'a lancé :

– Salut, tu t'appelles Kenny, c'est ça ?

J'ignorais qu'elle savait qui j'étais. Moi, je la connaissais, parce que c'était Cindy Loveland et que tout le monde la connaissait. Elle était riche et belle, pom-pom-girl et star d'athlé. Au 300 mètres haies, elle donnait l'impression d'enjamber les obstacles avec facilité, comme si ce n'était rien. Un animal agile. Une gazelle. Et si belle. Mais je me répète, non ? Ce qu'elle a bien pu me trouver à moi, je n'en ai aucune idée.

Elle m'a donné un petit coup de coude – des plombes avaient dû s'écouler sans que je réponde… J'étais encore un peu sous le choc de l'entendre me parler.

– Kenny, c'est bien ça ?

– Ouais, Kenny.

– Cindy.

– Je sais qui tu es.

Je n'avais pas encore compris que tout le monde adorait Cindy pour une raison très simple : c'était inévitable. Tout ce temps je l'avais observée de loin, étudiant les gens qui semblaient attirés par elle, et qui l'admiraient. Je me disais que ça devait être parce qu'elle était populaire, parce que son père était juge d'instance et qu'ils vivaient dans les beaux quartiers. Et non. C'était à cause de sa gentillesse. De son rire qui montait, montait, tête en arrière, dents blanches et pas tout à fait parfaites mais quasi. Le truc, c'est que quand on était avec Cindy, il n'y avait plus personne d'autre. Oui, on ressentait ça, l'impression que le monde entier et tous ceux qu'il contenait s'éclipsaient.

Nous sommes devenus amis après ce trajet en car. Simplement amis, en principe, même si au fond j'étais déjà foutu. À compter de ce jour, j'ai à peine pu regarder une autre fille. L'année suivante, j'ai fini le lycée et trouvé un boulot à la quincaillerie, où je remplissais les rayons et encaissais les clients et, chaque jour, je pensais non-stop à revoir Cindy. Elle avait un an de moins que moi, elle était donc encore au lycée, et parfois elle me demandait de venir la chercher après les cours pour la raccompagner chez elle. Elle a fini sa terminale et elle s'est préparée à partir à la fac, et tante Lincoln m'a dit que je ne pouvais pas rester les bras croisés à attendre les vacances de Noël. Je devais agir. Alors j'ai réfléchi, et j'en ai conclu que comme Cindy allait passer les quatre années suivantes à l'université il fallait que je profite de ce temps pour faire quelque chose de ma vie, parce qu'il y avait réellement peu de chances qu'avec un diplôme du supérieur en poche elle s'intéresse à un type qui travaillait dans une petite quincaillerie.

Tout ça a eu lieu pendant la « guerre contre le terrorisme ». Des troupes étaient envoyées en Afghanistan, chargées de fouiller des grottes et de tomber dans des embuscades sur cette terre inhospitalière, puis bientôt en Irak aussi. L'armée avait un recruteur en ville, et un beau matin je suis entré dans son petit bureau pour m'engager. On m'a donné une grosse prime et on m'a expliqué que je prenais la bonne décision, celle de servir mon pays, et que cela donnerait du sens à ma vie tout en m'apprenant la discipline, et j'avais dix-neuf ans, alors j'y ai cru.

Je me suis baladé pendant la formation initiale. Je ne dis pas ça pour me vanter, et je n'exagère pas : ce n'était vraiment pas difficile. Je courais bien, je connaissais le travail manuel, je savais tirer et j'avais de la force. Et puis j'avais dix-neuf ans. J'étais si jeune. Encore libre de toutes les souffrances et trahisons qui commencent à vous rattraper à peine dix ans plus tard. Et contrairement à d'autres, je n'avais pas de nostalgie du pays pour me retenir ou me distraire. En réalité, ça me plaisait. Chez moi, tout le monde me connaissait comme Kenny. Kenny le garçon abandonné par sa mère, Kenny le gosse qui se prenait les pieds dans ses lacets à l'école primaire, Kenny le coureur de fond. L'armée m'offrait une chance de tourner la page, de devenir quelqu'un que je n'étais pas, et dès que je l'ai compris je me suis épanoui. Je me suis fait des amis. Jake a été le premier, bien sûr, et le meilleur, mais j'en ai rencontré d'autres. J'avais enfin un don pour quelque chose et, je ne sais pas, c'est comme si ça avait agi à l'intérieur : pour la première fois les gens me voyaient sous un jour différent. Ce qui m'a conduit à me voir, moi, autrement.

Ça n'aurait pas dû, et pourtant ça m'a surpris quand mon commandant m'a suggéré de postuler à l'école des Rangers. Je l'ai dit, je crois que je n'avais pas encore fini de m'habituer à l'idée que j'étais doué pour quelque chose. Les camps d'entraînement, les sauts en parachute : les recrues s'en plaignaient. Alors que ce n'était rien à côté du programme préparatoire aux Rangers, le RIP, qui sur le moment m'a paru dur, puis finalement une partie de plaisir. Car ensuite, si on avait réussi ce programme, il y avait l'école des Rangers. Et laissez-moi vous dire une chose : ce n'est que dans cette école qu'on commence à découvrir sa véritable nature, parce qu'on vous retire tout le reste. Là-bas, la seule force physique ne suffit plus. Après trois cycles complets – marcher, courir, ramper –, on devient capable de faire de l'alpinisme, de traverser un marécage, de voler. L'armée dit des Rangers qu'ils sont « mortels, agiles et flexibles ». Et je possédais précisément ces trois qualités.

Bref. Cindy est partie étudier dans sa fac hors de prix, où elle a intégré une sororité, rédigé des articles pour le journal de l'université, autant de choses qu'elle me racontait mais que je n'arrivais pas à me représenter. On s'échangeait parfois des mails, et je suppose que ce que je lui racontais de mon quotidien était aussi dur à imaginer pour elle.

À la fin de ma première période de quatre ans, j'avais servi trois fois à l'étranger – et même si je détestais tout ce que j'y avais fait, j'étais doué. Tirer, me cacher, sauter d'un avion, ce sentiment de fendre la nuit. De voler. Chacune de ces actions me procurait des sensations fortes à leur façon, néanmoins il y avait aussi toute cette mort. On vous dit : c'est la guerre, c'est différent. Mais ça ne l'est pas, en réalité. On vous dit ça pour que vous puissiez tenter de vivre avec vous-même. L'ennui, c'est que vous savez ce que vous avez fait, ce que vous avez pris et ce que vous avez perdu, et ça devient votre existence, une part de vous, que ça vous plaise ou non. Et vous ne pouvez jamais complètement vous en dissocier. J'avais signé pour ça, je suis allé au bout des choses. J'ai accepté mes responsabilités. J'essaie juste d'expliquer qu'on ne peut pas être entièrement libéré des actes qu'on a commis, c'est comme ça.

Je suis rentré aux États-Unis avec un curieux mélange de confiance en moi et d'angoisse. Je réussissais à la cacher la plupart du temps, surtout en présence de Cindy, mais elle était souvent là. Ma confiance en moi tenait à plusieurs choses. D'abord, j'avais grandi d'une dizaine de centimètres. Je m'étais révélé sur le tard. J'avais pris beaucoup de muscles, peut-être une dizaine de kilos aussi. J'avais l'air différent, je me sentais différent, et je l'étais. Plus fort. J'avais appris à me conduire dans certains endroits – épiceries, restaurants, bars. Je voyais la scène se dérouler de l'extérieur, comme dans les films. Je me faisais confiance. Avant, j'avais toujours peur. J'étais nerveux. Nerveux à cause du regard des autres, de leurs pensées. À mon retour, ce n'était plus le cas, et ça m'a plu. Les gens me voyaient d'un autre œil, et dans notre petite ville j'étais devenu une sorte de héros. Les gens accrochaient des rubans jaunes à leurs fenêtres en signe de soutien à l'armée, des hommes venaient me serrer la main, et un jour une vieille dame a posé sa petite paume ridée sur mon visage et m'a dit : « Merci, fiston. »

Mais il y avait d'autres changements, aussi. Négatifs. Et c'est là que l'angoisse intervenait. Des rêves tapis qui m'assaillaient sans prévenir, et parfois j'oubliais qui j'étais et où je me trouvais. J'ai appelé Jake, qui avait vécu toutes ces choses avec moi, pour lui demander si ça lui arrivait également. Est-ce qu'il se mettait à l'abri quand une voiture pétaradait ? Est-ce qu'il faisait des cauchemars ? Est-ce que son cœur s'emballait dès que son téléphone sonnait ? Est-ce qu'il avait parfois la certitude que les gens autour de lui l'observaient et le jugeaient ? Il m'a répondu qu'il rencontrait certaines difficultés, oui, et qu'il voyait quelqu'un, un médecin à l'hôpital des anciens combattants, et que je devrais envisager de faire pareil.

Jake m'a appris que sa famille avait une cabane au fond de la forêt, et que si ça me tentait nous pourrions nous y retrouver pour quelques jours de détente. Il y avait longtemps, quand Jake était môme, son père avait envisagé d'y vivre à longueur d'année. Et pour cette raison la cabane était mieux aménagée que ce à quoi on aurait pu s'attendre. Les parents de Jake avaient planté un petit verger, des mûriers et des framboisiers le long du mur sud de la maison. On n'y trouvait ni électricité ni eau courante, mais un puits donnait de l'eau fraîche et délicieuse. C'était, m'a expliqué Jake, son père qui avait été le moteur dans l'installation familiale ici. Cependant, après la naissance de sa sœur, et une troisième grossesse que sa mère n'avait pas pu mener à son terme, ils avaient déclaré forfait. Jake n'est pas entré dans les détails, j'ai simplement su que, une fois remise de sa fausse couche, sa mère avait dit à son père : c'est soit nous, les enfants et moi, soit la cabane, et il avait choisi les premiers, tournant le dos à cette vie sauvage.

J'ai accepté l'invitation de Jake, en lui laissant le soin de proposer une date, et il a aussitôt envisagé le week-end suivant. J'ai mis mes affaires dans mon Bronco et j'ai suivi les indications que j'avais griffonnées sur un bout de papier. Après un millier de virages, j'ai atteint la cabane. Il y avait encore un peu de neige sur le sol, je me rappelle. Je suis descendu à la rivière, j'ai attrapé des poissons, des ombles de fontaine, qu'on a fait griller sur un feu de camp. La sœur de Jake s'était incrustée. Elle a passé presque tout son temps à lire, même si elle a pris un poisson, elle aussi. À la fin du week-end, Jake m'a confié une clé de la cabane et m'a dit que si j'avais besoin de m'échapper quelques jours je serais toujours le bienvenu ici. Sa sœur et lui étaient les seuls à posséder une clé, et je n'avais pas besoin de l'appeler pour le prévenir avant d'y aller. Je lui ai répondu que je risquais de le prendre au mot, et je l'ai remercié.

Pas très longtemps après, on s'est mis ensemble, Cindy et moi. À ce stade, j'étais amoureux d'elle depuis presque sept ans, et j'ai fini par lui avouer mes sentiments. Elle avait terminé la fac et était rentrée chez elle – ses parents la poussaient à accepter un boulot d'assistante juridique avant de s'inscrire en école de droit pour suivre les traces de son père. Ce qu'elle ne voulait pas faire – en tout cas elle n'était pas décidée. Mais ils étaient directifs comme parents, tous les deux. Habitués à parvenir à leurs fins, coûte que coûte.

Ils n'ont pas aimé l'idée qu'on se mette ensemble, Cindy et moi. Nous venions de mondes différents. Les Loveland avaient une grande maison blanche avec une fontaine devant et des gens pour faire le ménage. Tout leur argent était au nom de Mme Loveland, qui était affreusement riche, et ce depuis toujours.

Bref. Cindy a découvert qu'elle était enceinte, et je vous le jure : je n'ai jamais été aussi heureux. De son côté, elle était déchirée, et ça ne l'a pas aidée que ses parents la poussent à mettre un terme à sa grossesse. Mais j'ai fini par réussir à la convaincre d'emménager chez tante Lincoln avec moi et de garder ce bébé, parce que c'était le nôtre – oui, c'était notre bébé, et nous l'aimerions, et nous prendrions soin de lui, et nous serions heureux. Et d'ailleurs, nous l'avons été pendant un temps. Tous les deux, puis tous les trois.

Jusqu'à ce que. Un soir, nous étions en voiture, Cindy, Grace Elizabeth et moi. Nous étions à court de couches, et nous étions sortis en chercher. Avec l'arrivée récente de la petite, nous quittions rarement la ferme, alors c'était un peu notre grande virée de la semaine, un événement, une occasion de prendre l'air. Cindy s'était coiffée et maquillée. Et puis sur le chemin du retour, il pleuvait, c'était la nuit, un cerf a surgi sur la route, j'ai appuyé de toutes mes forces sur le frein, nous avons dérapé et la voiture a fait plusieurs tonneaux. Nous nous en sommes sortis, Grace Elizabeth et moi, mais pas Cindy.

Il n'est plus resté que nous deux, la petite et moi.

Cindy avait disparu, *pouf !*, d'un coup. Comment la vie peut-elle passer d'un bonheur à trois à…

Bon. Beaucoup de choses se sont produites dans les jours qui ont suivi la mort de Cindy. Des choses que je préfère ne pas revivre, des choses dont je ne suis pas fier. Tout ça pour dire que nous avions besoin d'un endroit où aller, Grace Elizabeth et moi, un endroit où nous serions en sécurité, ensemble, loin de toutes les forces qui s'employaient à nous séparer. Je me suis souvenu de la proposition de Jake et de la clé qu'il m'avait donnée. La route si défoncée qu'elle méritait à peine ce nom. La petite cabane, si belle. Entourée d'une cinquantaine d'hectares de bois puis, au-delà, de centaines de milliers d'hectares de forêt appartenant à l'État.

Sans oublier la rivière où nous avions pêché, Jake et moi, des truites qui scintillaient et se tordaient dans nos mains. Et c'est donc là que nous nous sommes réfugiés.

6

Le lendemain du jour où j'ai parlé à Finch, pour Jake, pendant que je suis occupé à faire frire nos œufs habituels, elle lit à table, suivant du bout du doigt les minuscules caractères imprimés, d'une voix pleine d'exaltation. Elle lit toujours ainsi, en y mettant de l'émotion, exactement comme Cindy. Les œufs grésillent, la cuisinière crépite et bourdonne.

Puis, des pas : quelqu'un sur le perron.

Mon cœur détale vers ma gorge, mon estomac dégringole. Je retire la poêle du feu.

– Terrier.

Finch bondit de sa chaise et se précipite vers le cellier, à toute allure. L'instinct. On s'est préparés à cette situation des dizaines de fois. Elle s'y trouve avant que j'aie eu le temps de me retourner.

Toc, toc, toc.

Puis un visage qui regarde à l'intérieur, par la fenêtre. Scotland. Ça faisait longtemps qu'il n'était pas venu jusqu'à la cabane. Il colle son nez à la vitre et fait un signe vers la porte.

– C'est bon, Finch.

Elle a déjà descendu la moitié de l'échelle, alors elle remonte, l'aperçoit à la fenêtre. Elle sourit et se jette sur la porte, ouvre les deux verrous. Je referme la trappe du cellier et remets le tapis en place.

Au cours des années, nous avons eu de la visite. Un chasseur qui se trouvait théoriquement dans la forêt, sur un territoire public, mais tout près de chez nous. Il a agité la main, je lui ai rendu son signe. Ça s'est arrêté là. Une autre fois, un garde forestier s'est aventuré sur notre terrain. Nous étions dehors et nous nous sommes cachés dans les bois. Il a regardé à l'intérieur de la cabane, cueilli quelques myrtilles mûres. Un an plus tard environ, deux randonneurs perdus. Nous nous sommes cachés cette fois-là aussi. Nous nous sommes précipités dans le cellier, si vite que j'ai oublié de fermer la porte à clé. Ils ont frappé, sont entrés et ont demandé s'il y avait quelqu'un. Puis ils se sont installés sur le perron pour manger du granola, sans mentir. Nous les entendions discuter. Bref, pas tant de visites que ça, enfin suffisamment pour nous pousser à mettre en place une stratégie dans le cas où ça se reproduirait.

Finch ouvre la porte en grand.

– Scotland !

Elle jette ses bras autour de sa taille et presse sa tête contre son torse.

– Attention, petit pinson, attention.

Il se tapote la poitrine.

– J'ai quelque chose de spécial ici, de très fragile.

Il reste planté sur le pas de la porte.

– Entre maintenant que tu es là, lui dis-je.

Il referme derrière lui et balaie la pièce du regard. Sans doute pour repérer les lieux.

– Tiens, lance-t-il à Finch en s'agenouillant pour se retrouver à sa hauteur et en indiquant sa veste. Ouvre-la et tu verras.

Finch pousse un cri de joie. Elle tire lentement sur le zip.

– Tu pourrais pas le faire toi-même, Scotland ?

Je donne des coups de spatule dans les œufs.

Un museau apparaît soudain entre les deux pans de la veste, rose et moustachu. Puis des yeux, des oreilles, des pattes. Un chaton blanc.

– Oh, Scotland, murmure Finch. Je n'ai jamais rien vu d'aussi beau de toute ma vie. Je peux le prendre ?

– Bien sûr.

Finch tend les bras pour libérer le reste du corps du chaton. Il est si minuscule qu'il pourrait tenir dans ma main, maigrichon, avec ses poils ébouriffés et lumineux. Il faut bien l'admettre : c'est un adorable petit diable.

Finch le pose sur ses genoux et lui caresse le dos.

– Tu as vu, Coop ?

– Très mignon, ma puce, très mignon.

Scotland se redresse et s'approche de la cuisinière pour étudier le contenu de la poêle.

– Ça sent bon.

– Il s'appelle comment ? demande Finch.

– C'est un mâle. Et il s'appelle… eh bien ça, ça dépend de toi. Il t'appartient.

Finch retient son souffle.

– C'est vrai ? Vraiment vrai ?

Scotland se tourne vers moi.

– Oui, enfin du moment que ton papa est d'accord.

De mon point de vue, la moindre des politesses serait de demander d'abord l'accord du parent avant de donner un animal à un enfant. Mais bien évidemment Scotland a fait les choses à l'envers. Et si je dis non maintenant – ce qui, étant donné notre situation, serait loin d'être déraisonnable –, je passerai pour un con.

Finch se lève prudemment, le chaton serré contre elle, et elle s'approche de moi.

– Alors, Coop, on peut ? On peut le garder ? S'il te plaît !

Je jette un regard noir à Scotland.

– Laisse-moi le temps de réfléchir un peu, Finch.

– Tu as vu sa tête ? Et ses yeux bleus ? Et ses longues moustaches ? Il sera sage, je te le promets. S'il te plaît, s'il te plaît, s'il te plaît !

Le chaton remonte le long de la poitrine de Finch pour se percher sur son épaule. Folle de joie, elle commence à déambuler dans la pièce.

Je me penche vers Scotland.

– Tu aurais dû m'en parler avant.

– Je me suis dit que tu refuserais.

– Exactement.

– Écoute, Cooper. La petite a perdu un ami hier. Elle fait son deuil. Les études ont prouvé que les animaux de compagnie contribuent à remonter le moral, ils aident les gens à se sentir mieux. Tu as vu comment le regard de Finch s'est illuminé ? Ce chaton pourra devenir un compagnon.

Un ami, vu qu'à part toi et moi elle n'en a pas ici. Il sera une source de réconfort, et c'est déjà le cas, regarde.

Il incline la tête en direction du canapé, où Finch s'est installée avec le chaton, blotti dans son cou.

– Ça fait une bouche de plus à nourrir, alors qu'on est déjà ric-rac, et tu le sais.

Scotland soupire.

– Les félins sont des prédateurs qualifiés et impitoyables, Cooper. Les gens ont tendance à l'oublier. Ils les nourrissent, les laissent se prélasser chez eux toute la journée et faire mumuse avec des petits jouets en peluche. Une honte, franchement. Pour eux, les chats, et pour nous, les humains. Bien sûr, filez-lui des restes de temps en temps, si vous voulez le garder dans le coin. Faites-lui sentir qu'il est désiré. Mais ne le nourrissez pas. Crois-moi, j'ai toute une bande de chats dans ma grange, et je ne leur donne jamais rien à becter. Ils sont robustes et autonomes, tels que Dieu les a voulus.

– Je te préviens, au moindre problème, je me débarrasse de lui.

Scotland se renfrogne.

– Je n'aime pas du tout le ton mauvais sur lequel tu dis ça, Cooper. Et pour ta gouverne, les félins sont des créatures sensibles. Il sentira ta méfiance, ta malveillance, et ça ne lui plaira pas. Vous ne serez jamais amis dans ces conditions, tous les deux.

Il prend appui sur le bord fissuré du plan de travail.

– Mais d'accord, s'il pose des problèmes, je le reprendrai. Ça te va ?

Finch me lance un regard depuis le canapé.

– C'est moi qui m'occuperai de lui. Tu ne te rendras même pas compte qu'il est là. Il ne posera aucun problème. Je te le promets.

Le chaton lui lèche le menton.

– S'il te plaît, Coop !

Je fais glisser les œufs sur deux assiettes.

– J'ai l'impression de ne pas trop avoir le choix.

Finch vient s'asseoir à table avec le chaton.

– Merci, dit-elle en se penchant vers Scotland. C'est le meilleur cadeau du monde.

Il pose une main sur son épaule, passe son index sur le museau du chat.

– Je suis content, petit pinson. J'étais sûr qu'il te plairait.

Il se tourne vers moi.

– Alors, tu vas tenter d'aller t'approvisionner ?

Je pose mon assiette sur la table, les œufs sont fumants. Je prends la salière, la tapote contre ma paume. Elle est vide, et je le sais, pourtant ce geste a quelque chose de rassurant, une habitude.

– Je ne vois pas comment l'éviter.

– Tu ne peux pas descendre en ville. Pas avec le plein que tu t'apprêtes à faire. Tu le sais. Les gens le remarqueront. Ils parleront. Il y a un supermarché à quatre-vingts bornes au sud, à Somersville. Juste à côté de la 93. Tu ne peux pas le louper.

J'ai déjà fait des repérages et établi un itinéraire pour rejoindre Somersville, mais je hoche la tête.

– Tu veux que je descende garder Finch ?

Je repense aussitôt à la dernière fois que j'ai laissé Finch seule ici et que je l'ai retrouvée assise sur les genoux de Scotland, la porte grande ouverte. Et je repense également aux empreintes que j'ai découvertes près de notre abri de chasse. À la possibilité qu'il y ait quelqu'un dans nos bois, tout près.

– Elle m'accompagnera.

– C'est risqué, une sortie à deux.

– Tout ira bien.

– Bon, dit-il en se dirigeant vers la porte. J'ouvre l'œil, de toute façon.

– Ça, je n'en doute pas.

7

Ça ne m'avait jamais dérangé avant, l'arrivée de l'hiver, parce que Finch et moi avons toujours tiré le meilleur parti des nuits froides et des jours raccourcis. Nous faisions de longues parties de Rummikub et de dames, nous lisions et apprenions par cœur des poèmes, nous préparions nos plats les plus élaborés. Une part de moi apprécie cette période de l'année, ce ralentissement après des mois à trimer dur. J'aime le sentiment de sécurité qu'elle me procure aussi : savoir que pendant l'essentiel de cette époque les routes forestières sont fermées et qu'on n'a pas à s'inquiéter d'éventuelles visites.

Évidemment, c'est différent cette année. Après le petit déjeuner j'ouvre les placards pour sortir tout ce qu'ils contiennent. Soupe aux vermicelles et au poulet, haricots cuisinés en boîte. Une très faible quantité de sucre, une cinquantaine de grammes peut-être. Je soulève la trappe du cellier, et les marches en bois grincent sous mes pieds. Arrivé en bas, je fais le point sur notre récolte automnale. Des pommes. Trois courges butternut, quatorze carottes, sept pommes de terre. Depuis huit ans, j'ai appris à faire un bon boulot de rationnement, si bien que nous n'arrivons au bout de nos réserves qu'en novembre. Ça demande de l'organisation, et de la prudence, mais nous mangeons bien, Finch et moi, des repas sains et équilibrés. Une fois que j'ai réparti la nourriture restante en portions, l'évidence me saute aux yeux : nous serons à sec d'ici Noël.

Je pourrais me débrouiller, moi. Je suis un homme adulte, et si je ne m'alimente pas bien pendant quelques mois, aucune importance, je survivrai. Mais Finch… Tout ce temps je me suis occupé d'elle, j'ai veillé à ce qu'elle ait des protéines, des féculents, des légumes et même des fruits. Je lui ai offert la meilleure vie possible, et j'ai justifié à mes propres yeux notre présence prolongée ici par le fait qu'elle n'avait jamais manqué de rien. Elle a toujours eu des vêtements à sa taille et un endroit où dormir au chaud. Elle n'a pas souffert de la faim, pas une seule fois, grâce à Jake. Pourtant hier je l'ai surprise en train de fourrer une pomme dans sa poche, d'un geste furtif, et de se faufiler dehors avant que je la voie. Je n'ai rien dit. Je n'ai pas pu. L'idée qu'elle se sente obligée de se cacher…

Il est hors de question qu'elle meure de faim.

Une expédition. Il y a le supermarché dont Scotland a parlé, à quatre-vingts kilomètres d'ici, et une station-service à une vingtaine de kilomètres sur la même route. J'irai au supermarché, puis je m'arrêterai pour faire le plein au retour. Une sortie des plus simples, et même une virée quotidienne pour la plupart des gens : des courses et un plein. Sauf que je vais tout acheter en grosses quantités.

La liste.

Produits frais : oranges, citrons, bananes.

Produits secs : pruneaux, raisins secs, cerises, abricots. Différents types de haricots. Flocons d'avoine, riz. Oléagineux.

Produits en conserve : petits pois, champignons, maïs, haricots verts, pêches, poires, soupes.

Bougies. Nous sommes à la fin de la dernière, il ne reste presque plus de cire. Allumettes. Piles.

Farine, sel, levure, vinaigre, sucre, café, lait en poudre, huile de cuisson.

Brosses à dents, dentifrice, bain de bouche au fluor, papier toilette.

Pantalons, tee-shirts, chaussettes et sous-vêtements pour Finch. Un manteau d'hiver, un pantalon de ski, des gants, des chaussures chaudes. Ceux qu'elle possède sont devenus trop petits, et je ne peux pas la laisser chasser ou me prêter main-forte dehors sans tenue adaptée.

Produits de luxe : papier et stylos, chocolat instantané. Lait, beurre et cinq gros morceaux de fromage à pâte cuite affiné. Maintenant que l'hiver est là, on pourra garder ces aliments au frais dans la glacière dehors.

Des graines pour les oiseaux. De la nourriture pour chat, de la litière.

J'ai organisé la liste par catégories, en fonction du souvenir que je garde de la disposition des rayons dans les magasins, et je calcule qu'entre le trajet, les achats et l'arrêt à la station-service, si tout se déroule bien nous pourrons être de retour quatre heures plus tard. Deux cent quarante minutes d'aléas pour une année entière de sécurité et de nourriture. J'en déduis que le jeu en vaut la chandelle.

Enfin, ce n'est pas comme si on avait le choix, de toute façon.

Quant aux risques qu'on pourrait rencontrer, ils sont si nombreux que le simple fait d'y penser me donne des sueurs froides ; mais s'il y a bien une chose que l'armée m'a apprise, c'est qu'il faut toujours se préparer à toutes les éventualités.

Premièrement, la circulation, ou tout autre ralentissement inattendu sur la route. Deuxièmement, les clients indiscrets ou suspicieux au supermarché. Les petites vieilles qui n'ont rien de mieux à faire que de fourrer leur nez dans les affaires des autres et poser des questions. « Vous vous préparez à quoi, l'apocalypse ? Vous partez quelque part ? Pourquoi autant de provisions ? »

Troisièmement, la panne, qui nous contraindrait à demander de l'aide. Quatrièmement, un accident dans lequel nous serions impliqués. Cinquièmement, sur le trajet du retour l'essence qui se déverserait sur les courses, une fuite au mauvais endroit qui provoquerait une explosion.

Bref.

J'imagine que tout ça doit paraître ridicule. Paranoïaque. Ce que je suis, bien sûr, je l'avoue : parano jusqu'au bout des ongles. Au fond de moi, je sais que le seul véritable risque est le sixième : quelqu'un qui croiserait mon regard et me trouverait un air familier. Quelqu'un doté d'un talent remarquable pour reconnaître les gens. Cette personne passerait un coup de fil, la police débarquerait, je serais arrêté et la dernière image que Finch garderait de moi serait celle d'un homme menotté et entraîné de force, et je n'aurais jamais l'occasion de lui raconter les faits tels qu'ils se sont réellement produits, de lui raconter la vérité à notre sujet.

Je porterai une casquette. Et puis j'ai une barbe maintenant, longue et bien fournie. Même s'il y a un petit miroir dans la cabane, j'ai à peine croisé mon reflet ces huit dernières années. Je me soupçonne néanmoins d'avoir pas mal changé. L'âge et le stress ont forcément laissé des traces. Mais de toute évidence, le plus grand risque est là : être reconnu. Ce n'est pas facile de disparaître, et nous avons réussi. Or je mets tout ça en péril, j'en ai bien conscience. Sauf que nous sommes presque à court de nourriture, et une fois que la neige sera là, nous pourrions bien être coincés dans la cabane pour plusieurs semaines… Je ne vois pas d'autre solution.

De bonne heure le lendemain matin, Finch est en effervescence, une vraie boule de nerfs, et qui pourrait le lui reprocher ? Elle va quitter les bois pour la première fois depuis qu'elle est toute petite. Je la charge de remplir les gourdes et d'emporter son oreiller. Je retire les couvertures de nos deux lits pour les mettre dans la voiture.

– Couvre-toi bien, ma puce. On ne veut pas que tu aies froid.

Elle enfile sa veste, son bonnet, ses gants et sautille dans la pièce. Puis elle se baisse pour ramasser le chaton et le caler sous son bras.

– Viens, on part.

– Walt Whitman reste ici, dis-je en secouant la tête.

C'est le nom que Finch lui a choisi.

– Mais il va se sentir seul. Il va avoir peur. Il risque de faire une bêtise dans la cabane.

Je hausse les épaules.

– Dans ce cas, laisse-le dehors.

– Il est trop petit. Ces bois grouillent de prédateurs, tu le sais. Il pourrait se faire tuer.

Elle plisse les yeux pour me dévisager avec sévérité.

– Rappelle-toi ce qui est arrivé à Susanna, Cooper.

– Eh bien alors, enferme-le dans la cabane et dis-lui d'éviter les ennuis.

Elle boude, traîne les pieds en geignant. Elle finit par poser le chaton sur un vieux sweatshirt, à l'intérieur d'une caisse en bois qu'elle a trouvée dans le cellier. Elle place une petite soucoupe d'eau près de lui.

Je finis par lui dire qu'il est temps de partir.

– Tu peux t'asseoir sur la banquette pendant la première partie du trajet, mais quand je te le dirai il faudra que tu t'allonges par terre, et que tu te caches.

Elle est suffisamment petite pour pouvoir se faufiler entre les sièges avant et la banquette, pour disparaître dans un cocon de couvertures et d'oreillers.

Elle se décompose.

– Tu veux dire que je n'aurai pas le droit de t'accompagner dans le magasin ?

Ça a beau être dur pour moi de la priver de cette expérience, je sais que ça vaut mieux. Impossible d'arriver à une autre conclusion que celle-ci : elle va me ralentir. Il y aura tellement de choses à regarder, à toucher, de questions à poser. Cela doublera quasiment le temps des courses.

Et puis qui sait ce qu'elle risque de demander ou de dire, et qui pourrait tomber dans l'oreille d'un inconnu.

– Désolé, ma puce.

– Je croyais qu'on y allait tous les deux, moi. Ensemble.

– Non.

– Je croyais que comme Jake n'était pas venu ça changeait les choses. Que peut-être les règles allaient évoluer maintenant.

– Eh bien, c'est le cas, en un sens. Mais pas au point que tu puisses m'accompagner dans le magasin. J'aimerais que la situation le permette, Finch.

– Moi aussi.

– Malheureusement, ce n'est pas le cas.

– D'accord.

La déception s'attarde sur ses traits.

Je me promets de lui prendre un petit quelque chose de spécial au supermarché, pour tenter de me rattraper.

– Je peux te faire confiance pour suivre mes instructions ?

– Je suivrai tes instructions. Je veux venir.

Elle recommence à sautiller.

– Il faudra que tu sois parfaitement immobile là-dessous. Si quelqu'un passe près de la voiture, il ne doit pas te voir te tortiller. Il trouverait ça louche.

Elle continue à faire ses petits bonds.

– Finch, tu m'écoutes ?

– Je serai la fille la plus immobile du monde. Je serai si immobile que tu me croiras morte.

– Finch…

– D'accord, je serai si immobile que tu me prendras pour une statue.

– Bien. Ça me semble parfait.

Je démarre la voiture et nous empruntons la longue route de gravier jusqu'au portail. Je descends ouvrir, remonte en voiture, puis descends à nouveau pour refermer. Il n'y a rien de plus attirant pour un fouineur qu'un portail habituellement fermé et soudain grand ouvert. Ceux qui le remarqueraient risqueraient d'y voir une invitation à s'aventurer dans nos bois, en dépit du panneau « défense d'entrer ». Une fois le portail refermé, nous reprenons la route. Des pins blancs montent très haut vers le ciel, immenses et touffus. Au bout d'un moment, nous dépassons la station-service où nous ferons un arrêt au retour. Un Ford Ranger vert est garé devant, avec deux pick-up et une berline gris métallisé. Nous longeons un petit amas de maisons, j'imagine qu'on pourrait parler de village. Devant l'une d'elles, un immense trampoline est couché sur le flanc, sans doute après le passage récent d'une tempête.

– Regarde, murmure Finch, le front collé contre la vitre.

Nous nous engageons sur l'autoroute et nous roulons, les kilomètres défilent à toute allure. Quand j'aperçois le panneau de Somersville, je dis à Finch qu'il est temps pour elle de rejoindre sa cachette, et elle s'exécute. Je me gare sur le parking du supermarché, et je jette un coup d'œil à l'arrière, pour vérifier qu'elle est bien dissimulée et qu'on ne peut rien remarquer d'étrange. Je tire sur un coin de la couverture et recouvre sa chaussure qui dépasse.

– Je fais le plus vite possible. Reste là où tu es et essaie de ne pas trop bouger, d'accord ? Je n'en ai pas pour longtemps.

– D'accord, murmure-t-elle.

La couverture remue un peu.

J'ouvre la portière et descends.

– Finch ?

– Oui ?

– Je t'aime.

– Je sais. Je t'aime aussi.

8

Pour quelqu'un qui, depuis près de dix ans, n'a pas mis les pieds dans un autre bâtiment qu'une petite cabane nichée au milieu de cinquante mille hectares de forêt, un supermarché est un lieu surprenant et déroutant. Les lumières, enfilades interminables de néons, brillent d'un éclat accablant. Les rangées et rangées de gigantesques téléviseurs qui diffusent tous à fond les mêmes scènes, à des degrés divers de résolution, et avec un très léger décalage dans le temps – si l'on s'arrête pour les regarder plus attentivement, on constatera qu'un écran a peut-être une milliseconde de décalage sur celui d'à côté… Vertigineux et troublant. Des panneaux bleu et jaune sont suspendus partout : *Prix bas ! Énormes remises sur le rayon électronique !* Ça n'aide pas que les fêtes approchent à grands pas, il y a évidemment des sapins, des décorations, un renne en plastique et un immense Père Noël gonflable qui s'agite d'avant en arrière. La profusion absolue : trop, beaucoup trop de tout. L'absence totale de modération, de retenue.

À l'instant où je pénètre dans le supermarché, je sens monter une vague de panique, elle s'agrippe à moi comme un nageur qui se noierait au sauveteur le plus proche. Et vous savez ce qui se passe alors. Le nageur entraîne le sauveteur vers le fond. Plus bas, toujours, toujours plus bas. Je cligne des yeux, me concentre. Non. Pas aujourd'hui. Aujourd'hui je suis en mission, j'ai une tâche à accomplir, et Finch est au cœur de celle-ci. Finch qui m'attend, planquée sous un tas de couvertures au pied de la banquette arrière. Finch qui compte sur moi. Je regarde ma montre : sept heures passées de quelques minutes. J'ai tout planifié pour arriver tôt, avant qu'il y ait trop de monde, mais pas non plus trop tôt – sinon l'agent de sécurité de nuit serait encore en service et arpenterait les allées du magasin pour tromper son ennui, vaseux et énervé par la consommation de caféine.

Je prends un des chariots rangés à l'entrée du supermarché, sors la liste de la poche de ma chemise et me dirige vers le grand panneau bleu qui indique *Fruits et légumes*. Je sélectionne rapidement ce dont j'ai besoin à ce rayon, je suis efficace et je me sens mieux. Jusqu'à ce que tout parte un peu en vrille.

Comment ai-je pu oublier que l'achat de flocons d'avoine tout simples n'avait rien de simple ? Il y a des flocons d'avoine complets ou instantanés, de l'avoine décortiquée, des flocons multigrains, sans parler de la variété de marques. Laquelle choisir ? Y a-t-il de véritables différences ou s'agit-il d'un complot des grandes marques pour pousser les gens à consommer toujours plus ? J'essaie de me rappeler les emballages des immenses boîtes que Jake nous apportait, les mots écrits sur le côté, mais face à ces six options – six, oui ! –, je n'arrive plus à m'en souvenir.

– Vous n'avez pas l'habitude de faire les courses, hein ?

Je suis accroupi devant le rayon et penché vers les paquets pour tenter de lire les étiquettes, car il se trouve que les flocons d'avoine sont rangés tout en bas dans une allée qui doit contenir huit mille boîtes de céréales. En me retournant je découvre une quinquagénaire avec du ventre et un chariot bleu plein, qui me toise. Je regarde autour de moi, me disant que peut-être elle s'adresse à un autre client, à moins qu'elle soit au téléphone ou je ne sais quoi.

Elle pointe du doigt les flocons d'avoine.

– Je vous ai vu scruter les étiquettes. Mon mari est pareil. Si je le charge de rapporter du yaourt à la maison, je peux être sûre, ça ne manque jamais, qu'il va m'appeler pour me demander quelle marque, quel parfum.

Elle a une moue d'exaspération.

– Alors qu'on achète toujours les mêmes. Les Danone « Light and Free » à la vanille. Systématiquement la même marque, le même parfum. On n'a jamais rien d'autre à la maison. On pourrait penser qu'après toutes ces années il serait au moins capable de reconnaître l'emballage, non ?

Je n'arrive pas très bien à savoir si je suis censé lui fournir ou non une réponse, mais comme elle reste dressée au-dessus de moi j'ai bien l'impression qu'elle en attend une.

– Sans doute, oui, madame.

Je me retourne vers les flocons d'avoine, sors un paquet du rayon et fais mine de m'intéresser aux informations nutritionnelles, dans l'espoir qu'elle comprendra le message.

Je peux toujours rêver.

– Et c'est pour ça que je me charge des courses. Moi, je ratisse le magasin en une demi-heure et je remplis mon chariot pour toute la semaine. Sans oublier le reste. Les produits d'hygiène, les serviettes en papier, les garnitures périodiques… Je range tout ça dans la catégorie « fournitures ».

Ce n'est pas la première fois de ma vie que je suis confronté à ce genre de situation : un inconnu qui se sent seul et rêve d'engager la conversation, qui se trouve entouré de tout un tas de personnes qui seraient heureuses de discuter et qui pourtant se rabat sur… moi. Je ne sais vraiment pas comment l'expliquer, d'autant que je n'ai aucune conversation – enfin, c'est ce que m'a dit le conseiller d'orientation en seconde quand j'avais pris rendez-vous pour réfléchir à mon avenir après le lycée. Je n'avais aucune idée, je le lui ai annoncé dès le début et voyant que je n'avais rien à ajouter il m'a dit ça. Cindy formulait les choses avec plus de bienveillance. « Tu sais si bien écouter », c'étaient ses mots.

Bref. Cette petite tendance que j'ai, à attirer des gens auxquels je n'ai aucune envie de parler, moi, j'appelle ça une malédiction. Une anecdote véridique : un jour je prenais un café dans mon coin, je m'occupais de mes oignons, lorsqu'une femme a débarqué, s'est assise en face de moi et m'a raconté qu'elle avait une aventure et envisageait de quitter son mari, sauf qu'ils avaient des enfants… Et je ne vous mens pas, cette femme m'a demandé de lui donner mon avis sur la question. Une parfaite inconnue, qui me déballait toute sa vie puis attendait mes conseils. Avant déjà, l'année de la quatrième, un jour où j'étais le seul élève collé après les cours, le prof chargé de me surveiller, M. Marks, s'est laissé tomber sur la chaise à côté de la mienne et a commencé à me parler de ses ennuis avec sa copine. Je me prenais pour un petit malin à l'époque, je peux vous le dire, et ça m'a démangé de lui rétorquer : « Vous m'avez pris pour un pasteur ou quoi ? » Pourtant, je me suis contenté de l'écouter en regardant l'horloge égrener les soixante minutes de colle.

– À l'ancienne, dit la femme.

– Pardon ?

– Les flocons d'avoine. Prenez ceux à l'ancienne.

Ayant enfin pigé que je n'ai aucune envie d'engager la conversation, elle s'éloigne avec son chariot, dans le grondement des roues sur le sol plastifié.

Je sors huit boîtes de flocons d'avoine que j'empile dans mon chariot avant de passer au rayon suivant.

Les supermarchés ont le don de vous mettre sous le nez tout ce qui vous manque dans la vie. Je me souviens soudain de l'existence de toutes ces choses. Les yaourts. Les glaces et leurs petits cônes enveloppés dans du papier métallisé. Les M&Ms, les bretzels, la crème hydratante. Repensant à Finch et à son expression quand je lui ai répondu qu'elle ne pouvait pas m'accompagner, je rafle tout. Même si aucun de ces articles ne figure sur ma liste.

À mi-parcours, je n'ai plus de place dans mon chariot. Je paie, apporte les courses au Bronco, murmure à Finch de ne pas bouger : j'aurai bientôt terminé.

De retour à l'intérieur du Walmart, je choisis un pantalon de ski pour Finch, un manteau avec doublure amovible qui lui ira encore, je l'espère, pour les pluies de printemps et d'été ainsi que les journées fraîches mais pas froides de l'automne. Les deux vêtements proviennent du rayon garçons, parce qu'il faut un imprimé camouflage. Je lui prends aussi une paire de gants dans le même imprimé, et une seconde rose avec des paillettes. Avant de quitter la cabane, j'ai dessiné le contour de son pied au verso de la liste. Au rayon chaussures je l'approche de plusieurs paires de bottes fourrées et je retiens celles qui me semblent à la bonne taille.

Je dépasse les téléviseurs qui m'agressent avec leurs hurlements et leurs dix millions de pixels, puis le rayon plus modeste des livres. Je pense à Finch et suis attiré par les ouvrages flambant neufs comme par des sirènes, mais je jette un coup d'œil à ma montre sans m'arrêter, parce qu'elle m'attend dans le 4 × 4, cachée sous sa couverture. Enfin j'espère. La pile d'articles dans mon chariot monte si haut que son équilibre est précaire.

Ça ne m'empêche pas d'ajouter sur le dessus une boîte contenant une guirlande lumineuse de Noël à piles, avant de jeter un dernier coup d'œil à ma liste pour m'assurer que je n'ai rien oublié, puis de pousser le chariot surchargé et chancelant vers la sortie du magasin. La caissière, une femme avec un double menton et des coudes si gras qu'on dirait des massues, n'a pas du tout envie de parler de la pluie et du beau temps, elle m'accorde d'ailleurs à peine un regard, ce dont je lui suis reconnaissant. Les articles défilent entre ses mains, elle les scanne rapidement pour les déposer ensuite dans un sac en plastique – sa caisse est équipée d'une sorte de tourniquet qui lui permet d'avoir plusieurs sacs à disposition (elle le fait pivoter dès que l'un d'eux est plein). Quand je lui tends six billets de cent dollars elle pousse un soupir de dégoût. Signe, j'imagine, qu'elle aurait préféré un règlement en carte de crédit. Elle examine chacun d'eux à la lumière pour vérifier la présence du filigrane, puis elle tape le montant sur sa caisse. Elle me rend ma monnaie, et tandis que je grommelle un merci elle éteint le panneau lumineux au-dessus de son poste et s'éloigne en se dandinant.

Dehors, libéré de l'abondance écœurante du supermarché, je constate que le temps s'est réchauffé. Et alors que je pousse le chariot, qui déborde maintenant de sacs en plastique gris, sur le parking pour rejoindre le Bronco, je dois bien l'avouer : je sautille presque. Ce qui est dû au sentiment joyeux et victorieux d'avoir accompli quelque chose d'utile, d'avoir surmonté la peur qui a bien failli me terrasser. À moins que ce ne soit simplement un effet de l'air frais et de cette sensation de liberté qui se diffuse en moi maintenant que je me suis procuré de quoi tenir une année. Une sensation qui me comble, car je sais que Finch aura bien chaud, qu'elle ne manquera de rien et qu'elle pourra même savourer quelques plaisirs superflus.

Le parking s'est un peu rempli depuis notre arrivée, et au moment où le Bronco apparaît dans mon champ de vision j'aperçois un homme juste à côté, qui regarde à l'intérieur. J'accélère, cours presque avec le chariot tout en m'efforçant de conserver mon calme.

– Je peux vous aider ?

La tension dans ma voix est perceptible, mais au moins je ne lui ai pas dit de dégager – alors que c'est la première pensée qui m'est venue.

Il est vieux. Ridé, affaibli. Il porte une casquette en tweed, une écharpe écossaise et un manteau gris.

– Qu'est-ce que vous avez, là ? me demande-t-il, le doigt tendu. Ça bouge.

– Un chiot. Pour ma fille. Je viens d'aller le chercher. Je l'ai emmitouflé dans des couvertures pour éviter qu'il prenne froid.

Il se rapproche de la vitre, scrute l'intérieur du véhicule. Mes oreilles bourdonnent : si Finch entend ma voix juste à côté de la portière, elle pourrait bien se montrer.

– J'en étais sûr, dit l'homme. J'étais sûr que c'était un chiot.

Il rajuste ses lunettes.

– Pour Noël ? me demande-t-il.

– Exactement.

– Quelle race ?

– Oh, un labrador, dis-je en jetant un coup d'œil au tas de couvertures.

Les cheveux blonds de Finch dépassent dans un coin.

– Un labrador sable.

Le vieil homme examine mon chariot rempli de courses.

– J'en avais un quand j'étais petit. Il était sable lui aussi, et on l'avait appelé Patton, comme le général.

Il transfère son poids d'un pied sur l'autre.

– Je ne voudrais pas vous sembler intrusif, mais ça vous dérangerait de me le montrer ?

Je tente de ravaler la boule dans ma gorge.

– Eh bien, pour être honnête avec vous, monsieur, il a très mal vécu l'arrachement à sa maman ce matin, et je n'ai aucune envie de prendre le risque de l'énerver davantage en le faisant sortir sur ce parking. Je pense qu'il vaudrait mieux qu'on rentre sans tarder, avec tout le respect que je vous dois.

Il acquiesce d'un signe de tête.

– Bien sûr. Ce pauvre petit a juste besoin d'être chez vous et de trouver ses marques.

– Parfaitement.

– Alors, profitez bien de lui. Avec votre fille. Joyeux Noël.

– À vous aussi.

Il s'éloigne en traînant les pieds sur le bitume.

C'est pas passé loin. Vraiment pas loin. Alors que je nous croyais hors de danger. J'avais imaginé que c'était la solution la plus sûre : cacher Finch dans le 4 × 4, plutôt que l'autoriser à m'accompagner dans le supermarché, ou que la laisser seule à la maison, mais ce petit incident me rappelle que nous ne serons jamais en sécurité. Pas complètement.

Une fois que l'homme s'est éloigné d'une cinquantaine de mètres, j'ouvre la portière.

– Ne bouge pas, Finch, dis-je tout bas. Plus que quelques minutes, je dois juste décharger le chariot. Ça va ?

– J'ai froid. J'ai une crampe au mollet. Si ça se trouve c'est un caillot de sang qui pourrait me tuer.

– Désolé, ma puce. J'ai presque terminé.

Une fois que tout est rangé dans le coffre, je dois ramener le chariot. Je m'accroche fermement à la poignée, je place un pied sur la barre en bas et avec l'autre je prends mon élan. C'est parti, je glisse, les minuscules roues braillent sur les irrégularités du macadam, l'air frais me fouette les joues.

Je retourne au trot au Bronco, grimpe sur mon siège, monte le chauffage et prends la route de la maison. Dès que nous avons quitté la ville, j'autorise Finch à s'asseoir. J'allume la radio, trouve une station qui diffuse de la country, ce qui me fait tout drôle à entendre, un mélange de guitare, de tambour et de banjo, je dirais, qui accompagne une voix de femme, douce, triste et nasillarde, de celles qui viennent toujours à l'esprit quand on pense à ce type de musique. Je ne connais aucune des paroles de ces chansons, toutes récentes sans doute, mais pour la première fois depuis des années je me rappelle l'époque où je prenais le volant et écoutais la radio, où je connaissais les chansons, pas seulement les paroles, puisque j'étais capable d'anticiper les montées et les descentes, de savoir comment le morceau évoluait. Au moment de quitter Somersville pour rejoindre la cabane, en passant par la station-service où nous ferons notre dernier arrêt, alors que la musique est entrecoupée de grésillements sur la vieille radio et que le soleil d'hiver nimbe tout d'une brume dorée, les arbres épars et les champs marron, je me sens victorieux. Non, mieux que ça. Je jubile. Au point d'en être étourdi.

– Un dernier arrêt, Finch. Un dernier arrêt et on rentre.

– Je peux t'accompagner cette fois ?

Je me livre à un débat intérieur. C'est vraiment une station-service de troisième zone, un petit bâtiment carré vert menthe au milieu de nulle part. Et puis étant donné ce qui vient d'arriver sur le parking du Walmart, ça ne me paraît pas si déraisonnable de l'emmener.

– Je n'ai jamais mis les pieds dans un magasin, Cooper. Et on se gèle dans le 4 × 4.

Nous n'y passerons pas plus d'une ou deux minutes, et il n'y aura sans doute pas de caméras de surveillance. C'est si important pour elle…

– S'il te plaît, Coop, s'il te plaît !

– S'il n'y a pas d'autres voitures garées devant, tu pourras m'accompagner.

– Hourra !

Elle remue les jambes.

– Mais pas un mot, quoi qu'il arrive. Si quelqu'un t'adresse la parole, tu te contentes de sourire et de détourner le regard, compris ?

Elle pince les lèvres de toutes ses forces. Hoche la tête en écarquillant les yeux.

9

Une seule voiture se trouve devant la station-service, le vieux Ford Ranger vert qui était déjà là trois heures plus tôt : elle appartient à la personne qui tient la boutique, j'imagine. Je me gare devant une pompe, dis à Finch de descendre et ensemble nous allons régler le plein d'avance. Elle m'agrippe la main, elle a la paume moite d'excitation.

À l'intérieur, la caissière porte un badge avec son prénom, *Sheila*, et alors que la matinée est à peine entamée, elle est déjà en train de boire un soda et d'enrouler un fil de réglisse autour de son majeur. Elle regarde un jeu télévisé sur un écran minuscule, *Le Juste Prix*, et je ne peux pas m'empêcher de me demander où a bien pu passer l'ancien présentateur, Bob Barker. Finch se plante devant le comptoir, hypnotisée par l'émission. Une candidate à cheveux blancs fait tourner une sorte de gigantesque roue et le nouveau présentateur sourit. Finch n'avait encore jamais vu de téléviseur de sa vie.

Sheila lui jette un coup d'œil par-dessus le comptoir.

– T'aimes *Le Juste Prix* ? lui demande-t-elle.

Finch pose successivement les yeux sur elle, sur moi et à nouveau sur l'écran.

– Elle est timide, dis-je à Sheila.

Je pointe du doigt les quatre jerricans rouges que j'ai sortis du 4 × 4.

– Quarante litres de kérosène, quarante d'essence, et disons soixante pour le Bronco.

– J'étais timide moi aussi quand j'avais ton âge, dit Sheila. Je ne parlais à personne. À sa première réunion parents-professeurs, ma mère a appris que je n'avais pas prononcé un seul mot depuis la rentrée. C'était en novembre. J'étais restée muette plusieurs semaines.

Je me force à sourire, pose un tas de billets de vingt dollars sur le comptoir.

– Vous êtes déjà venus, observe Sheila en nous regardant tour à tour, Finch et moi.

L'argent ne l'intéresse même pas. Mon pouls se précipite.

– Nan. Vous devez nous confondre avec d'autres personnes.

Elle fronce les sourcils, fait un nœud au fil de réglisse.

– Si, ça fait un moment. Cinq ou six ans. Peut-être plus. Je me souviens.

Elle pense à la fois où on est venus passer un coup de fil à Jake, au tout début. J'avais utilisé la cabine téléphonique à l'extérieur, mais j'en avais profité pour faire quelques courses après.

– J'ai un physique plutôt banal, dis-je.

Elle claque la langue et me décoche un immense sourire en coin.

– Ben justement. C'est pas de vous que je me souviens, c'est du Bronco.

Elle tend le doigt vers la vitrine.

– Il est de 1994, exact ? J'en avais un, avant. Même couleur, même année. Sauf que le vôtre avait un autocollant de l'armée.

Mon estomac se tord, mon cœur s'emballe et je manque de m'étrangler – est-ce que Sheila s'en rend compte, de la flambée de panique ? Je suis tenté de baisser les bras, de renoncer à l'essence pour foncer à la cabane, parce que là nous nous trouvons, Finch et moi, dans une station-service, qu'il y a du monde partout, et qu'est-ce qui m'a pris de l'emmener dans le monde civilisé…

Je prends une profonde inspiration, retiens l'oxygène dans mes poumons, expire. *Reste calme, Cooper, respire.*

– J'ai jamais eu de meilleure voiture.

Je prends une barre chocolatée sur un présentoir, sans très bien savoir pourquoi, et la pose sur le comptoir. Ma main tremble, et je la cache dans ma poche.

Sheila manifeste son approbation d'un signe de tête.

– J'ai plié la mienne. Je suis tombée dans un fossé, l'an dernier, le soir du Nouvel An. Maintenant j'ai un Ranger.

Elle n'a pas encore touché à sa caisse – elle préfère faire la causette, apparemment –, alors je pousse l'argent vers elle.

Puis un cliquetis en provenance de la porte, un éclat vacillant. Je n'ai même pas entendu la voiture se garer devant, avec Sheila qui jacassait et la télévision qui hurlait.

Un homme entre. Grand et mince, chaussé de bottes de cowboy et vêtu d'un uniforme brun clair. Son insigne est épinglé sur sa poche poitrine. Il a peut-être mon âge, les cheveux coupés ras, un physique avantageux, une raideur militaire.

– Bonjour, shérif, lance Sheila.

C'est bien ma veine. Une lumière blanche consume soudain la boutique, les objets semblent luire.

Après tout ce que tu as surmonté, tu ne vas quand même pas laisser ton propre cerveau prendre le dessus dans une petite station-service en bordure d'une forêt. Tu es presque à la maison, Cooper. Tu as quasiment réussi. Tu as toute une année de provisions dans le coffre. Et pense à Finch. Elle compte sur toi. Tu ne peux pas la laisser tomber. Pas ici. Pas maintenant.

Finch se retourne et regarde fixement le shérif, bouche ouverte. À la télé, une candidate fait des bonds en tapant dans ses mains.

– Sheila.

Il coince son chapeau sous son bras et prend un gobelet en polystyrène sur la pile. Ouvre un sachet de sucre pour le verser dedans.

– Mademoiselle…, dis-je en me forçant à sourire.

C'était un conseil de Jake, je me souviens : préférer toujours « mademoiselle » à « madame ». Les femmes se sentent vieilles dès qu'on leur donne du « madame », m'avait-il expliqué.

– Je ne voudrais pas être grossier, mais j'aimerais bien rentrer chez moi.

– Bien sûr.

Elle enregistre l'addition sur la caisse, range les billets dans le tiroir et me rend ma monnaie.

– C'est très sympa.

Je bouscule gentiment Finch devant moi, qui avance vers la porte en traînant les pieds, tête baissée.

– Remonte dans la voiture, ma puce.

Elle grimpe sur la banquette. Je fais d'abord le plein du Bronco, puis je prends les jerricans. Mes mains tremblent pendant que je les remplis. Les pompes sont vieilles, rien n'est informatisé. Et elles sont lentes. Finch regarde les chiffres défiler sur le cadran par la vitre. Enfin, les quatre jerricans sont pleins. Je les hisse devant le siège avant, puis je me mets au volant.

Le shérif se trouve devant la station-service et nous observe. Il lève son index pour nous faire signe d'attendre.

J'hésite. Je pourrais démarrer, prétendre que je ne l'ai pas vu.

Il avance vers nous.

– Cooper, murmure Finch.

Il tapote sur la vitre côté passager. J'appuie sur le bouton pour l'ouvrir.

– C'est votre fille ? demande-t-il en se penchant à l'intérieur.

Je hoche la tête.

– Elle a quel âge ?

Mon cœur cavale. Impossible qu'il ait réuni toutes les pièces du puzzle en nous ayant seulement observés une minute dans la boutique. Impossible, impossible. J'envisage de mentir, par simple précaution.

– J'ai huit ans, lance Finch depuis la banquette arrière.

Il porte son gobelet à sa bouche et grimace en avalant une gorgée de café brûlant.

– Avec sa taille, elle devrait être sur un rehausseur, vous savez ?

– Oui, monsieur. Je l'ai retiré la semaine dernière et j'ai oublié de le remettre.

– Bon, ben n'oubliez pas la prochaine fois. C'est pour sa sécurité. Et puis c'est dans la loi aussi.

– Oui, monsieur. Je n'y manquerai pas. Merci.

Il s'écarte du 4 × 4.

– Très bien, vous pouvez partir.

Au moment de mettre le contact, ma tête tambourine et je sens la panique enfler de façon menaçante, une sensation d'étouffement de plus en plus forte.

Respire.

Je dévisse le bouchon de ma gourde et prends une longue gorgée.

– C'est quoi un rehausseur ? demande Finch au moment où nous quittons la station-service.

– Tu n'aurais pas dû parler à ce shérif. Je t'avais dit de n'adresser la parole à personne, sous aucun prétexte.

– Tu crois que Walt Whitman va bien ?

Ça lui arrive de faire ça, d'ignorer mes propos, de changer de sujet.

– Finch…

– Bah il a posé une question et tu n'as pas répondu. Il était planté là…

– Je suis sérieux, Finch. J'ai besoin de savoir que quand je te demande quelque chose tu m'écoutes.

– D'accord, marmonne-t-elle.

Dans la buée sur la vitre, elle trace un cœur et écrit son nom.

Je tourne à gauche, puis à droite, et je fonce sur les dix kilomètres de route qui serpente et ondule, provoquant un immense nuage de poussière dans mon sillage. Arrivé au portail, je descends l'ouvrir, le franchis, le referme. Une fois dans la clairière, je coupe le moteur et pose mon front sur le volant.

– Ça va, Cooper ?

Je fais oui de la tête, avant de sortir. Le soulagement et l'épuisement me frappent de plein fouet.

– On a réussi, lui dis-je alors qu'elle saute à terre.

Elle met ses mains sur les hanches et me sourit. Je contourne le véhicule pour aller de son côté, et j'efface son nom sur la vitre.

Elle se précipite vers l'arrière du Bronco et admire le tas de sacs en plastique gris.

– Regarde un peu tout ça.

Il nous faut des heures pour tout ranger. D'abord tout transporter dans la cabane. Une fois que le Bronco est vide, je vais le garer derrière la remise pour le cacher. Simple précaution. Puis il faut trier les courses. Walt Whitman est sans arrêt dans nos pattes, il se faufile entre nos pieds, sa petite queue toute droite. Finch sort les articles des sacs, les examine, lit les étiquettes.

– Crackers Ritz, dit-elle en tenant la boîte rouge et bleu. Ils ont l'air bons.

– Ils le sont. Croustillants avec un bon goût de beurre.

– Cheerios, lit-elle sur l'emballage des céréales. Tu as vu la petite abeille ? Je garderai le paquet quand on aura terminé. Je pourrais la découper et l'attacher au bout d'un fil de pêche.

Elle agite le carton tout en parlant.

– Je l'accrocherai à l'une des poutres du grenier. On aura l'impression qu'il y a une abeille dans la cabane.

– Je t'autorise à choisir un paquet à ouvrir maintenant, lui dis-je en descendant un chargement de nourriture dans le cellier. On ne peut pas tout entamer, sinon ça va rassir. Alors prends le temps de réfléchir et d'en choisir un.

Elle finit par placer les cinq finalistes sur la table : les crackers, les brioches à la cannelle, les sticks de bretzels, les petits pots de pêches au sirop, les chips. Elle arrête enfin sa décision sur les brioches.

Elle essaie tous ses vêtements – entreprise de longue haleine. D'abord, il faut tout emporter dans la chambre, puis elle essaie chacun des articles et vient défiler dans le séjour où je nous prépare un déjeuner tardif. Une chance que tout soit à la bonne taille. Elle est particulièrement ravie des gants roses et les porte le restant de la journée.

Pendant que nous terminons de ranger les affaires à leur place, je suis envahi d'un tel sentiment de satisfaction que je me mets à siffloter, et Finch m'imite. Nous travaillons le cœur léger parce que malgré les petits pépins que nous avons rencontrés en chemin – la cliente bavarde dans le supermarché, le vieux fouineur sur le parking, Sheila et le shérif dans la station-service –, nous avons réussi. Nous sommes en sécurité.

10

– Parle-moi de ma mère, me lance Finch au moment de se mettre au lit, en remontant ses couvertures jusqu'au menton.

Il lui arrive de le faire, et comme je n'ai pas le cœur de me dérober, je me force à penser à elle. Cindy.

Je n'ai jamais réclamé ce genre de choses à Lincoln, mais certains soirs l'absence de ma mère me pesait, une sensation étouffante de vide glacial, et je voulais penser à elle, l'imaginer à mes côtés dans ma chambre avec mon affiche de *Star Wars* et ma caisse de petites voitures. Je rêvais d'une histoire. J'en aurais demandé une à Lincoln, un souvenir – je me rappelle y avoir pensé d'ailleurs, seulement je savais que ma tante était en colère contre ma mère, peut-être plus que moi encore. Elle me l'avait bien laissé entendre dès le début.

« Si ta mère était morte, m'avait-elle dit un jour, peu de temps après que celle-ci s'était fait la malle, on l'aurait pleurée. Mais ce qui est arrivé est bien pire, Kenny. Une mère ne devrait jamais se comporter de la sorte, tu entends, et on fera comme si elle n'existait pas. »

Je vais vous dire une chose : c'était une tâche difficile et déroutante pour un gosse. Faire comme si ma mère n'existait pas alors qu'elle occupait toutes mes pensées ? J'ai fini par comprendre, malgré tout, que la stratégie de Lincoln n'était pas sans intérêt. Avec le temps, j'ai songé de moins en moins souvent à ma mère. Peu à peu, elle a commencé à se dissiper dans mon esprit, comme une brume qui se lève et disparaît, si bien qu'arrivé au lycée je ne lui accordais presque plus une seule pensée.

– Quelle histoire tu veux, Finch ?

Je me fais une place à côté d'elle sur son petit lit, le dos contre le mur.

– Celle des écureuils qu'elle a sauvés.

– Tu es sûre ?

J'ajuste ma position, les rondins du cadre de lit me rentrent dans la colonne vertébrale.

– Oui, Cooper, insiste-t-elle en gigotant et en gloussant.

– Ta mère a toujours eu un faible pour les animaux. Je te l'ai déjà expliqué. Elle voulait toujours les sauver, elle était en phase avec eux, et d'ailleurs elle les attirait. Je veux dire qu'ils la regardaient différemment, comme les oiseaux avec toi.

– « J'ai connu une femme, d'une nature adorable, et quand de petits oiseaux soupiraient, en retour elle le faisait. » Tu te souviens de ce poème de Theodore Roethke, Coop ? Un poète américain qui a vécu de 1908 à 1963.

Finch et sa manie de régurgiter ses connaissances…

– Je me souviens, oui.

– Ces vers m'ont toujours fait penser à elle. Enfin plutôt à ce que tu m'as raconté d'elle.

Je ressens un pincement dans la poitrine.

– Bon alors, tu veux que je te raconte l'histoire ou pas ?

Elle confirme d'un signe de tête.

– Très bien, où en étais-je ? Ta mère. On avait une chatte à la ferme, une vieille compagne de ma tante, une minette méchante et agressive. Elle crachait dès qu'on approchait trop, montrait les dents. Et elle était grosse en plus, six ou sept kilos, ce qui est lourd pour un chat, et toute noire, ce qui lui donnait l'air encore plus méchante. Peut-être parce que ses yeux paraissaient plus brillants. Ta mère adorait les animaux, à l'exception de cette chatte. Pour sa défense, elle avait essayé de faire amie-amie avec Kitty, au début. Elle lui avait acheté des boîtes de nourriture, elle lui avait fait un petit lit dans un vieux carton, au fond duquel elle avait installé des chiffons pour que ce soit plus confortable. Kitty ne se laissait pas amadouer. Elle semblait même en vouloir encore plus à ta mère de se montrer aussi gentille. Kitty était une chatte revêche.

Finch rigole et mord ses draps. Walt Whitman ronronne sur ses genoux.

– J'ai demandé à ta mère si elle voulait que je me débarrasse d'elle, et elle m'a répondu que non, bien sûr. Elle avait de la tendresse pour tous les animaux, même les méchants.

Finch m'interrompt.

– Elle n'aurait pas été contente de ce que tu as fait à Susanna, ma mère.

– Non, sans doute pas en effet. Enfin bref. Un jour Kitty a traîné un écureuil mort, ou plutôt quasi mort, sur la galerie à l'avant de la ferme, où ta mère s'était installée avec un verre de limonade et un livre. Elle était enceinte de toi à l'époque. L'écureuil se tortillait, il était agité de mouvements convulsifs, et Kitty s'amusait à lui donner des petits coups de patte. C'est ce que font les chats, c'est comme ça qu'ils fonctionnent : ils jouent avec leurs proies puis les achèvent. Ta mère l'a chassée de la galerie. Kitty a craché, ses oreilles étaient plaquées en arrière et ses yeux lançaient des éclairs, mais elle a fini par détaler. Elle a filé vers l'immense chêne dans la cour pour grimper dessus en plantant ses griffes dans l'écorce. Ta mère s'est replongée dans son livre, tu lui ressembles, tu sais, elle lisait sans arrêt, et se laissait tellement prendre par les histoires qu'on avait parfois l'impression que le monde autour d'elle disparaissait. Et pendant ce temps, Kitty avait attrapé un bébé écureuil dans l'arbre, qu'elle a rapporté, dans sa gueule, sur la galerie, pour le déposer juste à côté de la maman écureuil qui, je tiens à le préciser, n'était pas encore morte.

– Et qu'est-ce qu'a fait ma mère ?

– Eh bien elle est sortie de ses gonds cette fois, elle a attrapé un balai pour se débarrasser de Kitty, qui n'a pas compris ce qui lui arrivait.

Finch éclate franchement de rire et pousse des cris de joie en remuant les pieds sous les draps.

– Elle n'a pas fait mal à Kitty. On l'a revue plus tard ce jour-là, et crois-moi, la chatte était aussi hargneuse que d'habitude mais après le coup du bébé écureuil, ta mère est venue me chercher. Je triais le bazar dans la grange. Elle m'a demandé de grimper dans cet arbre et d'aller chercher le restant des écureuils. Je tiens à préciser que si elle n'avait pas été enceinte, elle s'en serait chargée elle-même. Elle était agile et musclée, comme toi. Très sportive, mais je te l'ai déjà dit. Pas du genre à appeler à l'aide, sauf quand elle n'avait pas le choix. Alors j'ai grimpé à l'arbre. J'ai mis les bébés écureuils dans mon tee-shirt comme un marsupial, puis je suis descendu pas très élégamment, en faisant très attention. Il y en avait trois. On les a installés dans le carton que ta mère avait préparé pour Kitty, et on les a mis à l'intérieur, où la chatte ne pourrait pas les atteindre. Ta mère m'a ensuite envoyé à l'épicerie acheter des compte-gouttes et du lait entier, pour qu'on les nourrisse, plusieurs fois par jour. Et on l'a fait jusqu'à ce qu'ils soient sur pied.

– Et ensuite ?

– Au bout d'un moment, ils ont réussi à boire le lait tout seuls, alors on leur a donné des aliments solides. Des graines pour oiseaux.

– Ils adorent ça !

Ici, les écureuils montent sans arrêt sur la mangeoire à oiseaux, fixée à un poteau juste devant la cabane, pour leur piquer leurs graines. Il faut sortir en criant pour les chasser, taper des pieds sur le perron. Comme pour le reste de nos provisions, nous n'avons que des quantités limitées de graines, et un écureuil est capable de faire de sacrés dégâts. On ne peut pas se retrouver sans nourriture pour les oiseaux en plein hiver alors qu'ils comptent sur nous.

– Exactement. Et ta mère étalait parfois du beurre de cacahuètes sur des crackers. Punaise, ils en étaient dingues, tu peux me croire sur parole.

– Et Kitty ?

– Eh bien, une fois qu'on a adopté ces écureuils, j'ai su que Kitty allait nous poser problème. Alors je l'ai emmenée plus bas sur la route pour la déposer dans la ferme d'un voisin. Je suis sûr qu'elle s'en est bien sortie. Elle savait se défendre toute seule. Elle rôde peut-être toujours dans le coin, à effrayer les promeneurs sympathiques et attaquer les nids d'écureuil. Je n'en serais pas du tout surpris.

J'ébouriffe les cheveux de Finch.

– Et ces écureuils, ils étaient mignons ?

– Oh oui, très. Surtout quand on aime ces petites bestioles.

– Et ma mère les nourrissait un par un avec le compte-gouttes ?

– Oui, m'dame. Elle avait la fibre maternelle, avant même de t'avoir.

– J'aurais aimé la connaître.

Un accès de tristesse me serre la gorge.

– Je sais.

Je me penche vers Finch pour l'embrasser sur le front.

– Il est l'heure de dormir maintenant, ma puce. Bonne nuit.

– Bonne nuit, Cooper.

Je vais dans la cuisine et je prends appui contre le plan de travail pour regarder, dehors, les nuages qui couvent dans le ciel. Cette anecdote avec les écureuils est véridique, même si j'ai modifié la fin. Dans les faits, nous avons sauvé les écureuils et nous les avons nourris au compte-gouttes pendant deux jours. Puis, un par un, ils se sont affaiblis, refusant de lever la tête pour boire, et le troisième jour ils étaient tous les trois morts dans le petit carton. Cindy en a eu le cœur brisé. Elle a pleuré toutes les larmes de son corps, et je me demande si sa réaction n'était pas amplifiée par le fait qu'elle était enceinte, même si je n'en suis pas sûr. Alors que j'en voulais à la chatte et aux lois de la nature, elle s'en voulait à elle-même.

En vérité, j'aime bien la version que j'ai concoctée pour Finch. Nous deux, Cindy et moi, avec trois petits écureuils domestiques cavalant à l'intérieur de la ferme, dans une sorte de joyeux désordre. Cette version plaît à Finch aussi, et même si elle n'est pas entièrement vraie, certains éléments le sont, les plus importants, ceux qui l'aident à cerner quel genre de femme était Cindy. C'est ce qui compte au fond. Et puis personne n'a besoin d'une autre histoire triste, surtout pas moi.

Je sors de la cabane, tends l'oreille. Le calme est si parfait à cette période de l'année, maintenant que les rainettes et les grillons de l'été se sont tus. Ce soir, les nuages cachent le minuscule croissant de lune, ce qui assombrit la clairière et brouille ses contours. Je glisse mes pieds dans mes chaussures pour descendre les marches du perron. Vais vérifier que rien ne trouble la paix du poulailler. Balaie lentement la nuit avec ma lampe torche, de gauche à droite. Rien.

Je rentre, ferme les verrous de la porte et place la pelle sous la poignée.

S'il y a un moment de la journée qui est difficile, c'est bien le soir. Je ne sais pas très bien pourquoi, peut-être parce qu'une fois Finch couchée je me retrouve seul et que mes pensées dérivent vers Cindy. Peut-être que quand j'ai accompli toutes les corvées et que je me repose, son absence devient plus palpable. Comme ma solitude. Pendant la petite période de bonheur que j'ai connue dans ma vie, à l'époque où Cindy était enceinte et où nous vivions, ensemble, dans la ferme de tante Lincoln, nous discutions après le dîner. Assis sur la galerie, au bord de la rivière ou de l'étang. Peu importait l'endroit : c'était notre truc, ces conversations le soir. Ce que nous avions fait au travail, qui nous avions vu. Et ce n'était pas tout. Nous nous disions aussi ce que nous attendions de la vie. Nous parlions de l'avenir. Des rénovations que nous comptions faire dans la ferme. Des endroits où nous rêvions d'emmener nos enfants. Des personnes que nous voulions devenir.

Bon, aucune de ces choses ne pourra plus arriver, bien sûr, ce qui peut me déprimer si je m'y attarde trop. Autrefois, je me suis autorisé à le faire, à lui parler encore. Mais s'engouffrer dans les regrets, les souhaits et les souvenirs, ça revient à plonger dans un véritable vortex. Il vous aspire tout au fond, et ensuite il faut se démener pour en sortir. Autant rester dans l'instant présent. Je coupe la lampe au kérosène, regarde la flamme se réduire à un point bleu.

– Ça t'aurait plu ici.

Et je ne lui dirai rien de plus ce soir.

11

Le lendemain matin, après le petit déjeuner, Finch se remet à travailler sur sa croix pour la tombe de Susanna la poule. Elle trouve deux morceaux de pin blanc qu'elle taille au bon format avec sa hachette. Pendant ce temps je coupe du bois, je lève la hache très haut pour l'abattre de toutes mes forces. Je le sentirai ce soir, dans mon épaule droite, une raideur, un tiraillement, souvenir d'une blessure lors de mon deuxième service à l'étranger, lorsqu'une partie d'un bâtiment s'est effondré et qu'une poutre, en tombant, a délogé un bout d'os – auquel il valait mieux ne pas toucher d'après le médecin. Elle ne me gêne pas la plupart du temps – je m'y suis peut-être habitué, à cette douleur sourde qui ne disparaît jamais complètement –, mais certaines activités la réveillent. Couper du bois. Tirer à l'arc.

Finch déplie avec beaucoup de précautions le canif, dont elle se sert pour retirer des bouts d'écorce sur les brindilles, d'un geste ferme et assuré. Elle va chercher la ficelle que j'ai laissée sous le porche et elle l'enroule plusieurs fois en la croisant pour fixer les deux bouts de bois. Je transporte une brassée de bois jusqu'au porche. La cuisinière est non seulement notre seule source de chauffage mais aussi notre seul moyen de nous préparer à manger, et nous nous en servons tous les jours. Ce qui implique une grande consommation de bois.

Finch termine sa croix puis l'emporte à l'arrière, à l'endroit où nous avons enterré Susanna. Je l'entends la planter dans le sol, et je vais jeter un coup d'œil en douce, au coin de la cabane : agenouillée dans la terre, elle se sert d'une pierre. Walt Whitman s'agite dans son dos. La croix penche, et Finch la redresse, l'enfonce un peu plus dans la terre. Je pourrais lui offrir mon aide, mais j'ai toujours été d'avis que ma fille devait apprendre, en grandissant, l'indépendance et la débrouillardise, parce qu'on ne sait jamais ce que la vie vous réserve. Finch possède ces deux qualités. Et elle m'en voudrait de lui proposer un coup de main – elle n'apprécierait pas plus de savoir que je l'espionne, d'ailleurs.

Elle semble enfin satisfaite de son travail. Je disparais derrière l'angle de la cabane pour retourner fendre du bois, et Finch ne tarde pas à revenir dans la clairière. Elle rentre dans la maison puis en ressort avec son journal intime, un cadeau de Jake, dans lequel elle dessine et enregistre toutes ses découvertes dans les bois. Il y a une pochette à la fin, dans laquelle elle conserve des choses. Des fleurs séchées, des plumes rares. Elle a glissé sa fronde sous son bras.

– On part en exploration, Walt et moi, annonce-t-elle.

– D'accord. Dans quelle direction ?

Elle tend son index vers la gauche.

– L'est.

Il y a un an environ, j'ai commencé à lui accorder un peu plus de liberté de mouvement. Je reste nerveux chaque fois qu'elle s'éloigne, mais elle devenait fébrile à force de rester coincée ici en permanence, à me regarder travailler, même si elle me filait parfois un coup de main, et je m'en suis voulu de la restreindre à ce point. J'ai pensé qu'un peu de liberté ne lui ferait pas de mal – je lui devais bien ça. Elle inspecte les bois à la recherche de traces ; s'assied et reste parfaitement immobile jusqu'à ce que des bestioles approchent. Et ça marche. Grâce à son talent extraordinaire pour se taire, pour se cacher. Je ne suis même pas certain que je réussirais à la retrouver si elle décidait de me tester un jour. Elle sait identifier les traces de tous les animaux qui passent par ici. Elle remonte leur piste, connaît leur façon de se déplacer, l'endroit où ils dorment. Les chants d'oiseaux n'ont pas de secret pour elle. Les bois lui sont aussi familiers qu'à moi, et elle ne s'éloigne jamais beaucoup. J'ai été très clair sur ce point : hors de question de s'aventurer trop loin.

Je coupe des tronçons de bois en quatre et forme un tas pour Finch, qui le débitera en petit bois – bien utile pour obtenir rapidement un feu bien chaud les matins glacés. Puis je passe au gros œuvre. Les nuitées, comme je les appelle : de grosses bûches de bois bien dur que je mets dans le foyer avant d'aller me coucher.

Au bout d'un petit moment, j'entends le cri d'un engoulevent : c'est une technique pour communiquer dans les bois sans crier. Je cherche Finch dans les alentours, réponds à son appel. Elle surgit sans un bruit, son journal dans une main, son lance-pierre dans l'autre, et je prends le temps de bien la regarder, si grande et dégingandée, tout en bras et jambes. Son pantalon, qu'elle porte depuis l'année dernière, lui arrive bien au-dessus des chevilles.

– Alors ?

– Trois écureuils gris. Une mésange bicolore et un grand pic.

– Tu n'as pas perdu ton temps, à ce que je vois.

– Le pic s'attaque à un chêne rouge d'Amérique, à une centaine de mètres dans la montée, précise-t-elle en m'indiquant la direction. L'arbre est mort. Il pourrait nous fournir du bois de chauffage.

– Bonne trouvaille.

Elle joue avec son crayon.

– C'était quelque chose, hein, Cooper ? Prendre cette grande route pour aller au supermarché. Rouler au milieu des autres véhicules, les arbres et les voitures qui défilaient à toute allure. C'était comme voler.

J'acquiesce en grommelant.

– La station-service, toutes ces maisons, ces affaires dans les jardins des gens.

Elle grimpe sur un rondin, se balance d'avant en arrière, en équilibre.

– Et il y a plein d'autres choses à voir, j'en suis sûre. Un monde tout entier, Cooper.

Maisons de poupées. Bibliothèques. Plateaux plastifiés de la cantine. Churros et grande roue. Piscines : odeur du chlore dans les cheveux, chaises en plastique colorées par les moisissures. Dessins animés du samedi matin. Bus scolaire. Téléphones : le réconfort d'entendre la voix de quelqu'un à distance. Avions, le miracle de voler. Océan. Émois amoureux. Soirées pyjama entre amies. Courses pour la rentrée scolaire. Déguisements. Permis de conduire. Bowling. Glaces italiennes. Secrets partagés avec une meilleure amie. Bals de promo. Sorties scolaires. Cinémas. Supermarchés.

Je connais la liste. Celle des nombreuses choses dont Finch est privée parce que j'ai décidé de venir ici. J'ai parfaitement conscience qu'elle passera à côté de certaines expériences, parfois importantes. Et bien sûr il m'arrive de me demander si c'est juste de l'élever à l'écart de certaines facettes de l'existence qui, pour beaucoup, sont constitutives d'une enfance américaine. Si je ne lui ai pas imposé les conséquences de mes actes, si un jour elle ne risque pas de me le reprocher. Ce qui me console malgré tout, ce qui m'empêche de m'empêtrer dans un sentiment de culpabilité, c'est que la vie que je lui offre, si elle n'a rien de conventionnel, est fondamentalement une bonne vie. Une vie saine. En ce qui concerne ses besoins essentiels, elle ne manque de rien. Elle est prise en charge. Aimée.

Je lève la hache très haut et l'abats de toutes mes forces, ma paume glisse sur le manche. Le chêne se fend en deux moitiés. Je les ramasse pour les lancer sur le sommet de ma nouvelle pile.

– On a tout ce qu'il nous faut ici, Finch. De la nourriture, des vêtements, de quoi se chauffer, la paix. Nous deux.

Tout en prononçant ces mots, je grimace intérieurement. C'est bien, pour le moment. Suffisant, en tout cas. Mais même si ça me coûte de l'admettre, je le sais au fond de moi : un jour, et ce jour arrivera plus tôt que je ne le crois, elle se sentira à l'étroit ici.

Finch approche Walt Whitman de son nez.

– Parfois je me demande juste à quoi ça ressemble. La vie là-bas… Tous ces gens. Et puis je pense aux châteaux, aux villages, aux villes, aux bâtiments. Aux chevaux ! Tu imagines, monter sur un cheval ? Les trains, les avions. Non, mais tu te rends compte, voler !

– C'est ce qui est bien avec les livres. On peut faire l'expérience de différentes existences et de différents endroits à travers eux. Tout en restant bien confortable, et en sécurité, chez soi.

Le vent se lève et soulève des feuilles qui traversent la clairière dans un tourbillon. Je pose un autre tronçon de bois sur le billot, à la verticale, et j'abats ma hache. Finch finira par partir. J'en ai la certitude. Je suis bien conscient que ce monde que nous avons construit – chasser, pêcher, relire les mêmes livres, encore et encore – ne pourra pas durer éternellement. C'est ce qui le rend encore plus précieux à mes yeux, savoir que son existence est temporaire. Enfin, tout est temporaire. Cet endroit et ce chapitre, je m'y accroche, je le reconnais. Néanmoins j'ai déjà prévu le dénouement. J'ai l'intention, lorsque Finch aura dix-huit ans, de la mettre en contact avec ses grands-parents. De lui donner leur nom et leur numéro de téléphone, leur adresse. De lui parler un peu d'eux. De l'encourager à aller les voir. Je suis sûr d'une chose : il suffira qu'ils posent le regard sur elle pour que M. le Juge et sa femme la reconnaissent, tant Finch est le portrait craché de Cindy à son âge. Je lui remettrai une photo de sa mère aussi, au cas où ils voudraient des preuves supplémentaires. Mais ce ne sera pas le cas.

Maintenant, que les choses soient bien claires : cette perspective me fait horreur. Penser au départ de Finch, à sa découverte du vaste monde sans moi. Ça me rend malade. Et pourtant elle a une vie à vivre, et je veux qu'elle en profite. Le moment venu, ce sera le cas.

– Je crois que je vais préparer des pommes de terre sautées pour le dîner. S'il n'y a pas trop de vent, on fera un feu dehors. J'ai pris quelque chose de nouveau au supermarché. Quelque chose que tu dois absolument goûter. Des hot dogs.

Un jour elle ne s'en contentera plus, évidemment. Elle voudra non seulement entendre parler du monde mais aussi le voir de ses propres yeux. Connaître son goût, le sentir. En faire l'expérience. Impossible de le lui reprocher. Et elle y aura droit, mais pas tout de suite. Car je ne lui ai pas encore raconté la longue et terrible histoire qui explique notre présence ici, les détails de ce que j'ai dû faire pour la récupérer. Elle n'a pas besoin de savoir, enfin pas encore. Elle a huit ans, elle pense que je suis quelqu'un de bien, et je ne cherche pas à la détromper. Est-ce que quelque chose ne tourne pas rond chez moi – parce que je veux qu'elle me voie sous un certain jour ? Non. Le respect de ma fille est de la plus haute importance à mes yeux, je n'ai aucun mal à le reconnaître. Sa façon de me regarder. La stabilité que je lui apporte, l'équilibre. Je lui dirai un jour. Toute la vérité. Ce que le monde au-delà de cette cinquantaine d'hectares de bois nous a fait. Ce qu'il nous ferait encore.

12

À la mort de Cindy, j'ai tout de suite su que ses parents allaient poser problème. Et ça a été le cas. Mais pas comme je l'avais supposé. D'abord, Mme le Juge nous a apporté une tourte à la viande. Du lait, des œufs, du pain. Je suis allé lui ouvrir la porte, j'ai accepté la tourte et les courses dans le sac en papier de l'épicerie. Je ne l'ai pas invitée à entrer. Elle ne s'en est pas étonnée. La fois suivante, elle a apporté des lasagnes puis, deux jours plus tard, du lait maternisé et des couches. La troisième fois, je l'ai laissée franchir le seuil de la maison.

– Je pourrais la prendre pour quelques heures, m'a-t-elle dit, alors qu'elle tenait la petite dans les bras. Je sais que tu es fatigué, Kenny. Qui ne le serait pas à ta place ? Tu pourrais en profiter pour te reposer.

C'était vrai, j'étais fatigué. Aux rares occasions où Grace Elizabeth dormait un peu pendant la nuit, l'angoisse m'empêchait de trouver le sommeil. Je me repassais en boucle l'accident dès que je fermais les yeux. Le visage de Cindy.

– Nous sommes ses grands-parents, Kenny, a insisté Mme le Juge. Laisse-nous t'aider. Cindy l'aurait souhaité, tu le sais bien.

Et donc j'ai accepté. Deux jours plus tard, Mme le Juge est revenue. J'avais préparé un sac à langer, mais elle m'a dit qu'elle avait déjà tout le nécessaire chez elle. Elle avait aussi prévu un siège auto, apparemment.

– Je te la ramène ce soir.

Je n'ai même pas eu le temps d'embrasser Grace Elizabeth pour lui dire au revoir, Mme le Juge l'avait prise et emportée. Quelques heures plus tard, elle me l'a ramenée, habillée différemment, un bandeau sur la tête.

Le lendemain matin, deux voitures se sont garées devant la ferme : une berline bleue et un véhicule de police. Personne n'est descendu de ce dernier, mais un homme et une femme sont sortis de la berline. Ils ont frappé à la porte. Ils travaillaient pour le service de protection de l'enfance, m'ont-ils dit.

Nous avions enterré Cindy onze jours auparavant, et, ça ne surprendra personne, les choses n'allaient pas bien. Pour commencer, Cindy avait allaité Grace Elizabeth, qui n'avait jamais pris le biberon et qui n'aimait pas trop que je lui fourre une tétine en plastique dans la bouche. Sans parler du fait que je ne savais pas comment la tenir et que j'ignorais qu'il fallait s'assurer qu'elle avait bien fait son rot. Heureusement, au bout d'une douzaine de tentatives, elle avait fini par accepter le lait maternisé, par le boire jusqu'à la dernière goutte. J'imagine que la faim avait eu raison de ses résistances. Et j'ai appris à mieux la tenir. Le sommeil, comme je l'ai expliqué, restait problématique. Elle passait la plupart des nuits éveillée, s'assoupissait plusieurs fois dans la journée, et réclamait les bras dès qu'elle ne dormait pas. Je ne pouvais presque rien faire dans la maison.

Tout ça pour dire que lorsque le service de protection de l'enfance a débarqué, les apparences ne jouaient pas en ma faveur. Il y avait de la vaisselle sale partout, dans la cuisine, sur la table et le canapé. Je n'avais pas fait le ménage dans la salle de bains depuis la mort de Cindy, et je n'avais pas non plus sorti les poubelles. Les gens m'avaient apporté des bons petits plats, qui étaient pour certains rangés au frigo. Sur le plan de travail de la cuisine trônait une carcasse de poulet dont j'avais l'intention de faire un bouillon – sans avoir été au bout de mon projet. Il se trouve qu'au moment où ils ont frappé à la porte, j'étais en train de changer la couche de Grace Elizabeth, ce que j'avais l'habitude de faire par terre. Le temps de me lever pour aller ouvrir, je l'ai retrouvée avec sa couche sale sur la tête – elle avait dû tirer dessus au moment où j'avais le dos tourné.

– Monsieur Morrison, a dit l'homme après avoir un peu rôdé dans la maison, le service de protection de l'enfance a établi qu'il était dans l'intérêt de votre fille de la retirer de votre domicile.

– La retirer ?

– Oui. Cela signifie que nous allons la placer.

– Dans vos rêves !

J'ai soulevé Grace Elizabeth dans mes bras et je l'ai serrée contre moi. J'en croyais à peine mes oreilles.

La femme s'est faufilée dehors pour faire un signe à la voiture de police.

– Monsieur Morrison, ne nous obligez pas à utiliser la force.

– Vous débarquez ici, vous trouvez un peu de vaisselle sale et des poubelles qui débordent, et ça vous suffit pour conclure que je ne suis pas apte à élever mon enfant et que vous allez l'emmener. Eh bien je vais vous apprendre quelque chose : vous n'avez pas le droit de faire ça.

– Eh bien si, Kenny, justement.

Une nouvelle voix, à la porte. Don Williams, un de mes potes. Il avait fait de l'athlé avec Cindy et moi au lycée. Et il travaillait maintenant pour la police.

– Donny…

– Écoute, Kenny. Ils ont une décision de justice pour le placement de la petite.

– Une décision de justice ?

J'ai modifié la position de Grace Elizabeth dans mes bras.

– Et ils sont venus avec des renforts, ai-je ajouté.

Je commençais à reconstituer les pièces du puzzle.

– Ce qui signifie que ça n'a rien à voir avec la vaisselle ou les poubelles. Ils mijotent ça depuis un moment, ce… petit coup. M'enlever ma fille. Pour la « placer ».

Je me suis rappelé les jours précédents. Mme le Juge qui était venue avec des courses et m'avait proposé de garder la petite pour me permettre de me reposer. J'ai foudroyé Donny du regard, l'ai pointé d'un droit tremblant.

– Tu aurais pu avoir la correction de me prévenir, Don.

Mais je savais quelle importance il accordait à la morale, combien il était sérieux dans son travail. Il ne se serait jamais autorisé une entorse au règlement, même pour un vieil ami.

Il a plongé les mains au fond des poches de son pantalon brun.

– C'est la procédure, Kenny, rien de plus. Tout n'est pas terminé. Tu as des droits.

– Un peu que j'en ai ! Je suis son père. Si tu penses que je vais te laisser l'emmener sans me battre...

– Je sais que tu as eu ton lot de malheurs. D'abord Lincoln, puis Cindy. Sans parler de...

Il cherche ses mots.

– ... des difficultés que tu as rencontrées pour te réhabituer à la vie au pays.

Je savais très bien à quoi il faisait allusion, un incident qui s'était produit peu de temps après mon retour ici, souvenir douloureux. J'ai jeté un coup d'œil à l'employée du service de protection de l'enfance qui s'éloignait peu à peu de moi dans un mouvement si discret qu'il se remarquait à peine.

– Toute cette affaire est très regrettable, a repris Don. Mais écoute-moi, les tribunaux, ce qu'ils veulent, c'est que les familles restent ensemble. Trouve-toi un avocat qui réglera la situation.

– Et qui présidera l'audience ? Non, ne me dis pas. Le très respectable juge Loveland... Tu sais aussi bien que moi comment ça va se conclure.

– Kenny, ce n'est pas lui qui jugera ce dossier.

Il m'a fait signe de le suivre dans la cuisine.

– Je te dis ça en tant qu'ami, a-t-il repris. Ne perds pas ton calme.

Il s'est penché vers moi.

– Tu ne peux pas te permettre de créer un esclandre en ce moment. Pas avec ton… passif. Tout sera porté au dossier. Ça ne fera qu'empirer la situation.

Il a dégluti avant de poursuivre :

– Surtout avec moi ici. Dieu sait que je n'ai aucune envie d'avoir à témoigner contre toi, Kenny, encore moins au sujet de la garde de ta petite, mais je le ferai si j'y suis obligé, tu t'en doutes.

– Elle est venue ici. La mère de Cindy. Je l'ai invitée à entrer. Je l'ai laissée emmener la petite pour l'après-midi. J'avais confiance.

– Je suis navré, a-t-il dit. C'est injuste.

Il a aligné la salière et la poivrière sur le plan de travail avant de se tourner vers moi.

– Allez…

Il tendait les bras pour que je lui confie mon bébé. Je savais qu'il avait deux enfants, un garçon et une fille.

Je serrais Grace Elizabeth contre moi. Les agents du service de protection de l'enfance se tenaient dans un coin et suivaient la scène, la femme semblait nerveuse. J'ai embrassé la petite sur le front, j'ai respiré l'odeur de ses cheveux. Je l'ai confiée à Don, qui l'a emmenée jusqu'à la berline, où il l'a attachée dans un siège auto à l'arrière. Je l'ai regardé faire depuis la galerie, le cœur battant à tout rompre : une bataille se déchaînait en moi. Tiraillé entre l'envie de courir la récupérer et la nécessité de tenir compte de l'avertissement de Don, sur les risques que tout soit consigné dans un dossier.

– L'assistante sociale passera cet après-midi, m'a lancé la femme par-dessus son épaule.

Puis ils sont tous montés dans leurs voitures et ils ont démarré. Don a baissé sa vitre et il a fait un V avec ses doigts en exécutant un demi-tour. Le crissement des pneus sur le gravier, suivi du silence.

Dès qu'ils ont eu disparu, j'ai compris que j'avais commis une terrible erreur.

Inapte. Voilà ce qu'ils concluraient à mon sujet. Et Grace Elizabeth disparaîtrait de ma vie aussi, d'un coup. Comme Cindy.

Non.

Avec Cindy, ça avait été si soudain, je n'avais eu aucun moyen d'intervenir. Quand elle avait vu le cerf, agrippé mon bras et soufflé « Kenny », quand le cerf avait bondi sur la vitre passager, depuis le talus, ses sabots contre le verre, et que j'avais écrasé le frein, sous la pluie, que la voiture avait dérapé sur l'asphalte, que l'arrière en heurtant le terre-plein central s'était soulevé, et qu'il y avait eu les tonneaux, encore et encore…

Cette fois, l'histoire n'était pas forcément écrite à l'avance. Je pouvais me battre pour Grace Elizabeth, et je le ferais. Mais pas dans un tribunal.

Dans le règne animal, les créatures protègent leur progéniture de la façon la plus insensée qui soit. Elles s'interposent face aux dangers. Elles se battent, becs, ailes et ongles.

Prenez l'araignée *Stegodyphus*, par exemple. Lorsque ses petits sont assez grands, elle roule sur le dos et laisse ses bébés monter sur elle pour la manger. Ce que j'essaie de dire, c'est que ça n'est pas contre-nature de mettre tout en œuvre pour protéger son enfant. Ce n'est pas mal.

L'assistante sociale a débarqué quelques heures plus tard, exactement comme ils me l'avaient annoncé. À ce stade, j'avais déjà réfléchi à un plan et bien avancé dans sa conception, mais j'ai veillé à ne surtout pas me trahir. J'avais chargé le Bronco avec toutes les choses auxquelles j'avais pu penser, à commencer par des armes et des munitions. Trois fusils de chasse : un calibre 16, un calibre 20 et celui à canon scié que Lincoln avait gardé près de son lit toute sa vie. Quatre carabines : une 22 Long Rifle, une semi-automatique 30-06, une 308 et ma carabine à verrou 243. Sans oublier la pétoire qu'elle sortait parfois en fin de saison. Et bien sûr mon Ruger.

Les vêtements de Grace Elizabeth et ses couches, ainsi que trois photos, une de Cindy, une de Cindy et moi, et une dernière de nous trois. Des couvertures, des allumettes, des serviettes et du savon. Du lait maternisé, des aliments en conserve. Tout mon argent liquide, ce qui représentait une jolie somme – je n'avais jamais dépensé ma prime d'engagement de l'armée, ni d'ailleurs l'essentiel de ce que j'avais touché lors de mes services à l'étranger. À mon retour au pays, j'avais tout sorti en liquide et j'avais enfermé l'argent dans le coffre de Lincoln, parce que si j'avais bien une certitude à l'époque, c'était qu'on ne pouvait pas se fier aux banques.

Deux livres, emportés à la dernière minute et glissés sous le siège passager. La bible et l'ouvrage préféré de Lincoln, reconnaissable à son état d'usure, *Le Livre des oiseaux d'Amérique du Nord*.

Tout était terminé quand l'assistante sociale s'est garée devant la ferme. J'étais presque prêt, mais, comme je l'ai dit, j'ai joué la décontraction.

Elle s'appelait Linda, et elle était plutôt sympa. J'avais des bonnes chances de récupérer ma fille, selon elle, du moment que je me montrais capable de remettre la maison en ordre et, plus important, que je faisais la preuve de ma stabilité et de ma fiabilité.

– Dans la grande majorité des cas, la justice préfère que les parents et les enfants restent ensemble.

Elle s'est interrompue, a suivi du doigt l'ourlet de la manche de sa veste.

– Votre cas est un peu plus délicat parce que vous n'étiez pas marié avec la mère de la petite. Vous devez bien comprendre que ça complique un peu les choses d'un point de vue légal. Mais ça ne les rend pas impossibles. Cela ajoute simplement un degré de complexité.

– Comment ça, un degré de complexité ?

– Ce que je veux dire, c'est que nous allons devoir déterminer la paternité. Ce qui va, globalement, allonger le processus.

– De combien ?

Je n'avais pas dormi et je bouillonnais, je n'en voulais pas seulement à M. et Mme le Juge, au service de protection de l'enfance, je m'en voulais à moi-même. D'avoir laissé partir Grace Elizabeth.

– Eh bien, c'est évidemment variable. La plupart du temps le regroupement a lieu après une période qui va de six à dix-huit mois.

– Dix-huit mois !

Ma fille marcherait, parlerait, s'alimenterait seule. J'aurais tout raté.

– S'il vous plaît, monsieur Morrison, essayez de comprendre. Ces choses prennent du temps. Vous pourriez en profiter pour tenter d'améliorer votre situation. Consulter un psychologue par exemple. Ce serait une preuve de votre volonté de retrouver votre équilibre psychique. Et, monsieur Morrison, ne le prenez pas mal, mais vous pourriez aussi améliorer vos compétences de rangement. Nous proposons des formations sur ce sujet…

À ce stade, je n'écoutais plus vraiment. Six mois, dix-huit mois : hors de question que j'attende qu'un tribunal décide si j'étais un assez bon père pour ma propre gosse. Non, monsieur. Le rendez-vous avec l'assistante sociale avait consolidé ma décision. Je savais ce qu'il me restait à faire.

Plus tard ce soir-là, je suis allé chez M. et Mme le Juge et j'ai récupéré Grace Elizabeth. Je m'en tiendrai à ça : j'ai fait ce que je devais faire pour repartir avec elle.

13

Maintenant que nous avons rempli nos réserves grâce à notre virée au supermarché, nous allons devoir reprendre la chasse – c'est le second volet de notre plan de survie. Nous allons descendre vers la rivière, dans un lieu qu'on appelle la vallée. La proximité d'un point d'eau est notre meilleure chance de croiser du gibier, et nous avons besoin de viande. D'habitude, ces sorties enthousiasment Finch, surtout quand elles nous conduisent en terrain moins familier. Pourtant cet après-midi elle semble ailleurs. Elle embête le chat. Elle se colle à moi et s'agite en gardant la tête baissée. Je laisse mon arc contre la porte et pose une main sur son épaule.

– Tout va bien ?

Elle sort à contrecœur un objet de sa poche arrière et me le tend à plat sur sa paume.

– J'ai trouvé ça, marmonne-t-elle en continuant à fixer le sol. Hier, pendant mon expédition.

Je prends l'objet, le retourne. Un disque en plastique noir. Un bouchon d'objectif. En lettres argentées : *Nikon.*

Je pense à Scotland, à sa longue-vue.

– Où ?

– À l'est.

– À quelle distance ?

Elle tord ses pieds, dans ses nouvelles bottes noires.

– Près du Vieux Monsieur.

C'est le surnom qu'elle a donné à un énorme chêne blanc noueux, à un peu moins de cinq cent mètres, entre la cabane et la vallée.

Je referme mes doigts autour du bouchon et le serre pour tenter de contenir mon irritation. Contre elle, pour s'être éloignée, mais aussi contre lui.

– Qu'est-ce que tu faisais aussi loin toute seule ? Tu connais les règles.

– Je suivais un écureuil, je ne me suis pas rendu compte.

– Pourquoi tu ne me l'as pas montré hier ?

Elle hausse les épaules.

– Je savais que ça te fâcherait que je sois allée là-bas.

Une prise de conscience troublante : Finch m'a caché quelque chose. Elle est capable de retenir des informations. D'avoir des secrets.

– Écoute, dis-je en m'agenouillant à côté d'elle. Je n'ai aucune envie de te priver de ta liberté de mouvement. Mais si je ne peux pas te faire confiance, je n'aurai pas le choix, tu comprends ?

Elle hoche la tête.

Je pose le bouchon d'objectif sur l'étagère au-dessus de la cuisinière. La découverte de Finch confirme un de mes soupçons, à savoir que Scotland s'est aventuré dans nos bois. Pas seulement pour venir nous rendre visite, à d'autres occasions aussi. Les traces de pas près de notre abri de chasse, et maintenant ça, encore plus près. Plus près de nous, plus loin de chez lui. Et ça ne me plaît pas du tout.

J'imagine que l'infraction – violation de propriété – peut paraître mineure, toutefois avec Scotland c'est bien plus que cela. Parce que, bien sûr, il aurait pu simplement poser la question, s'il voulait chasser. Je ne suis pas vraiment en position de refuser, vu qu'il m'a identifié dès le début, qu'il sait qui nous sommes et pour quelle raison nous nous cachons ici. Il aurait pu me dire : Cooper, je compte chasser sur tes terres. Mais non, il ne m'a rien demandé. Ce n'est pas dans sa nature. Il préfère venir en douce. Mince, il utilise peut-être même nos bois depuis que nous sommes arrivés, ou alors il le faisait avant, et c'est la première fois qu'il commet une erreur, en laissant le capuchon de sa longue-vue.

J'en viens à m'interroger : et s'il ne se contentait pas de nous surveiller ici, à la cabane ? Et s'il suivait tous nos déplacements dans la vallée aussi ? La chasse, la pêche. La récolte de la sève d'érable. Peut-être qu'il fait ça depuis le début, qu'il nous épie, en se planquant dans l'abri de chasse, et que je n'avais jamais rien remarqué puisque celui-ci se trouve à l'autre bout de la vallée. Sa longue-vue lui permet de nous guetter tranquillement, sans qu'on se rende compte de rien. Il nous voit quitter la cabane de chez lui, en hauteur, et il rapplique ici fissa, où il se cache le temps qu'on revienne.

La présence du bouchon d'objectif près du Vieux Monsieur indique que son poste de surveillance est peut-être bien plus proche de chez nous que je ne le pensais.

Bon, là, franchement, j'en ai ma claque. Bien sûr, je pourrais me contenter de dire : Eh, au fait, on a trouvé un truc qui t'appartient. Et on a remarqué que tu utilisais notre abri de chasse aussi. Histoire de l'informer qu'on l'a démasqué. Pourtant, en repensant à cette pile de journaux avec tous les articles sur moi, je me dis qu'il y a une façon plus adaptée de lui communiquer notre découverte. Et puis le truc, c'est que je ne veux pas seulement qu'il soit informé. Ce type a besoin d'une bonne leçon pour apprendre à s'occuper de ses oignons. Et à connaître les limites à ne pas franchir.

Alors, pour une fois, j'aurai un coup d'avance sur lui.

Scotland sait qu'on est en quête de gibier, et il doit nous suivre à la trace – je peux compter là-dessus. Je retourne dans la chambre et je prends ma carabine à verrou sur le râtelier.

Sur le perron, je pose l'arme en travers de mon épaule et fourre une munition dans ma poche.

– Tu prends ta carabine ? s'étonne Finch.

J'ai l'intention de chasser avec mon arc, mais si Scotland s'est planqué dans notre petit abri, alors je pourrai le voir grâce à la lunette de la carabine. Et s'il s'y trouve, je compte bien tirer. Juste une fois, pas en le visant, sur sa gauche, vers la rive. Le message devrait passer. À savoir : je sais que tu es là, arrête.

– Je ne m'en servirai qu'en cas d'absolue nécessité.

Nous nous mettons en route.

Finch est silencieuse dans les bois, parfaitement à son aise, le pas léger, lèvres serrées. Par là j'entends qu'elle a la bouche crispée et une expression tendue, comme si elle retenait des mots à l'intérieur. Il y a aussi sa façon de se mouvoir, presque celle d'un aimal, d'observer, de tendre l'oreille, de prendre le pouls de la nature. C'est dans son sang, un réflexe primordial, inné, alors que moi j'ai dû tout apprendre. Apprendre à être discret, à passer inaperçu, à observer, mais aussi à attendre. Je me souviens que Lincoln m'emmenait chasser des dindes quand j'étais môme, dans les bois noirs et immobiles, et qu'il fallait être parfaitement silencieux si l'on voulait avoir une chance de réussir... ce dont j'étais incapable. Incapable de rester immobile ou muet. Il y avait trop à voir, trop à sentir et à enregistrer, je gigotais, je faisais craquer mes chevilles, je ne tenais pas en place. C'est tout l'inverse avec Finch.

Peut-être parce qu'elle a toujours vécu dans la forêt. Au début, je me servais d'un drap comme d'une sorte de porte-bébé pour l'emmener partout avec moi, parce qu'il y avait beaucoup de pain sur la planche – trouver de la nourriture, couper du bois –, et que je devais la garder avec moi. Chasser, pêcher, explorer, biner le potager, planter. Elle a assisté à tout, sanglée devant moi d'abord, puis derrière. Quand nous chassions, je récupérais un morceau de bouleau, dont je détachais l'écorce avec mon canif pour le lui donner à mâchouiller. Elle se tenait tranquille, et c'était sans doute plus sain que ces objets en plastique qu'on fourre dans la bouche des enfants. Ces tétines. Je trouve cette pratique cruelle, si vous voulez mon avis : coller ce truc aux enfants, juste pour les faire taire…

Finch ouvre la marche. Il faut pas mal crapahuter pour rejoindre la vallée, mais la connaissant elle serait sans doute capable de se repérer dans le noir, si besoin. Nous serpentons à travers un bosquet de pins gris, grands et grêles. Le souffle du vent rappelle le bruit de l'océan. Les arbres penchent, l'un d'eux craque. Il n'y a pas d'arbres à feuilles caduques ici, pas de feuilles sur le sol, ce qui nous permet d'avancer facilement sans bruit. J'encoche une flèche, au cas où on tomberait sur une bête. Un cerf au repos, un troupeau de dindons fuyant dans les airs.

Nous quittons l'abri des pins et faisons un arrêt près du Vieux Monsieur – Finch passe la main sur son écorce. Je tourne tout autour, à la recherche d'autres signes. Rien. Nous atteignons une dépression, à la végétation éparse et aux parois abruptes. De grands rochers de grès affleurent tout le long de la crête du plateau, gros et couverts de lichen. Finch fait un détour pour escalader l'un de ces rochers avant la descente. Elle ouvre les bras en grand et incline la tête pour offrir son visage au soleil. C'est son rituel, elle veut juste regarder, admirer la vue. J'attends, scrutant les rochers à l'affût du moindre mouvement. Ils abritent des tanières, petites ou grandes. Je ne doute pas un seul instant que cet endroit grouille de bestioles dès l'arrivée des premières neiges.

Finch se laisse glisser à terre et reprend la tête de l'expédition. Nous descendons, en dérapant parfois un peu : la pente est raide, et dans cette partie du bois un épais tapis de feuilles recouvre le sol. Au fond du ravin se trouve un ruisseau, un filet d'eau qui coule à longueur d'année. Près de là, plusieurs noyers. Et aucun autre arbre, parce qu'ils déversent une substance toxique dans la terre. Finch franchit le ruisseau d'un bond pour traverser le ravin et je la suis, vers la dépression suivante. La vallée. Nous nous hissons au sommet de la paroi et la longeons un instant avant de redescendre. La rivière, qui traverse cette partie de la propriété et attire les animaux, constitue le meilleur endroit pour chasser. Plus en amont se trouvent des érables, et au printemps nous récoltons leur sève.

Nous avons installé un affût dans un platane aux immenses branches alanguies, parfait et magnifique, que Finch a baptisé le Roi des Arbres. Un nom qui lui va comme un gant. D'un diamètre de près d'un mètre quatre-vingts, son gros tronc rond offre ses longues branches robustes, d'un blanc lumineux en ce jour de décembre. On entend le chant de la rivière, lent et grave. On aperçoit le coude où elle embrasse la paroi rocheuse, que l'eau a creusée au cours de très nombreuses années. Au printemps, la terre se gorge d'humidité, et le débit de la rivière devient un torrent perfide à cause de la fonte des neiges. À cette période de l'année, au contraire, elle produit un bruit apaisant, feutré et paisible. Le soleil va progresser peu à peu dans le ciel pour éclairer la vallée, créer des ombres, et nous nous assiérons dans le Roi des Arbres.

Nous nous frayons un chemin entre les roseaux à quenouilles et les aulnes voûtés. Nos pieds s'enfoncent dans la boue, mais nous finissons par atteindre le Roi des Arbres. J'ai construit l'affût il y a trois ans : une échelle menant à une plateforme taillée pour épouser la forme du tronc. J'ai tout assemblé à la cabane avant de traîner mon installation jusqu'ici. Et croyez-moi, ça n'a pas été facile, mais le jeu en valait la chandelle, parce que je chassais à l'arc depuis cinq ans avec Finch, et c'est presque impossible au niveau du sol.

J'attache mon arc à la corde qui pend de l'arbre. Finch grimpe en premier, et je la suis de près – si elle perdait l'équilibre je pourrais la rattraper. Puis, une fois que nous sommes tous les deux sur l'affût, je remonte lentement l'arc. Nous nous installons, blottis contre le tronc, recouvrons nos corps avec une immense couverture camouflage, bien bordée sur les côtés. La flèche est prête.

Je pourrais presque m'abandonner à la tranquillité de cet endroit – le monde est parfaitement silencieux à l'exception du murmure de l'eau qui coule avec lenteur, de la brise et des arbres qui se défont de leurs toutes dernières feuilles, des grives qui filent entre les branches d'un rouge violet des aulnes, et Finch qui se délecte de ce spectacle, lovée contre moi –, sauf que nous ne sommes pas seulement ici pour chasser aujourd'hui. Je l'attends, lui.

Je me sers d'abord de la lunette de ma carabine pour balayer la totalité de la vallée, à la recherche de Scotland. Je m'arrête sur notre abri de chasse et prends bien le temps de le scruter : la réponse ne fait aucun doute, il n'est pas là. En tout cas pas encore.

Finch remue ses petites jambes, plie les genoux, ses pieds frémissent et frottent sur le contreplaqué.

Je lui chuchote à l'oreille :

– Qu'est-ce qu'il y a ? Aucun cerf ne s'approchera de nous si tu gigotes comme ça.

Ses jambes s'immobilisent, elle se tourne vers moi, les yeux écarquillés, le nez froncé, et elle me montre sa dent de lait, celle qui bouge et ne tient plus qu'à un fil. C'est nouveau, cette expression. Sa tête d'ours, elle l'appelle. Je suppose qu'elle imagine que ça lui donne un air effrayant, sauf que Finch a huit ans et qu'elle est si belle que même la plus vilaine des grimaces ne parvient pas à la rendre terrifiante. Je ne dis pas ça parce que c'est ma fille, même si je soupçonne tous les parents de voir leurs enfants à travers des lunettes invisibles qui les rendent plus parfaits qu'ils ne le sont en réalité. Finch, elle, est sincèrement une petite créature délicieuse, avec ses cheveux blonds, ses yeux aussi clairs et changeants que l'eau, qui accomplissent le miracle d'être à la fois verts, gris et bleus, et parfois même l'un plus que l'autre. Le portrait craché de Cindy petite.

Elle cueille une feuille sur une branche, s'adosse à nouveau contre le Roi des Arbres et se met à suivre les nervures du bout de son index. Je lui prends la main pour la serrer, puis je me cale contre le tronc, tout près d'elle, et je crois bien que n'importe qui dans ce monde serait bien en peine de faire l'expérience d'un moment plus idyllique que celui-ci. Le soleil de décembre, chaud et encore haut dans le ciel mais qui commence à décroître, sa lumière qui se diffuse entre les jeunes arbres. La brise. L'air chargé de pin, de terre et de cerf de Virginie aussi : la promesse contenue dans cette odeur, un espoir pour l'avenir. Je ferme les yeux et tends l'oreille…

Feuilles. Foulée, foulée, foulée. Finch, qui repère aussi le bruit, enfonce ses doigts dans ma paume. Foulée, foulée. Je ne sais pas ce que c'est, le son est proche mais provient de derrière, la bête est cachée par le Roi des Arbres. Piétinement. Sabots qui martèlent le sol. Un cervidé, qui a senti que quelque chose clochait. Et pourtant, foulée foulée foulée foulée foulée foulée, et un instant plus tard ils apparaissent dans notre champ de vision, leurs corps tendus, en alerte. Ils sont deux, une biche et son faon, leur pelage en plein changement, passant de la couleur ambrée de l'été au marron gris de l'hiver.

J'ai toujours détesté cette situation. Une mère et son petit. On choisit la mère, le faon va devoir se défendre tout seul. On choisit le faon, on tue un petit sous les yeux de sa mère. Et je sais bien que les animaux ne sont pas des humains et qu'ils ne ressentent peut-être pas d'amour, mais n'empêche. Quelle que soit l'option choisie, c'est l'horreur, et j'aimerais pouvoir l'éviter, malheureusement c'est impossible. Bon. Nous devons manger, et j'ai toujours appliqué la règle suivante : la mère représente une plus grande quantité de viande. Lentement, je saisis mon arc.

Ils sortent des bois et avancent à découvert, la mère observe les environs, les jauge, prudente. Afin que je puisse tirer sur la corde, ils doivent encore avancer un peu pour ne pas être trop proches de nous. La chasse à l'arc est un art délicat. Le gibier doit être assez éloigné afin de me permettre d'armer la flèche sans attirer son attention, mais pas trop sinon je ne pourrai pas l'atteindre. La biche relève la tête et hume l'air, puis semble se détendre un peu, baissant le museau pour brouter de l'herbe. Ils sont tout près, heureusement le sens du vent les empêche de nous sentir. Foulée. Magnifiques créatures, délicates. Si proches que je peux voir le contour des épais cils de la biche. Ses yeux bruns attentifs. Ils avancent, millimètre par millimètre, et mon cœur bat à tout rompre, je guette le bon moment, car dès qu'il se présentera il faudra agir vite.

Foulée foulée. Oui. Maintenant reste immobile. Armer l'arc, viser, respirer.

Mais non. Une perturbation de l'autre côté de la vallée. Un bruit.

Ils détalent, la mère en premier, talonnée par son faon, bondissant au-dessus d'un aulne et d'un petit cornouiller, repartant par où ils sont arrivés, leurs petites queues blanches touffues disparaissant et réapparaissant alors qu'ils s'éloignent hors de ma portée.

Le bruit continue. Assez loin, fort. Bruissement, agitation. Scotland. Je confie l'arc à Finch et me baisse lentement pour sortir la carabine. Pressant mon index sur mes lèvres, je lui intime de rester silencieuse. La végétation est dense à l'autre bout de la vallée, et même si nous ne voyons pas encore ce qui approche, les cimes des aulnes et des cornouillers les plus hautes penchent et frémissent. Je pourrais tirer en l'air, ce serait un message en soi.

Soudain une voix, qui chantonne. Pas celle de Scotland, non. Et le déclic dans mon esprit : il ne ferait jamais autant de bruit.

Le fredonnement se rapproche de plus en plus et, tout à coup, elle est là. Elle émerge du fourré. Une jeune femme. Une jeune fille. Difficile à dire avec précision – pas sûr que je sois un très bon juge de ce genre de choses, et elle doit justement être entre deux âges. Mince et jolie, équipée d'un immense sac à dos bleu. Un trépied glissé sous le bras droit. Un gros appareil photo sophistiqué autour du cou. Une bourrasque lui rabat les cheveux dans le visage. Ils sont longs, roux, brillants et réfléchissent le soleil. Elle continue d'avancer, toujours en chantonnant, puis s'arrête soudain et se baisse pour faire glisser les bretelles de son sac à dos sur ses bras et le poser. Elle le fouille avant de l'appuyer contre le tronc d'un érable.

Elle est trop près. Beaucoup trop près. À une centaine de mètres, peut-être moins.

Je place une main sur la poitrine de Finch pour qu'elle reste immobile, et je sens son cœur tambouriner contre ma paume. J'observe son expression. Pas apeurée, non. Fascinée. Euphorique. La fille reste plantée là une minute : à écouter, à regarder. À attendre. Mon esprit s'emballe : Finch et moi, nous ne pouvons pas être découverts. Non.

La fille déplie son trépied, le plante dans la terre. Elle y visse l'appareil photo, en continuant à scruter les alentours. Puis elle se penche vers le viseur. Oriente l'objectif vers la gauche, vers la droite, prend plusieurs photos rapidement. Combien de temps reste-t-elle là, à régler l'objectif, observer, tout enregistrer ? Des heures, j'ai l'impression, alors que nous sommes pétrifiés dans l'arbre, Finch et moi, le cœur battant la chamade. La fille finit par se redresser de toute sa hauteur derrière son appareil et regarder dans notre direction, une main en visière. Elle incline la tête.

Nom de Dieu... Est-ce qu'elle nous voit ?

14

Finalement, elle se détourne et remballe son matériel. Sangle le trépied sur son sac à dos, passe son appareil photo autour de son cou et prend la direction de l'ouest par rapport à nous, regagnant la forêt. Elle disparaît entre les pins.

Je retire ma main de la poitrine de Finch. Aussitôt un bruit retentissant et contre-nature se met à résonner dans mon crâne : comme si j'étais juste à côté d'un train, mais en pire.

– Coop, ça va ?

Je lui prends la main et ne la lâche pas. Gorge serrée, pas de mots, juste ce bruit, le soleil qui commence à disparaître et qui m'éblouit pourtant, insupportable, et tout – arbres, rives escarpées, roseaux – qui tourne, se brouille.

– Est-ce qu'elle nous a vus ? Cooper, tout va bien ?

Je fais non de la tête, lève le doigt. Je me rends compte qu'il vaudrait mieux que je descende de cet arbre, je me retourne et je dévale l'échelle à toute allure.

Respire.

Mes pieds touchent enfin le sol, et je laisse le reste de mon corps s'effondrer. Finch est là, elle a dû se précipiter derrière moi.

– Cooper, ça recommence, dit-elle en se baissant, son visage tout près du mien. Tu m'entends ? Tu es tout blanc et tu transpires.

Elle regarde autour d'elle, sort une gourde. Elle dévisse le bouchon et approche le goulot de mes lèvres, mais je suis incapable de boire.

La peur, son goût âpre et métallique dans ma bouche, aigre et brûlante. Mon cœur rugit maintenant, il palpite tant que j'ai l'impression que mon torse est pris dans un étau. Tout est chaud chaud chaud ; tout est trop près. Arbre, ciel, air, ils m'accablent. Je me lève, arrache ma veste et chancelle, mon pied se prend dans une racine et je m'étale à plat ventre, la tête dans la terre, de l'herbe dans les dents, je tremble et j'ai peur.

– Attaque de panique, a conclu le Dr Shingler, il y a des années de cela, à l'occasion de l'un de mes rendez-vous à l'hôpital des anciens combattants, alors que je venais de lui expliquer qu'il m'arrivait d'être submergé par un sentiment de peur, qui transformait le monde en brasier cruel, comme un petit feu de forêt attisé par le vent qui se métamorphose en incendie. Je n'ai pas aimé cette expression, « attaque de panique », parce que ça ressemblait bien à un nom inventé par un snobinard en blouse blanche. Et à dire vrai, pourtant, elle était juste. J'avais l'impression de subir une attaque, que le monde s'effondrait sur moi et me prenait au piège.

Et puis, s'il y a bien une chose que j'ai apprise au cours de mon existence, c'est que l'esprit est la plus cruelle de toutes les armes. Accrochages, batailles… Les combats se terminaient toujours après avoir fait leur sale boulot. Mais les blessures de l'esprit, elles, restaient : croûtes, marques, cicatrices. Elles ne disparaissaient jamais complètement. Elles pouvaient réapparaître, se réveiller.

– Vous avez vécu de nombreux traumas, là-bas, m'a dit le Dr Shingler. Vous avez perdu des amis. Vous avez fait des expériences terribles. Sur le moment, vous n'étiez sans doute pas en mesure de les digérer. Vous deviez survivre.

Je ne lui avais même pas parlé du pire : l'acte qui avait scellé le sort de mon horrible cœur, me garantissant une place dans le coin le plus brûlant de l'enfer. Cette chose qui reviendrait m'assaillir dans mes rêves les plus noirs et dont je n'avais parlé à absolument personne. Ni à Jake, ni à Cindy. À personne.

– Vous devez les affronter, m'a-t-elle conseillé. Elles paraissent terrifiantes, mais vous devez réussir à vous dire que vous n'êtes pas en danger physiquement. Par là j'entends que votre cœur ne risque pas de s'arrêter, ou rien de ce genre, même si c'est l'impression que vous avez. Ça vous est déjà arrivé au travail ?

– Une fois.

Je m'étais réfugié aux toilettes et j'avais fermé la porte à clé le temps que ça passe, puis j'avais dit à mon supérieur que j'avais dû manger quelque chose de mauvais au déjeuner.

– Si ça se reproduit, essayez de continuer à travailler, si vous y parvenez, a-t-elle repris avant de retirer ses lunettes. Je vais vous montrer un exercice de respiration qui pourrait vous aider.

Elle a dû percevoir mon scepticisme.

– Allez, Kenny, ça ne coûte rien d'essayer. Prenez une profonde inspiration par le nez. Puis expirez par le nez. Lentement, progressivement. Focalisez-vous sur votre respiration, et sur rien d'autre. Respirez, c'est tout ce qui compte.

J'ai inspiré, j'ai expiré. Et laissez-moi vous dire que je me suis senti un peu idiot, à m'entraîner à faire un truc aussi simple avec le Dr Shingler. Mais ça a fonctionné, et quand je me suis retrouvé à court de médicaments, six mois après notre arrivée dans les bois, je me suis souvenu de ce rendez-vous dans son cabinet. La grande vitre, la petite fontaine électrique dans un coin qui bourdonnait et glougloutait – ces sons étaient censés aider les patients à se détendre –, et le Dr Shingler avec ses yeux bleus, me conseillant de me focaliser sur ma respiration.

Inspirer profondément, expirer profondément.

Je finis par sentir une odeur de terre. D'humus puissant et sucré. Des brins d'herbe repliés me chatouillent le coin de la bouche. Au début, je ne suis pas certain de l'endroit où je me trouve. Mais soudain le murmure de la rivière tout près, et je me rappelle : Finch et moi, sortis chasser. La biche et son faon, la fille. Je me redresse pour m'asseoir et regarder autour de moi. Il fait presque nuit, les bois sont une gigantesque épave de formes et d'ombres. Tout tourne.

Malgré mes lèvres desséchées et engourdies, je tente un cri d'engoulevent.

– Finch ?

– Ici.

Sa voix flotte jusqu'à moi, dans l'obscurité, et je devine sa silhouette, tout près, blottie au pied du Roi des Arbres, bien emmitouflée dans la couverture camouflage.

– Ça va, ma puce ?

Elle fait « oui » en silence, et même dans le noir je vois qu'elle a pleuré.

– Je suis désolé. Ça a duré combien de temps cette fois ?

– Longtemps. J'ai froid.

Je me lève sur des jambes molles, puis fais quelques pas dans sa direction. Je m'agenouille et attire sa petite tête contre ma poitrine.

– Je suis désolé, Finch.

Je m'excuse toujours, parce que je sais combien c'est dur pour elle d'assister à ces crises, de devoir attendre qu'elles passent. Je lui ébouriffe les cheveux.

– Viens, on va rentrer. On se préparera un chocolat chaud.

Elle acquiesce d'un signe de tête, et nous nous levons pour reprendre le chemin de la cabane, butant sur des touffes de végétation, accrochant nos pantalons aux ronces. Le fait d'avoir les pieds engourdis par le froid ne facilite pas la marche. J'ai toujours ma lampe frontale dans mon sac à dos, et nous nous en servons pour nous repérer, mais ce soir les nuages sont épais et la nuit d'une noirceur implacable. Finch serre ma main de toutes ses forces.

Une épine fait un accroc à sa veste et nous nous arrêtons.

– Ça me donne la frousse, quand ça arrive, murmure-t-elle.

– Je sais. Moi aussi.

À quoi bon essayer de le lui cacher ou de lui sortir une phrase toute faite disant qu'il n'y a aucune raison d'avoir peur ? Finch devine toujours la vérité de toute façon.

– Tu crois que j'en aurai moi aussi un jour ?

Je m'arrête à nouveau et m'accroupis près d'elle pour l'attirer contre moi, ses longs cheveux glacés contre ma joue. Ça me terrifie d'imaginer qu'elle pourrait en hériter, même partiellement. Que Finch pourrait connaître exactement les mêmes crises, et que je serais le seul responsable. Pour des questions de génétique, de proximité, d'influence.

– Difficile à affirmer avec certitude, Finch, mais je ne pense pas. Je n'ai pas toujours eu ces crises, tu sais. Pas avant de… Elles ne sont apparues que lorsque je suis entré dans l'armée et que je suis parti très loin d'ici. Là-bas, j'ai vécu des choses qui ont été très difficiles pour moi, pour nous tous, et parfois au retour, après ce genre d'expérience, l'esprit et le corps ont beaucoup de mal à se réhabituer à la vie normale. C'est comme ça que tout a commencé. Et vu que tu n'intégreras sans doute jamais l'armée, je pense que tu as toutes les chances de ne pas être concernée.

Elle hoche la tête, sa joue toujours collée contre la mienne. Je lui serre la main deux fois, puis nous reprenons la route.

– Comment ça se fait que tu ne m'en aies jamais parlé ?

– Parlé de quoi ?

– Du fait que tu sois allé te battre très loin d'ici.

– Ah, je ne sais pas, Finch… Ça ne s'est pas présenté dans la conversation, je dirais.

– Et tu es allé où ? Pour te battre ?

– Surtout dans un pays qui s'appelle l'Afghanistan.

– Et c'était comment là-bas ?

– Marron. Toutes les nuances de marron. Marron clair, marron foncé, marron-vert, marron-roux. Marron qui tire sur le jaune. Marron poussiéreux.

Elle glousse.

– Cooper.

À notre retour à la cabane, j'allume la lampe à kérosène dans la cuisine et la bougie sur la malle. Finch file tout droit dans la chambre pour récupérer son journal et ses crayons de couleur. Elle s'assied à table pour dessiner. Walt Whitman saute sur ses genoux et s'y installe en ronronnant.

Je sors. Je puise de l'eau, je m'asperge le visage dans l'espoir de chasser en partie l'épuisement. Un petit-duc braille à proximité, s'envole dans le noir. À part ça, le silence, l'obscurité, le froid. À l'intérieur, je remue le ragoût sur le feu, en raclant bien les bords de la casserole. Je sors deux bols et nous sers notre dîner, en donnant un peu de rab à Finch.

– Dîner, ma puce.

Je pose les bols à table et chasse le chat.

– Ouste, Walt !

Finch repousse son journal sur le côté. Elle a déjà dessiné une scène de notre après-midi dans les bois : le Roi des Arbres, la rivière, une fille avec un sac à dos bleu et de longs cheveux roux.

15

Nous mangeons notre ragoût dans la quasi-obscurité ; la lumière de la bougie projette des ombres sur les murs, la cuisinière ronronne. Mon corps est endolori après ma crise d'angoisse, comme alourdi, et ma vision reste brouillée, elle met du temps à revenir à la normale. Une migraine éclate à l'arrière de mes yeux, exerce une pression sur mes tempes.

– Qu'est-ce qu'elle faisait, à ton avis ? me demande Finch.

Je me lève de table, mets la bouilloire à chauffer.

– Je ne sais pas, ma puce.

– Non, mais je veux dire : pourquoi elle était là ? insiste-t-elle tout en jouant avec sa nourriture.

– Dans nos bois, ajoute-t-elle.

Je soupire.

– Je n'en sais rien, Finch. Je n'ai pas la moindre idée de ce qu'elle faisait là.

– Cet objet qu'elle avait, cet objet noir dans lequel elle regardait… c'était un appareil photo, non ?

– Oui.

La bouilloire se met à siffler.

– J'aimerais bien en avoir un.

Elle avale une bouchée de ragoût.

– Tu imagines les photos que je pourrais prendre ? Je réussirais à m'approcher tout près des animaux. Elle est très jolie, non ?

Je sors une tasse du placard et ne réponds pas.

– Ses cheveux, la façon dont le vent les soulevait.

Elle enroule une mèche autour de son index.

– Tu crois que je serai comme elle un jour ? ajoute-t-elle. Aussi jolie, je veux dire.

Je verse la moitié de la quantité de poudre recommandée dans la tasse et ajoute de l'eau bouillante.

– Je n'ai jamais connu de fille plus jolie que toi, Finch. Et je ne dis pas ça à la légère.

Je pose la tasse devant elle et lui serre l'épaule.

– Tu es encore plus jolie que ta mère, si tu veux savoir la vérité.

Elle sourit et se penche sur son chocolat chaud pour souffler dessus.

Je dépose les bols dans le petit évier et les remplis d'eau. Balaie la clairière du regard, par la fenêtre. Mon esprit tourne autour de toutes les hypothèses possibles au sujet de notre rencontre avec la fille, mais je n'ai aucune envie de m'y attarder tant que Finch ne sera pas dans son lit pour la nuit.

Une fois que j'ai terminé mes deux carrés de courtepointe pour la soirée, nous allons nous laver les dents au-dessus de l'évier.

– Ouvre.

Finch m'obéit et me présente ses dents. Je frotte chacune d'elles en comptant dans ma tête. Il n'y a pas de dentiste ici, alors je mets un point d'honneur à en prendre particulièrement soin.

– C'est bon, crache.

Elle se penche au-dessus de la cuvette en inox et éclabousse ses parois de mousse de dentifrice. Je lui essuie les coins de la bouche avec le torchon.

– Tu frottes trop fort, Coop. Tu sais bien que j'ai une dent qui bouge.

– Pardon, j'avais oublié.

Elle ouvre la bouche et me montre une de ses dents de devant, qu'elle remue d'avant en arrière.

– Tu vois.

Quand Finch est couchée, je retourne dans le séjour et je récupère le bouchon d'objectif sur l'étagère, parce que maintenant que je reprends mes esprits après l'attaque de panique, une pensée est venue me perturber. Je m'approche de la bougie avec le bouchon. Je me baisse pour l'étudier bien attentivement. Peut-être qu'il ne provient pas de la longue-vue de Scotland, en réalité. Peut-être que ce ne sont pas ses empreintes que j'ai repérées dans notre abri de chasse. Ce qui implique que cette fille pourrait très bien rôder dans les parages depuis qui sait combien de temps… Et si elle était au courant pour l'affût dans l'arbre, la cabane, les poules, nous ?

Je sors, de la malle qui sert de table basse, un long tube en carton dont j'extrais un grand rouleau de papier : un plan de la propriété, que le père de Jake avait, à une époque, tracé à la main. Il est très détaillé et ne montre pas seulement la cabane et la petite clairière où elle est située, mais bien d'autres choses. Ce n'est que grâce à cette carte que je sais qu'il y avait deux merisiers à côté des pommiers, autrefois. Je suppose qu'ils n'ont pas tenu très longtemps, parce qu'il n'en restait pas la moindre trace à notre arrivée. La carte indique bien les framboisiers et les mûriers à la lisière de la clairière, la remise, la pompe à eau, le tas de compost à l'arrière, près de l'endroit où nous avons enterré Susanna. Tout est très détaillé et, à ce que j'en vois, à l'échelle.

La carte décrit aussi le reste de la propriété. La dépression abrupte que nous avons franchie. La bande d'érables à sucre dont nous récoltons la sève. La rivière qui serpente dans la vallée, le marais, qui n'en est un qu'à une période de l'année, mais qui comporte, dans son coin sud-ouest, une toute petite étendue de sables mouvants, ce qui est précisé d'une écriture minuscule. La succession d'immenses rochers recouverts de lichen, où se trouve une grotte que j'ai fini par chercher et trouver, et aussi la bande de roche sur le sol, si plate qu'on dirait une route mais qui n'en est pas une. Même les buissons de myrtilles qui rougissent à l'automne sont signalés. Cette carte est l'œuvre d'un homme qui aimait sa terre et qui voulait la connaître comme un bon père veut connaître son enfant. À la faible lueur de la lampe à kérosène, j'étudie les dessins et les annotations.

Il y a une chose pour laquelle j'ai toujours été doué, et c'est l'un des rares talents utiles qui ne m'a jamais demandé de travail : mon sens de l'orientation exceptionnel. Petit, j'avais l'habitude d'arpenter la forêt derrière la ferme de tante Lincoln, parfois pendant des heures, juste pour le plaisir de marcher, d'observer, de suivre des traces. Empreintes, excréments, herbes aplaties par les bêtes qui avaient dormi là. J'étais un enfant qui ne connaissait quasiment pas les contraintes et les règles, alors les jours où Lincoln travaillait de longues heures – ou qu'elle disparaissait je ne sais où –, j'allais dans la forêt.

Pas une seule fois je ne me suis perdu. Pas une seule fois la possibilité que ça arrive ne m'a traversé l'esprit. Je ne sais pas comment le dire autrement, j'ai toujours su où je me trouvais, et j'ai toujours su comment rentrer, même si pour cela je devais emprunter un chemin que je ne connaissais pas. Et comme ce n'était pas une chose que j'avais appris à faire, ou à redouter, je n'y avais jamais réfléchi.

Et puis un jour Lincoln m'a emmené chasser. Nous nous sommes enfoncés profondément dans la forêt, et elle a tiré sur un cerf. La blessure était sérieuse, et pourtant il n'est pas tombé. Les cerfs sont parfois capables d'encaisser de sacrés coups. Ils saignent, ils saignent, et on se demande comment ils font pour rester en vie, mais ils y parviennent. Ils poursuivent leur route ; ce sont des créatures résilientes, avec une envie irrépressible de vivre. Bref, la nuit est rapidement tombée et Lincoln s'est laissée glisser le long d'un tronc d'arbre en me disant : « Mince alors, Kenny, tu as emporté un encas ? Je crois bien qu'on est perdus. »

J'avais onze ans à l'époque, et j'avais constamment faim. La plupart du temps il n'y avait pas grand-chose à glaner dans les placards de Lincoln. Je lui ai donc répondu que non, je n'avais pas emporté d'encas. Mais que la bonne nouvelle, c'était que nous n'étions pas perdus. Je savais précisément où nous nous trouvions, et une demi-heure plus tard nous étions rentrés, assis à la table de la cuisine pour manger des raviolis à même leur boîte.

Face à moi, Lincoln n'en revenait pas.

– Comment tu as fait, Kenny ? Comment tu nous as ramenés ici ?

Elle avait le visage rouge, comme toujours quand elle passait un long moment dehors, et ses yeux étaient humides. Celui qui voyait mal se mettait à pleurer dès qu'il faisait froid.

J'ai haussé les épaules.

– Tu étais déjà allé là-haut, dans cet endroit ?

– Non.

J'ai fourré un ravioli dans ma bouche.

– Jamais ?

– Jamais.

Elle a pointé sa fourchette sur moi.

– Tu tiens ça de ta mère.

Je l'ai dévisagée. Lincoln ne parlait jamais d'elle – ma mère, sa sœur.

– Elle était capable d'aller quelque part sans y avoir mis les pieds avant. Un jour, on était dans une ville qu'on ne connaissait ni l'une ni l'autre. Je te le dis, j'étais complètement déboussolée, au point d'avoir le tournis. Mais elle a très bien réussi à se repérer, on aurait dit qu'elle vivait là. C'est fou d'être capable de ça, dans un endroit qu'on ne connaît pas.

Dans l'armée, j'ai constaté, comme mes supérieurs, que cette capacité à s'orienter en territoire inconnu était en effet une compétence très pratique. Et je peux vous garantir qu'ils ne l'ont pas laissée se perdre. « Quel était le nom de la rue où vous avez aperçu cette femme avec la radio, Morrison ? » Je ne connaissais pas le nom, mais j'ai indiqué la rue sur une carte. « Pouvez-vous nous conduire à l'endroit où vous avez trouvé la cache d'armes avec Williams ? Dans le noir ? » Et je les y ai conduits. En prenant un chemin détourné, différent de celui que j'avais emprunté la première fois. Je savais m'orienter. J'ai toujours su m'orienter.

Bref. J'imagine que, du coup, quand je sors la carte pour vérifier, en réalité je ne vérifie pas vraiment. Je sais où se trouve la démarcation entre ce terrain et la forêt. Je sais que, assis dans les branches du Roi des Arbres, nous étions à quatre cents mètres de cette frontière, parce que je l'ai longée, il y a longtemps. Je sais que cette fille est retournée dans la forêt en prenant une voie qui servait autrefois à l'exploitation forestière, qui serpente sur deux kilomètres dans une zone d'immenses pins blancs et qui conduit à un petit parking. Et d'ailleurs, maintenant que j'y pense, je crois qu'on l'appelle « le vieux chemin forestier » : un sentier plat et agréable, que certains spécialistes des randonnées ont qualifié, dans leur brochure, de « facile ». Je sais aussi qu'elle a forcément dépassé les panneaux « Propriété privée » que j'ai installés il y a des années de cela, et qu'elle ne leur a donc pas accordé la moindre attention.

Ce que je ne sais pas, c'est si elle est déjà venue. Si on peut lui attribuer les traces que nous avons trouvées près du Vieux Monsieur. Et près de l'abri. Si elle s'est approchée de la cabane, si elle reviendra. Et le plus perturbant de tout, si elle nous a vus. Si elle a pris notre photo. Car si c'est dans ses habitudes de fouiner dans le coin, si elle aime rôder, avec un appareil photo en prime, ça change tout pour Finch et moi. Tout. Notre univers entier se retrouve dans un état encore plus précaire qu'auparavant.

La question étant de savoir ce que je vais bien pouvoir faire.

Parce que je n'arrive pas à me débarrasser de la sensation qu'avoir croisé le chemin de cette fille… c'est le début des ennuis pour nous.

16

Le lendemain nous partons à nouveau à la chasse, mais à l'autre bout de la vallée, vers l'ouest. La neige ne va pas tarder, et je veux constituer des réserves de viande. La chance est avec nous ce matin : au moment de franchir une petite crête, nous tombons sur un daim à six andouillers, qui s'est allongé au milieu de grandes touffes de barbon de Virginie. J'ai bien failli le louper, heureusement ses bois clairs m'ont sauté aux yeux. Il était à une quarantaine de mètres devant moi. Un tir facile.

Nous nous asseyons, adossés contre le large tronc d'un chêne noir. Le temps que le daim s'épuise à courir et finisse par mourir.

Finch sort une pomme de mon sac à dos.

– Je peux me charger de remonter sa piste ? me demande-t-elle.

– Tu peux toujours essayer.

Elle sourit, plante ses dents dans la pomme et grimace.

– Aïe…

Je m'approche pour regarder sa dent de lait, qui penche sur le côté et ne tient presque plus.

– Tu veux que je tire dessus ?

Elle fait sa tête d'ours.

– Non.

Au bout de vingt minutes, nous nous levons pour rejoindre l'endroit où le daim s'était couché. Les hautes herbes sont encore aplaties. Une trace de sang.

– Là, dit Finch en indiquant une marque rouge sur du brome.

Elle s'approche, scrute le sol.

– Et là.

Encore du sang, des gouttes sur un rocher couvert de lichen. Elle est si concentrée… Elle se plie en deux, plisse les yeux. Revient sur ses pas. Parfois la piste s'arrête brusquement. Elle se redresse, observe alentour, momentanément perdue.

– Je n'ai pas besoin de ton aide, me dit-elle en me chassant d'un signe de la main.

Je reste en retrait.

Elle aperçoit soudain quelque chose et se précipite à dix mètres de là.

– Trouvé.

Une large traînée sur l'herbe. Une touffe de poils bruns. Elle plonge les doigts dans le sang. Poursuit ses recherches.

– Là ! s'exclame-t-elle, triomphante, en montrant le daim à vingt mètres de nous.

Elle s'élance.

– Ne t'approche pas trop.

Il pourrait encore être en vie, et, dans ce cas, déchaîné. N'importe quelle créature, sur son lit de mort, se battra jusqu'au tout dernier instant. Je l'ai appris à mes dépens.

– Il est mort, dit-elle. Je vois sa langue dépasser.

Je le tâte avec la pointe de ma chaussure, histoire d'être sûr.

Puis, avec l'aide de Finch, je l'étripe dans les bois. Elle s'agenouille à côté de moi, se penche vers le daim.

– Je peux le faire ?

Je lui tends le couteau, lui indique la zone.

– Ouvre ici. Bien.

– Quel âge elle avait, à ton avis ?

– Quoi ? Qui ?

Elle s'interrompt pour rouler des yeux, exaspérée.

– La fille qu'on a vue hier, enfin. Qui d'autre ?

– Ah…

J'aurais dû m'attendre à ce qu'elle fasse une fixation sur le sujet. La première fois qu'on fait une rencontre dans la forêt, il faut que ce soit une fille. Une jeune femme. Ou une jeune fille… Enfin, bref.

– Ma puce, je n'en sais vraiment rien. Pour être parfaitement honnête, je ne l'ai pas très bien vue.

Je lui indique la vessie.

– Attention, passe la lame par ici à cet endroit. Il ne faut surtout pas percer cette poche, sinon tu vas en avoir plein les mains.

– Tu crois que c'est son métier, de photographier la nature ? Ou qu'elle est artiste ?

– Difficile à dire.

Je tends la main vers la sienne pour guider son geste.

– Je sais, mais on peut essayer de deviner. Ou imaginer.

Elle suspend à nouveau son opération pour me dévisager.

– On peut s'inventer une histoire. J'aime bien penser à elle.

Ne rien dire, participer à son petit jeu ou au contraire l'arrêter tout de suite…

– D'accord, très bien.

Elle me tend le couteau par le manche.

– Je commence. Pour moi, c'est une princesse qui s'est enfuie. Elle a toujours rêvé d'explorer les terres au-delà des portes du royaume et enfin, pendant les fêtes d'hiver qui ont lieu chaque année, elle a vu une occasion de s'échapper, et elle l'a saisie.

Faut-il lire un message entre les lignes ? Une fille qui veut sortir des limites de son royaume. J'observe Finch. Elle sourit, et le vent déloge les cheveux coincés derrière son oreille pour les lui rabattre sur le visage.

– Pour moi, elle était dans la forêt pour prendre des photos et elle a quitté sans s'en rendre compte un espace public pour s'aventurer jusqu'à la vallée.

C'est ce que j'espère au fond de moi. Pourtant, après nos découvertes récentes dans les bois près de la cabane, je doute que ce soit la vérité.

Finch soupire.

– J'aimerais bien la revoir.

Les yeux levés vers la cime des arbres, elle examine un oiseau.

– Elle s'est égarée mais elle a retrouvé son chemin et elle ne reviendra pas, ajouté-je.

(Tant qu'à faire appel à notre imagination, pourquoi ne pas aller jusqu'au bout ?)

– J'espère que tu te trompes, Cooper. J'espère sincèrement.

Une fois l'éviscération terminée, je glisse la bretelle du sac à dos sur mon épaule et j'attrape le daim par l'un de ses bois. Je le traîne jusqu'à la cabane, sur la longue étendue de rochers couverts de lichen, jusqu'au sommet de la pente et entre les pins. Un travail harassant, je sue à grosses gouttes au moment d'atteindre enfin la clairière. J'avale une gorgée d'eau et reprends mon souffle, avant d'aller suspendre le daim dans la remise, pendant que Finch rince le sang sur ses mains à la pompe à eau. Elle les essuie ensuite dans l'herbe puis disparaît dans la cabane.

Elle en ressort munie de sa fronde et de son journal. J'ai réussi à accrocher le daim tête en bas, et je me sers de mon canif pour le dépouiller. Walt Whitman se faufile entre mes pieds pour lécher des gouttes de sang, son museau et ses moustaches blanches sont tachées.

– Filet mignon pour le dîner, Finch. Ton morceau préféré.

– Super… Je vais poser des pièges.

Je fais glisser la lame le long de la cage thoracique. Je réfléchis. La fille, l'appareil photo. Mais aussi le fait que ces expéditions sont les seuls moments de liberté et de joie que je puisse accorder à Finch. Une fois que la neige sera là, elle sera encore plus restreinte dans ses mouvements.

– Je ne veux pas que tu t'approches de la vallée, n'oublie pas.

– Je vais aller vers le nord. J'ai aperçu plein de traces là-bas. Je vais installer des assommoirs.

Finch et ses assommoirs. Elle assemble, au moyen d'encoches, trois bâtons en forme de chiffre 4. Elle place une pierre lourde sur le dessus, sans oublier l'appât sur la pointe du 4. Elle n'a jamais rien attrapé avec, mais ça l'amuse. Je lui tends mon poignet ensanglanté.

– Prends ma montre. Tu reviens dans vingt minutes, d'accord ?

Elle défait le bracelet et la glisse dans sa poche.

– Et emmène ce satané chat avec toi, tu veux bien ?

Elle secoue la tête en souriant.

– Il me ralentirait.

Puis elle détale, se dandinant légèrement dans son épaisse tenue camouflage.

– C'est moi qu'il ralentit, murmuré-je en bousculant Walt Whitman avec la pointe de ma chaussure.

Il lève sa frimousse vers moi en miaulant, puis essaie d'escalader ma jambe.

Je regarde Finch s'éloigner. Elle trottine, les jambes larges de son pantalon bruissent. À la lisière des bois, elle se retourne pour me faire un signe de la main. Je lui réponds. Ensuite elle disparaît, s'enfonçant entre les pins denses.

– Vous êtes rentrés tard hier soir, tous les deux.

Scotland : sa voix rauque à quelques pas.

Finch est rentrée, elle lance des pierres sur une cible avec sa fronde. Elle est de plus en plus douée, elle m'a largement dépassé. Je déterre des carottes, une récolte minable de petites racines tordues. J'en jette une dans mon panier avant de me redresser pour l'affronter. Il m'a tellement surpris que j'ai le cœur au bord des lèvres, et ma panique se voit comme le nez au milieu du visage.

Un rire. Jusqu'aux larmes. Il ne s'en remet pas.

– Tu verrais ta tête.

Il s'essuie les yeux avec sa manche.

– Tu es un vrai fils de pute, Scotland, tu le sais ?

– Qu'est-ce que c'est que cette façon de parler, Cooper, rétorque-t-il, redevenu sérieux tout à coup et lançant un regard appuyé à Finch. Il y a une chanson que les enfants chantent au catéchisme.

Il s'éclaircit la voix.

– « Oh méfiez-vous, petites oreilles, de ce que vous entendrez. Oh, méfiez-vous, petites oreilles, de ce que vous entendrez. »

La vie et ses contradictions. Le soleil, chaud et brillant dans le ciel immobile de décembre. Les mésanges à tête noire qui s'approchent de la mangeoire en frémissant. Et soudain Scotland qui surgit pour entonner des chants religieux, les yeux rivés sur Finch.

Il continue :

– « Oh méfiez-vous, petites langues, de ce que vous direz. Oh méfiez-vous, petites langues, de ce que vous direz. Car notre Père là-haut nous regarde avec amour. Oh méfiez-vous, petites langues, de ce que vous direz. »

– Arrête ça, Scotland.

– Ça me plaît bien, dit Finch. Tu as une jolie voix.

Je dois l'admettre : c'est assez déstabilisant de constater qu'il chante aussi bien. Son timbre est riche, soyeux. Comme s'il avait le pouvoir de transformer sa voix parlée du tout au tout. Comme s'il avait appris à le faire.

– Merci, Finch, lui dit-il. C'est une belle chanson. Avec un beau message.

Il se penche vers moi.

– Tu dois surveiller ton langage. Ta grossièreté. Je suis sérieux, Cooper. Elle t'écoute. Elle apprend. Finch est une belle petite fille. Elle deviendra une jeune femme charmante. Plus vite que tu le penses, d'ailleurs. Regarde-la, elle a déjà fait la moitié du chemin.

Il a un geste désapprobateur.

– Et y a rien de pire qu'une jolie dame qui parle mal.

Jake a abordé le sujet avec moi il y a quelques années, quand Finch a lâché un juron en trébuchant devant lui : il a souligné que tout ce qu'elle apprenait, vocabulaire, gestes, manies, tout lui venait de moi, et que j'avais tout intérêt à avoir un comportement modèle. Ce que Jake, étant celui qu'il était, m'a dit avec son habituelle bienveillance et que j'ai donc pris à cœur. Depuis, je me suis efforcé de surveiller mon langage, en partie par respect pour lui et en partie parce qu'il avait raison, je le savais.

Mais Scotland a tendance à faire ressortir le pire en moi, et je n'ai aucune envie de recevoir des conseils de sa part dans ce domaine.

– Qu'est-ce que tu connais à l'éducation des enfants, toi, marmonné-je en lui tournant le dos.

Scotland s'agenouille à côté de moi, et nos visages sont si proches que je sens son odeur : terre, bêtes, feu de bois, wintergreen. Son regard glisse sur moi pour se perdre dans les bois.

– Oh, voisin, tu ne sais absolument rien de moi, et je te serais reconnaissant de ne pas l'oublier. Et puis…

Il plante alors ses yeux dans les miens, ses pupilles sont petites dans la lumière éblouissante, ses iris gris luisent.

– « Ne jugez point, et vous ne serez point jugés », Luc VI, 37.

Je n'ai pas grand-chose à répondre à ça, alors je me détourne pour continuer à arracher des carottes.

Scotland lance un coup d'œil aux racines rabougries dans mon panier. Il plonge une main dans la terre, en extrait une poignée, la laisser retomber entre ses doigts.

– Faut que tu la tamises, y a trop de pierres. Et avec tous ces pins dans le coin, je te parie qu'elle est très acide.

– On la nourrit avec notre compost. Ça s'améliore.

Scotland pousse un grognement et fait un geste en direction du panier.

– Ça se voit.

Je creuse et arrache une belle carotte – près de huit centimètres, la meilleure de toutes.

– Alors ?

– Tu devrais aller chercher un peu de terre près de la rivière. Du bon humus bien riche, dans la zone inondable. Gorgé de nutriments. Ça t'aidera. Et puis répands vos cendres aussi. Maintenant que Jake ne viendra plus, tu dois faire un effort avec ton potager.

Il se dandine pour enfoncer ses pieds dans la terre avant de se redresser d'un mouvement vif. Pour la centième fois je me demande quel âge il peut bien avoir et comment il réussit encore à crapahuter comme il le fait. Mes propres genoux et épaules, mon propre dos me rappellent sans cesse le passage des années.

Il s'approche de la cabane d'un pas nonchalant et lève la tête. Puis il va chercher une chaise qu'il traîne jusqu'à un angle du porche. Il grimpe dessus, s'accroche au rebord du toit et se hisse à la force des bras, avec autant d'aisance qu'un môme sur une cage à écureuil, en se contorsionnant et en adoptant des positions impossibles. Quelle agilité… Je l'avoue, ça m'impressionne. Et ça me rend jaloux, même.

– La gouttière est cassée, me crie-t-il. Vaudrait mieux la réparer. Parce que ce serait une mauvaise idée de monter sur ce toit en métal une fois qu'il y aura de la neige. Tu as un marteau et des clous ? Je peux m'en charger tout de suite si tu veux.

Je prends le temps de peser le pour et le contre. De me demander si j'ai envie de lui être redevable de quoi que ce soit.

Finch lance :

– Grands comment, les clous ?

Il lui indique une taille approximative avec son pouce et son index.

Elle se précipite dans la maison et réapparaît avec les clous et le marteau qu'elle a trouvés dans le tiroir de la cuisine.

Je les tends à Scotland et lui dis, en adoptant le ton le plus naturel possible :

– Au fait, ta longue-vue, c'est quelle marque ?

– Pourquoi ?

– Comme ça, par curiosité.

– Une Vortex.

Il se met au travail.

Je donne un coup de pied dans une petite motte de terre. Il était donc à elle. Le bouchon d'objectif. Ce qui signifie qu'elle est déjà venue sur notre propriété. Mais combien de fois ? Et risque-t-elle de revenir ? Je lâche un juron dans ma barbe.

Scotland se fige aussitôt, le marteau suspendu dans les airs.

– Qu'est-ce que tu as dit ?

– Rien.

– Vous êtes allés à la rivière récemment ?

Je ne peux pas m'empêcher de me demander ce qu'il sait de notre expédition de la veille. S'il était près, s'il nous surveillait. S'il l'a vue, lui aussi. S'il était au courant de sa présence depuis le début et qu'il attendait juste que nous croisions sa route par nous-mêmes.

– Non.

– Si, dit Finch en me jetant un regard. On a vu une fille, hier. C'est pour ça qu'on est rentrés aussi tard. Cooper a eu une attaque de panique. Ça lui arrive, à cause de son passé de soldat.

Scotland glisse un clou entre ses lèvres et m'observe, avant d'étudier la forêt.

– Une fille, hein ?

Il joue très bien la comédie, je le sais. Un maître dans l'art de dissimuler des informations pour mieux les partager au moment où ça l'arrange le plus.

– Une fille ou une femme, reprend Finch. On n'est pas trop sûrs. Comment on fait la différence, d'ailleurs ? Enfin, peu importe, elle est très jolie.

Elle passe une main sur sa tresse.

– Avec de longs cheveux roux. Aujourd'hui, je suis arrivée à la conclusion que c'était une nymphe des bois. On était en bas, près de notre affût. Il y a un grand platane, beau et majestueux. On l'a baptisé le Roi des Arbres.

Elle ouvre les bras en grand.

– Tu vois où c'est ?

– Je ne descends pas souvent, lui répond-il.

Il descend du toit en se tortillant et remet le marteau à Finch.

– Ça devrait le faire, voisin.

Je pince l'épaule de Finch qui fronce le nez et serre les dents.

– Quoi ? proteste-t-elle.

Je lui ai déjà expliqué qu'elle n'était pas obligée de partager le moindre détail de notre vie avec lui. Qu'elle devait apprendre à filtrer. Ce que je ne lui ai pas dit, c'est que Scotland sait, lui, ce que j'ai fait pour rester avec elle, pourquoi nous nous cachons ici, qu'il nous tient dans un étau depuis toutes ces années et que je suis coincé, obligé de me montrer suffisamment poli avec lui dans l'espoir qu'il ne décidera pas de passer un coup de fil et de mettre un terme à notre vie ici. C'est un voisin, pas un ami : il y a une différence. Mais bien sûr je ne peux pas dire ça à Finch. Elle adore Scotland, elle lui fait confiance. Ce qui, précisément, me met si mal à l'aise. Ce qui, précisément, le rend si dangereux.

17

Le lendemain soir, alors que le crépuscule se referme sur la cabane, j'enfile ma veste, mon bonnet et mes bottes pour sortir. Le ciel est bas, gris clair et menaçant, il semble se retenir de déverser les flocons qu'il contient, alors qu'il pourrait y aller, nous sommes prêts, les étagères sont remplies de provisions, et puis une bonne chute de neige empêcherait cette fille de revenir, de trop s'approcher. Je lève le visage vers le ciel comme pour lui dire : vas-y, maintenant, lâche-toi !

Finch me rejoint en traînant les pieds, vêtue de son nouvel équipement à imprimé camouflage.

– Je dois aller vérifier mes pièges.

– Il va faire nuit dans quelques minutes.

– Tu sais bien que je dois les vérifier. Et s'il y avait un animal en train de souffrir ? C'est la première règle de la chasse. Il faut toujours vérifier ses pièges. C'est toi qui me l'as appris.

– Vas-y, alors.

Elle détale aussitôt. Je lui crie :

– Mais dépêche-toi !

J'ouvre le couvercle du seau contenant le grain, et les poules, aussitôt excitées, se bousculent pour en avoir. J'en lance trois poignées dans leur enclos. Puis je remplis leur abreuvoir.

– Si vous voulez mon avis, les filles, dès que la neige arrivera, on sera tranquilles pour un moment, leur dis-je tandis qu'elles picorent. Finch, Walt Whitman et moi, on se planquera ici et on attendra que ça passe.

Une fois qu'elles ont le ventre plein, je sors ma baguette pour les pousser vers la rampe et les faire rentrer dans leur poulailler.

– Allez, à la maison, mesdames.

Je décide de m'asseoir sous le porche quelques instants, de m'octroyer une pause. Je sors le Ruger de ma poche et le pose à côté de moi. Adossé au pilier, j'étends mes jambes. Un junco fond sur la mangeoire, puis un second. Les bois sont immobiles et gris, il n'y a pas du tout de vent, et ces oiseaux tout bêtes sont jolis et d'une indifférence réconfortante.

Cet endroit… il m'a réparé. Enfin, autant que je pourrai jamais l'être après ce que j'ai vu.

Après ce que j'ai fait.

Nous en étions à notre troisième service lorsque les choses ont dégénéré pour de bon. Tout était mal parti depuis le début, dès le vol pour l'Allemagne : il y avait un problème avec l'avion. On nous a fait débarquer puis poireauter pendant onze heures. Attendre, enchaîner des réussites, répondre aux questions. Certains jouaient sur leurs téléphones, prêts à n'importe quoi pour passer le temps. Il faut bien voir comme c'était dur, de penser qu'on allait partir pour rester finalement en plan. On s'était mis dans un certain état d'esprit, on avait passé la vitesse supérieure et il fallait brusquement rétrograder. En plus tout le monde sait que c'est juste après une permission qu'on se fait tuer. On revient, on a baissé la garde et on meurt. Bref, après être restés coincés des heures à l'aéroport, nous avons fini par suivre un autre itinéraire, qui nous a fait atterrir dans l'endroit le plus improbable, le Maroc, puis Anders a attrapé une sorte d'horrible gastro qu'il nous a refilée à tous, si bien qu'arrivés à Kaboul nous souffrions tous de déshydratation, d'épuisement et du décalage horaire. Quatre continents en trois jours, et personne n'avait réussi à fermer vraiment l'œil, à l'exception de Jake, qui pouvait dormir partout, à n'importe quelle heure de la journée, paix à son âme !

Bref. Ça nous aurait fait du bien de souffler un jour ou deux pour nous requinquer et reprendre possession de nos esprits, mais pas de temps pour ça. Cinq heures après notre arrivée là-bas, on nous a envoyés en mission. Nous étions tous déjà venus, ce qui faisait de nous des hommes fiables, et l'armée comptait sur nous, l'armée avait besoin de nous. C'est ce qu'on nous a dit. Alors après nous être boostés à coups de boissons énergisantes et de café, nous nous sommes équipés. À minuit, nous prenions la direction de l'ouest dans un Humvee pour une opération de recherche et de sauvetage. L'armée avait perdu le contact avec deux de nos gars la veille et nous étions censés les retrouver.

Bon. Ça n'a pas été un problème de les retrouver. Ils étaient morts, pendus dans la rue, et ils offraient un triste spectacle – je ne pourrai jamais me débarrasser de cette image. Nous avons prévenu la base par radio. Mais entre-temps, nous avons compris que ces deux corps étaient des appâts, que les insurgés savaient que des soldats viendraient les chercher. Nous étions postés le long d'un bâtiment, et nous devions traverser une large artère pour regagner le Humvee, qui se trouvait à un kilomètre et demi environ. J'ai décidé de passer en premier, et c'est là que Jake a marché sur un engin explosif, ce qui leur a permis de nous repérer. Tout le monde s'est mis à tirer, et nous avons été séparés du reste de notre groupe, lui et moi.

J'ai pris Jake sur mon épaule, et j'ai couru nous mettre à l'abri dans un bâtiment sombre. Je l'ai posé sur une table pour faire un rapide état des lieux, et c'était bien pire que ce que j'avais craint : il était salement amoché et saignait beaucoup. J'ai extirpé de mon sac de la poudre hémostatique, j'ai saupoudré ses plaies et retiré un éclat de bois fiché dans son aisselle. Son visage avait été touché aussi. Ça a été le plus dur, voir son œil et une partie de sa joue arrachés. Je lui ai donné de l'eau, puis je me suis assis à côté de lui en lui tenant la main.

Au bout d'un moment, l'accrochage s'est terminé, et des civils sont ressortis, reprenant le cours de leur existence, parce que ça se passait comme ça. Dès que ça chauffait, ils désertaient les rues, et elles se vidaient très vite. Il ne restait que les combattants. Mais une fois le calme revenu, les civils réapparaissaient et reprenaient leurs activités quotidiennes, ce qui m'a toujours paru une façon de vivre très étrange, même si j'imagine qu'ils n'avaient pas le choix.

Personne ne savait où nous nous trouvions, Jake et moi, et les radios ayant été détruites dans l'explosion nous ne pouvions prévenir personne. Nous n'avons pas tardé à manquer d'eau. Le visage et la jambe de Jake étaient dans un sale état, tout son côté gauche était réduit en bouillie sanglante et carbonisée, et les mouches s'agitaient, trop nombreuses pour que je puisse toutes les chasser. Ça me perturbait de les voir fondre sur lui comme s'il était déjà mort, de ne pas réussir à les maintenir à distance. Combien de temps, je me rappelle m'être demandé, combien de temps avant qu'il meure sur cette table dans cette rue anonyme dans cette ville anonyme ?

Nous étions le 14 décembre, et l'issue s'annonçait mal. Jake s'est mis à réciter le psaume 23 qui, si vous ne le connaissez pas, est tout simplement un chant mortuaire, à mon humble avis. « Quand je marche dans la vallée de l'ombre de la mort… » Je lui ai demandé d'arrêter. Je me suis penché vers lui, j'ai approché mon visage du sien, avec le sang, le sable, les muscles et les os, et je lui ai dit sans détourner les yeux :

– Je t'interdis de faire ça.

Il a changé de disque.

– « Non, Désespoir, non, putride pâture, je ne veux pas me repaître de toi[1]. » C'est mieux ? a-t-il demandé en me regardant.

Son visage monstrueux. Son globe oculaire gauche n'était plus qu'un trou de sang noir séché, mais l'œil droit n'avait pas changé : j'y lisais, derrière l'habituelle lueur de bonté, qu'il avait compris. Et pourtant il souriait, je le devinais. Il était beau comme un camion, avant.

J'ai serré sa main.

– Oui, mon frère.

– C'est un poème de Gerard Manley Hopkins.

– Parle-moi de lui.

J'ai dit ça pour lui faire oublier qu'une infection était en train de couver, qu'il le savait et qu'en conséquence il se mettait en condition pour se laisser partir. J'avais besoin qu'il passe en mode « prof de lettres ». J'avais besoin qu'il reste en vie.

Ma tactique a fonctionné. Il s'est mis à me parler de Hopkins, des poètes victoriens et des sonnets, un vrai charabia pour moi, mais tant qu'il pensait à autre chose je pouvais m'éloigner un peu pour repérer le bâtiment sans m'inquiéter de le retrouver mort.

Il se trouve donc que Jake parlait poésie quand j'ai gravi à pas de loup quatre volées de marches pour jeter un coup d'œil par une fenêtre. J'avais une assez bonne idée de l'endroit où nous nous trouvions, et j'espérais en avoir

1. Gerard Manley Hopkins, *Poèmes et proses*, trad. Pierre Leyris, Seuil, coll. « Points », 2007.

confirmation en accédant à une position en hauteur. Une fois que j'ai pu étudier les environs, j'ai su que je serais capable de retourner à la base. Malgré tout, je l'ai dit, il y avait à nouveau du monde dans les rues. Le bazar avait rouvert, trois gosses jouaient au ballon. D'en haut, j'ai vu deux silhouettes se diriger vers le bâtiment, plus précisément vers l'entrée la plus proche de l'endroit où se trouvait Jake. Jake étendu sur une table, à l'article de la mort, et deux individus qui cherchaient à passer inaperçus, la tête rentrée dans les épaules.

Vite vite j'ai dévalé les escaliers, en sautant des marches, les quatre étages, pour rejoindre le rez-de-chaussée, et je n'avais que ma kalachnikov, qui aurait alerté tout le monde sur notre présence dans les parages. Je ne pouvais pas prendre ce risque, pas alors que Jake était invalide et que la nuit ne tomberait pas avant plusieurs heures. Je me souviens d'avoir laissé glisser ma main le long du mur dans l'escalier, que les marches tournaient sans fin. Le contact rugueux du plâtre sur la pulpe de mes doigts, l'écho de mes rangers qui résonnait sous mes semelles.

Le temps que je rejoigne Jake, les deux personnes étaient entrées dans la pièce et se dressaient au-dessus de lui, j'ai cru qu'il était déjà mort, qu'elles avaient eu raison du peu de forces qu'il lui restait, et une fureur subite s'est emparée de moi, une chose si puissante que j'ai perdu la notion de tout ce que je savais et étais, il ne restait plus que cet endroit : mon ami sur la table, ces deux étrangers venus s'en prendre à lui, les mouches qui bourdonnaient et se régalaient, la chaleur.

Je les ai tués tous les deux. Un homme et une femme. J'ai fait vite, mais n'empêche.

L'objet que la femme tenait dans ses mains… c'était un gâteau. Plus tard, j'ai nourri Jake avec, miette par miette, parce qu'il n'était pas mort. Ils ne l'avaient pas touché. Après coup, j'ai tenté de me convaincre que peut-être ils lui auraient fait du mal si je n'étais pas intervenu. À lui et à moi aussi. J'aurais peut-être pu leur dire de dégager, pourtant j'aurais pris le risque qu'ils avertissent quelqu'un et que nous finissions pendus dans une rue, Jake et moi. Enfin, peu importe ce qui serait arrivé, au fond, s'ils étaient là par accident ou pour s'en prendre à nous, parce que le fait est que je les ai tués et que je dois vivre avec ça.

Bon. Il arrive de sales trucs aux gens pendant la guerre, même aux gens bien, comme ça a été le cas pour Jake. Elle ne respecte personne, la guerre. Même quand elle ne touche pas au corps, elle abîme l'âme. La mienne notamment. Et je viens d'ailleurs de sombrer à nouveau dans le souvenir de cette horrible journée. J'ai l'impression d'être incapable de la fuir, de m'en libérer complètement.

– Finch ?

Je me relève, range le Ruger dans ma poche et contourne la cabane. Il fait presque nuit, elle devrait être rentrée. Je me fige soudain. Un bruit. Un moteur ? Pas loin, et nous n'entendons jamais, absolument jamais de moteur ici, sauf quand Jake vient – la route la plus proche est trop éloignée pour que le son porte jusqu'à nous. Le ronflement s'intensifie. Quelqu'un arrive. L'espace d'une seconde, je m'autorise cette pensée : Jake ? Mais non.

– Finch !

Des pneus sur le gravier. Je scrute les bois à la recherche du moindre signe. Rien. Mon esprit s'emballe et est à la peine : Scotland, la fille qu'on a aperçue. Je m'accroupis contre la façade arrière de la cabane. Des phares vacillent dans la quasi-obscurité. Le véhicule apparaît soudain au détour du virage. Une voiture bleue, dont je n'identifie pas la marque. Je me retourne pour fouiller à nouveau le bosquet de pins du regard. Toujours pas de Finch et le soleil plonge derrière la butte, dans un magnifique dégradé de couleurs hivernales : jaune, saumon, rouge, rose. D'ici quelques minutes, il fera complètement nuit, et quelqu'un vient d'arriver. Où est-elle ?

La voiture se gare sur le petit plat devant la cabane. Je n'ai toujours pas d'autre plan que le Ruger dans ma poche, mais je continue à espérer qu'une idée va surgir.

18

La portière côté conducteur s'ouvre et une femme descend. Je scrute la voiture, à peu près certain maintenant que personne ne l'accompagne. Elle tend les bras vers le ciel, s'étire, puis se penche vers l'intérieur de la voiture pour sortir un manteau. Elle porte une longue jupe grise et un pull blanc ample. Elle a des cheveux bruns bouclés, coupés court. Non, attachés en chignon sur sa nuque. Elle ferme la portière et se dirige vers la cabane.

– Bonjour ! lance-t-elle en montant les marches du perron.

La porte n'est pas fermée, bien sûr. Elle frappe, fait quelques pas, sans doute pour regarder par la fenêtre – je ne la vois plus.

– Bonjour ! répète-t-elle.

Que faire ? Derrière moi, un bruissement. Je me retourne et aperçois une petite forme qui longe les bois. Finch. J'imite l'engoulevent. Elle se fige brusquement, surprise. Dans le noir, elle ne peut pas me voir. Je lance à nouveau mon cri d'oiseau, et cette fois elle me repère. Elle approche en trébuchant. Je l'attire contre moi, pose mon menton sur le sommet de son crâne. En dépit du froid, elle est collante de sueur.

– Ça va ? Pourquoi es-tu essoufflée ?

– J'ai vu la voiture approcher, murmure-t-elle. Les phares. J'ai voulu me dépêcher.

– Il y a quelqu'un ? demande la femme, qui jette un coup d'œil sur le côté de la cabane.

Sa voix se rapproche.

– Mince ! lâche-t-elle en descendant du porche.

J'ai du mal à distinguer les contours de sa silhouette dans le noir.

– Et maintenant, hein ? dit-elle en regardant le ciel avant de marmonner autre chose que je n'arrive pas à entendre.

Finch se tourne vers moi. Je sens sa tête bouger contre mon buste, son cœur palpiter dans ma paume. Je plaque délicatement une main sur sa bouche.

La femme met les mains dans les poches et commence à aller et venir entre les massifs de myrtilles et la cabane. Elle fait demi-tour sur la pointe des pieds, on entend le frou-frou de sa jupe. Avec ce qui ressemble à une détermination soudaine, elle se dirige vers la voiture.

Pour repartir, Dieu merci.

Non… Elle se baisse, farfouille à l'intérieur et sort une lampe frontale qu'elle fixe sur sa tête. La lumière tremble à travers les arbres. Elle se dirige vers la remise et disparaît à l'intérieur. Presque comme si elle savait où se rendre.

– C'est qui ? chuchote Finch. Qu'est-ce qu'elle fait ici ?

– Je n'en sais rien.

– J'ai froid.

Je baisse la fermeture Éclair de mon anorak et la retire pour la poser sur ses épaules. Walt Whitman tente de monter sur ma jambe et glisse.

Autour de nous, l'obscurité s'épaissit. Finch frémit.

– On ne pourra pas rester dehors toute la nuit, tu sais, me dit-elle. On risque l'hypothermie. On risque de mourir. Je ne sens déjà presque plus mes orteils. S'ils tombent, je ne pourrai plus marcher. On a besoin de ses orteils, pour marcher.

– Ne bouge pas, lui dis-je en me relevant, les genoux et le dos raides après être resté accroupi si longtemps.

Finch a raison : nous ne pouvons pas rester cachés derrière la cabane toute la nuit. J'arrive dans la clairière au moment où la femme sort de la remise.

Elle sursaute en m'apercevant, retient un cri, recule d'un pas et manque de tomber. Elle est surprise, maladroite et elle braque la lampe frontale dans mes yeux.

Je les protège d'une main.

– Je peux vous aider ?

J'avais l'intention de lui asséner qu'elle se trouvait sur une propriété privée, mais de près je vois combien elle est maigrichonne, inoffensive et effrayée.

Elle pose les yeux sur le Ruger.

– Je…

Sa voix tremble, la lampe aussi lorsqu'elle ajuste sa position sur son front.

– Je cherche une famille. Un homme et une petite fille.

Elle jette un regard en direction de sa voiture, évalue la distance.

Je fais un pas vers elle, et la peur danse sur les traits de son visage, bizarrement accentués par le nouvel angle de la lampe frontale.

– Qui êtes-vous ?

La possibilité que M. et Mme le Juge nous aient retrouvés et aient fomenté un plan pour me faire tomber me traverse l'esprit. Parce que je sais qu'ils agiraient en douce, comme la première fois. Ils me pousseraient à baisser la garde pour mieux lancer leur attaque.

– Je suis vraiment navrée de vous avoir dérangé, dit-elle de sa voix tremblante.

Elle a une toute petite pointe d'accent.

– Je suis, de toute évidence, au mauvais endroit. J'ai dû me perdre sur les petites routes de forêt, la nuit tombait. Je vous présente mes excuses.

Elle fait un pas de côté vers sa voiture.

– Je vais vous laisser maintenant.

– Pas avant de m'avoir dit qui vous êtes, non.

Elle déglutit. J'aperçois le mouvement de sa gorge, pourtant plongée dans l'ombre de son menton.

– Je suis juste venue faire une livraison, rien de plus. Ma famille possède une cabane dans les environs, et un ami de mon frère est censé l'occuper quelque temps. Mon frère m'a remis une liste et m'a demandé d'apporter des provisions. Je n'en sais pas plus. Je suis en retard mais, je me répète, je viens juste pour une livraison. S'il vous plaît…

Je reste méfiant. Si vous connaissiez M. et Mme le Juge, vous comprendriez.

– En retard de combien ?

Elle fronce les sourcils, la lumière de la lampe frontale frémit.

– D'une semaine. J'aurais dû venir le 14, mais j'avais du travail, et puis ma voiture est restée immobilisée chez le garagiste et j'ai été coincée.

– Vous avez la liste ?

Elle hoche la tête, se met à fouiller dans ses poches.

– Tenez, finit-elle par dire en me tendant un morceau de papier. J'ai de la nourriture dans ma voiture. De la nourriture et des piles, plein d'autres choses. Toute la liste, en fait. Vous pouvez les garder si c'est ce qui vous intéresse. Prenez tout, s'il vous plaît. Je veux juste repartir.

Elle fait un pas supplémentaire vers sa voiture. J'observe la liste à la lumière de sa lampe : c'est mon écriture. La situation commence à s'éclaircir.

Cela fait dix ans que nous ne nous sommes pas revus…

– Marie ?

La petite sœur de Jake.

Elle penche la tête d'un côté.

– On se connaît ?

– On s'est rencontrés une fois, il y a des années de cela. Vous m'avez retrouvé ici, Jake et toi.

– Kenny ?

Elle plisse les yeux, me dévisage.

– Je ne t'avais pas reconnu.

C'est étrange d'entendre ce nom après toutes ces années.

– Oui.

Elle paraît hésiter.

– Je me fais appeler Cooper maintenant.

– Ah… Jake ne m'avait pas prévenue.

– Il va bien ? Jake ?

Elle fait non de la tête, le faisceau de sa lampe balaie l'obscurité. Puis elle se décompose et… Je ne connais que trop bien cette expression.

Jake est mort.

– Il y a six semaines.

Elle s'essuie les yeux avec la manche de son manteau.

Je me détourne parce que je voudrais tout laisser éclater : tristesse, colère, chagrin… Mais je ne peux pas. Pas ici, pas maintenant. Pas avec Marie et une voiture pleine de provisions, pas avec Finch qui se cache derrière la cabane et la nuit de plus en plus noire, pas avec un millier de questions en suspens. Jake, mon seul ami. Jake, qui nous a sauvé la vie il y a des années de cela. J'avais compris, je crois, étant donné la nature de notre arrangement, et son absence cette année. Enfin j'avais compris que quelque chose était arrivé. Que quelque chose clochait. N'empêche. Avoir des soupçons, ce n'est pas pareil que de s'entendre dire par quelqu'un ce qui est réellement arrivé. La nouvelle m'écrase, poids accablant qui m'écartèle. Mes genoux menacent de céder et je me laisse aller, je prends appui contre le capot de la voiture.

Marie se racle la gorge.

– Je suis désolée de t'apprendre la nouvelle. Et je risque peut-être de te paraître insensible, pardon, mais il vaudrait mieux que je décharge la voiture pour reprendre la route.

– Non, impossible, tu ne peux pas repartir chez toi ce soir. Combien d'heures de route t'a-t-il fallu pour venir ici ?

– Neuf.

Je secoue la tête. Bien que brouillés, mes sens répondent peu à peu.

– Jake n'aurait pas été d'accord. Trop dangereux. Tu dois te reposer un peu. On a préparé à dîner.

Je range le pistolet dans ma poche arrière.

– Désolé pour l'arme, lui dis-je. Désolé de t'avoir fait peur. C'est juste que… personne ne vient jamais. Je ne savais pas qui tu étais. Et on doit se montrer prudents ici.

– Oui, répond-elle en m'observant. On doit se montrer prudents.

Je veux bien croire que l'expression lui ait paru un peu bizarre dans ma bouche. Alors que c'est moi qui tiens le pistolet, moi qui me suis dressé devant elle quand elle sortait de la remise. Il fait nuit noire à présent, et c'est elle qui se retrouve au milieu des bois avec un parfait inconnu. Elle tord sa jupe entre ses mains. Elle se dirige vers le coffre de sa voiture, sort un sac bleu réutilisable rempli de courses et monte vers la cabane.

Finch surgit alors, et son chat est un éclair blanc qui se déchaîne dans ses bras.

– Ma fille, dis-je en sortant à mon tour deux sacs de supermarché. Finch. Je te présente la sœur de Jake, ma puce. Marie.

Celle-ci offre sa main à Finch, qui la regarde fixement.

– Et ça, c'est Walt Whitman, finit-elle par dire en tendant son chat vers Marie.

– Un nom parfait pour un chat parfait. Est-ce que je peux voir l'intérieur de la cabane ?

– Bien sûr !

Finch bondit sur le porche et ouvre la porte.

– C'est notre maison, lance-t-elle.

Je grimace intérieurement en l'entendant prononcer ces mots, parce que ce n'est pas notre maison. Pas vraiment. Nous sommes chez nous et pas chez nous, et la présence de Marie me fait prendre conscience d'une chose – alors que ça n'a jamais été le cas avec Jake. Cette terre sur laquelle nous avons bâti cette existence n'est qu'un emprunt.

À l'intérieur, Marie et moi nous affairons dans la minuscule cuisine, nos coudes se cognent, nos hanches s'effleurent, et je finis par lui dire qu'il vaudrait peut-être mieux que je me charge de tout ranger puisque je sais où vont les choses. J'essaie d'y mettre les formes. Elle vient de nous apporter des provisions, après tout. Finch propose de lui faire faire le tour du propriétaire, et Marie lui emboîte le pas, Walt Whitman blotti contre elle. Les différents crânes d'animaux, que Finch a trouvés elle-même ou que Scotland lui a donnés, tous empilés à l'intérieur d'une caisse en bois dans un coin. Sur le rebord de la fenêtre, des éclats de coquilles de moules de la rivière, dont l'intérieur nacré luit au soleil. Et des fossiles. Une vieille cuillère en métal que Finch a découverte un jour au milieu des bois. Glissées entre les pages des livres que nous lisons rarement, des feuilles d'automne rouges et jaunes. Des petites fleurs blanches de carotte sauvage estivale, des violettes printanières. Des brins de lavande séchés attachés avec de la ficelle et suspendus au plafond.

Finch la noie sous un déluge de questions. Où vis-tu ? (Pour le moment, dans la maison de Jake, dans le Michigan.) À quoi ressemble-t-elle ? (Elle est en brique brun clair avec une galerie sur la façade avant.) Tu as un métier ? (Bibliothécaire.) Quel est ton aliment préféré ? (Le chocolat.) Tu as des enfants ? (Non.) Tu as une bicyclette ? (Oui, rouge.) Quel est ton livre préféré ? (Il y en a trop pour dresser la liste.) Tu as des amis ? (Quelques-uns.)

– J'ai une nouvelle amie, moi, dit Finch en tendant la main pour gratter Walt Whitman derrière les oreilles. Elle a de longs cheveux roux et elle vit dans nos bois.

– À table, dis-je pour interrompre Finch.

Je sers le ragoût dans des bols que je pose sur la table.

– Tu as déjà été dans un magasin, Marie ? reprend Finch en tirant sa chaise.

– Bien sûr, très souvent.

Marie fronce les sourcils et hasarde un regard dans ma direction.

– Pas toi ?

– Une fois, je crois. J'étais bébé, je ne m'en souviens pas.

Voyant que Marie s'apprête à lui poser une autre question, j'interviens :

– Finch, suspendons l'interrogatoire le temps de manger, d'accord ?

Elle fait sa tête d'ours et se hisse sur sa chaise.

– Je me rappelle ces bols, dit Marie en passant son doigt sur le bord du sien.

– Tu as vécu ici avec Jake ? s'enquiert Finch.

– Quand j'étais petite, oui. Je ne me souviens pas de grand-chose, pour être honnête. Enfin de ces bols, si, je ne sais pas pourquoi. Ça sent très bon, ajoute-t-elle en respirant la nourriture fumante. Je suis affamée.

Finch dévisage Marie.

– Tu ressembles à Jake, conclut-elle.

– Tu trouves ?

– En plus jolie.

Marie s'éclaircit la voix, avale une gorgée d'eau.

– Disons que j'ai de plus beaux cheveux en tout cas.

Elle fait gonfler ses boucles et éclate de rire, ses yeux marron brillent de larmes. Jake perdait déjà ses cheveux à l'époque où je l'ai connu, et il appartenait à cette catégorie d'hommes qui se rasent le crâne dès les premiers signes de calvitie.

Finch glousse.

– Ah ça, c'est sûr, tu as de plus beaux cheveux.

Elle remue son ragoût.

– Il a dit quelque chose à notre sujet avant de mourir ? Il a laissé un message pour moi ?

Marie me regarde et déglutit, puis elle se tourne vers Finch.

– Eh bien oui, justement. Il m'a dit qu'il avait besoin que je lui rende un service : apporter des provisions à ses très chers amis. Il a aussi ajouté qu'il me chargeait de transmettre ses amitiés à une adorable demoiselle. Il a toujours voulu des enfants, et il te considérait comme sa fille. J'en suis certaine.

– Je l'aimais beaucoup.

Marie recouvre la main de Finch avec la sienne.

– Nous l'aimions tous.

Walt Whitman glisse son petit museau blanc entre mes cuisses et je le chasse.

– Cooper et Finch, si ça ne vous dérange pas trop, je vais passer la nuit ici parce que, eh bien, pour tout vous dire, je ne suis pas certaine d'être capable de me repérer dans le noir. Et je sais qu'il n'y a pas d'hôtel dans les environs. Demain, dès le lever du jour, je repartirai. Est-ce que c'est un arrangement qui vous conviendrait ?

– Tu peux rester pour toujours si tu veux, lui rétorque Finch.

– Je peux dormir sur le canapé si tu préfères le lit.

– Le canapé me va très bien, me répond-elle.

Elle enroule une mèche de cheveux autour de son doigt.

– Je serai bien ici. Et il y a de fortes chances que je sois partie quand vous vous réveillerez. Ce ragoût est délicieux, au fait.

19

Après le dîner, sur l'insistance de Finch, Marie lit une page du *Livre des oiseaux d'Amérique du Nord* pendant que je me charge de la vaisselle.

– « Le moucherolle phébi. Considéré par beaucoup comme annonciateur des beaux jours, le moucherolle phébi migre au tout début du printemps. Il se reconnaît à son vol stationnaire avec de brefs mouvements d'ailes. »

Marie est une bonne lectrice, elle a une voix douce, berçante. Ce qui ne devrait pas me surprendre, puisqu'elle est bibliothécaire, et fille d'un professeur de littérature. Et pourtant, avec la chaleur que dégage la cuisinière, la fatigue de la journée, mes mains plongées dans l'eau chaude et savonneuse, je suis pris d'une envie irrépressible d'aller m'allonger sur le canapé et de l'écouter jusqu'à sombrer dans le sommeil.

Finch met un bon moment à se calmer, survoltée par la présence de notre invitée et l'excitation de la journée, mais elle finit par se blottir sous ses draps et s'endormir.

Marie fait chauffer de l'eau dans la bouilloire et me propose un thé. J'accepte bien sûr – pourquoi refuser ? La flamme de la nouvelle bougie sur le plan de travail tremble puis brûle plus intensément, faible lueur dans la pièce sombre.

– J'avais oublié combien c'est beau ici. Paisible.

Elle s'appuie contre le plan de travail et regarde par la fenêtre.

– Tu as vu ? C'est la pleine lune.

Je me rapproche d'elle, et j'aperçois, très haut dans le ciel, la lune, ronde et blanche, grêlée de gris. Le sol luit d'une fine couche de neige poudreuse. Encore quelques semaines avant les grosses tempêtes, même s'il ne serait pas totalement impossible que l'une d'elles survienne plus tôt.

– Tu devrais prévoir un départ de bonne heure, pour le cas où il y aurait de la neige.

Nos bras s'effleurent et ce n'est rien, des bras qui s'effleurent, mais ça fait huit ans que je n'ai pas touché une femme, et ce petit contact, cette rencontre de deux peaux, cette sensation de l'autre vient réveiller une chose tout au fond de moi, une chose qui fait mal et brûle. Qui électrise aussi. Oui, je l'avoue. Je suis un homme, après tout, avec des envies et des besoins : c'est plus fort que moi. Je m'écarte et me détourne, retire la bouilloire du feu avant qu'elle siffle.

– Tu n'es pas venue ici depuis combien de temps ?

– Oh, des années. Depuis la fois où je vous ai suivis, Jake et toi. Alors je ne sais pas, ça remonte à quoi ? Une dizaine d'années ?

Je confirme d'un hochement de tête. Je ne peux pas m'empêcher de penser à tout ce qui s'est produit… Une existence qui vire, s'étire et se rétracte, vole en éclats. À cet instant précis, j'ai la sensation que les choses pourraient à nouveau s'effondrer à la moindre modification, même ténue. Une vie si précaire. Dépourvue de toute certitude.

– Le rêve de mon père, dit Marie, vivre de la terre. Ici. Son père venait de mourir et il a construit la cabane avec l'argent de son héritage, qu'il a dépensé jusqu'au dernier centime. À la grande consternation de ma mère, je précise. J'avais cinq ans quand elle a fini par décider qu'elle en avait assez, je ne me rappelle donc pas grand-chose. Des bribes. La cueillette des framboises, la récolte des pommes de terre. Jake était plus grand, il avait beaucoup plus de souvenirs.

Elle se détourne de la fenêtre et va s'asseoir à table. Je lui tends deux tasses et lui demande :

– Parle-moi de lui. Si tu en es capable.

Elle sort une boîte en métal sophistiquée d'un sac de course qu'elle a mis de côté.

– Ça s'est dégradé à la fin. Il était si affaibli, si rétréci. Tu ne l'aurais sans doute pas reconnu.

Elle glisse un sachet de thé dans l'une des tasses et verse de l'eau fumante dessus.

– C'est drôle… Quand il m'a demandé de venir ici, on lui administrait une telle quantité de morphine qu'il avait des pertes de conscience, et je ne savais pas, sincèrement, si tu étais bien réel ou un pur produit de son imagination.

Elle croise mon regard, a un petit sourire.

– Je suis venue malgré tout, enfin tu t'en doutes. J'ai trouvé la liste, pile à l'endroit qu'il m'avait indiqué, et je suis allée faire les courses. Je n'ai pas arrêté de me poser des questions tout du long, de m'interroger, de douter. Je crois qu'au moment de me garer devant la cabane, je ne savais vraiment pas ce qui m'attendait.

Elle saisit le fil de son sachet de thé pour le remuer dans l'eau, puis elle le retire et le glisse dans la seconde tasse, avant d'y ajouter de l'eau.

– Il venait souvent ?

– Une fois par an.

Elle me tend la première tasse et nos doigts s'effleurent, et il est à nouveau là, ce frisson, ce picotement à son contact. Je prends alors conscience, là dans la cuisine éclairée par la lune, combien j'ai été seul, et qu'en me répétant, toutes ces années, que tout désir primaire était mort en moi avec Cindy, je m'étais bercé d'illusions. Une fable que j'avais crue, jusque dans ma moelle, au point de ne pas me rendre compte qu'elle était trompeuse. Quelle bêtise, vraiment, de s'imaginer que les mécanismes fondamentaux de la nature puissent disparaître avec une personne, qu'ils puissent seulement être liés à l'amour.

Marie avale une gorgée de thé.

– Jake m'a dit que tu avais perdu quelqu'un de très cher. Que tu étais venu vivre ici le temps de reprendre pied.

Alors c'est ce qu'il lui a dit. Du Jake tout craché, ça, trouver un moyen d'expliquer la situation sans mentir.

– En effet, dis-je. Il s'est montré immensément généreux en nous proposant la cabane comme il l'a fait.

– Vous êtes ici depuis combien de temps ?

– Un moment.

Mieux vaut éviter d'entrer dans les détails.

– Et tu te vois rester ?

Elle suit du doigt l'anse de sa tasse.

– Sur le long terme, s'entend ?

– Jake m'avait dit… Il m'avait proposé de rester aussi longtemps que nécessaire.

– Je vois.

La situation m'apparaît soudain sous un autre jour : nous ne vivons plus chez Jake, mais chez elle. Ce qui signifie…

– Tu envisageais de vendre la cabane ?

– Ça m'a traversé l'esprit. Avant. Comme je te le disais, je ne savais pas très bien ce que je trouverais à mon arrivée. Vous êtes bien installés. Vous avez votre vie ici.

Elle se passe une main dans les cheveux.

– Ce qui change tout bien sûr.

– On peut te verser un loyer. J'ai de l'argent.

– Oublie ce que je viens de dire, s'il te plaît. Je n'ai pas les idées claires. La journée a été longue.

Elle se penche en avant, pose les coudes sur ses genoux.

– Je devrais dire l'année, ajoute-t-elle.

J'acquiesce, avale ma première gorgée de thé. C'est un vrai sujet d'inquiétude, un sujet que je n'avais pas anticipé. La possibilité que notre maison soit vendue à notre insu… Pourtant mon esprit revient inlassablement à Jake. À son interminable déclin : les années de souffrance, le courage avec lequel son corps avait encaissé le coup au début. La façon dont il s'est battu pour guérir, sans jamais complètement se remettre, toutes ces années à s'user lentement, à se flétrir, déserté par son propre corps, cellule après cellule. Je me demande, pour avoir tenu Cindy dans mes bras dans les deux minutes qui ont séparé le moment où la voiture s'est immobilisée et sa mort, si ce n'était pas une meilleure façon de partir. Finch hurlait dans son siège à l'arrière, mais Cindy était apaisée, même si elle respirait à peine et qu'elle se vidait de son sang à l'intérieur. Les journalistes ont écrit qu'elle était morte sur le coup. Je connais la vérité, moi : elle a survécu deux minutes. Elle n'arrêtait pas de cligner des yeux. De serrer ma main.

De tous les cauchemars et souvenirs qui remontent à la surface, se mélangent et tournent dans mon esprit, de toutes les choses horribles que j'ai vues et faites, celle-ci est la pire. Je suis le bord de la tasse avec mon doigt, avale bruyamment une gorgée de thé pour chasser cette image. Celle de Cindy à la fin.

– Il ne me restait que lui, dit Marie. Mes parents sont partis. Thomas aussi.

Je la regarde, si frêle, si banale et jolie à la fois, d'une beauté démodée, innocente.

– Thomas ?

Elle a un trémolo dans la voix.

– Mon mari. Ex-mari. Il a eu une aventure et je lui ai dit que c'était terminé.

Elle se retourne pour fouiller dans le sac où elle a trouvé les sachets de thé et sort une autre boîte.

– Tu en veux ? C'est du chocolat noir au sel de mer et au caramel. Le meilleur.

– Il y a combien de temps ?

La petite étiquette en plastique qui scelle la boîte résiste sous son ongle.

– Pardon ?

– Pour ton mari.

– Pas très longtemps. Sept mois.

Elle me tend la boîte.

– Tu peux m'aider ?

Je sors mon canif de la poche de mon jean, l'ouvre et le fais glisser le long du couvercle.

– Sacrée année en effet, dis-je en lui rendant la boîte.

– Ce n'était pas la première fois. Alors oui, mauvaise année, mais en réalité ça n'allait pas depuis longtemps. J'aurais dû y mettre un terme bien avant. Je continuais à espérer qu'il changerait. Qu'il finirait, par je ne sais quel miracle, par se contenter de moi.

Et ça recommence : les gens qui déballent leurs secrets devant moi. Ma malédiction du confessionnal.

– Ne dis pas ça. Ça n'a aucun rapport avec toi. Les types comme ça ne peuvent pas s'en empêcher. Tu n'aurais rien pu y changer.

Je ne sais pas d'où elles me viennent, ces paroles de réconfort. Toutes ces années, toutes les fois où ça m'est arrivé – la femme au café, M. Marks pendant ma colle en quatrième –, je n'ai jamais cherché à consoler personne. Je n'ai même jamais prononcé le moindre mot.

Elle prend un chocolat puis me tend la boîte.

– D'habitude, je découpe chaque morceau en fines tranches, que je mange une par une. En les savourant. Elles fondent sur la langue.

Je lui offre mon canif.

– Finch est une petite fille merveilleuse.

– Je sais.

– Et sa mère ?

– Accident de voiture. Finch était tout bébé, elle ne se souvient de rien.

– Vous étiez mariés ?

L'un de mes plus grands regrets dans la vie, c'est de ne pas avoir épousé Cindy. J'avais acheté une bague juste après la découverte de sa grossesse. Une belle bague en plus. Je lui avais fait ma demande au bord de la rivière, à l'endroit où elle m'avait embrassé la première fois. Mais elle voulait attendre pour le mariage. Elle ne voulait pas précipiter les choses à cause du bébé, elle ne voulait pas avoir un gros ventre dans sa robe, elle ne voulait pas que ses parents pensent qu'il était la seule cause de notre union. Je comprenais toutes ces raisons, même si je ne pouvais pas m'empêcher de me dire que les choses seraient peut-être un peu plus simples, un peu meilleures si nous étions mari et femme. J'avais insisté et un jour nous avions eu une grosse dispute sur le sujet. J'étais arrivé à la conclusion suivante : qui se fâche à cause de la date d'un mariage ? Cindy, enceinte, sanglotait et me disait que je ne comprenais rien, elle me demandait pourquoi je ne lui faisais pas confiance. Je l'avais serrée dans mes bras. Elle était si ronde alors, avec la grossesse tout était plus dense, plus rebondi, pas seulement son ventre, mais ses bras, ses jambes, ses chevilles, son visage. « On se mariera quand tu seras prête, lui ai-je dit. Il te suffira d'un mot. Tu sais que je t'aime depuis ce premier jour dans le car. » Ça m'arrivait de le lui rappeler parfois, et elle levait son visage vers moi en souriant, sauf que cette fois elle l'a enfoui dans mon cou pour pleurer.

– Fiancés, dis-je à Marie. Mais pas mariés.

Elle me tend un petit éclat de chocolat.

– Eh bien, tu t'es débrouillé comme un chef, seul avec elle. Finch. Elle est adorable, elle déborde d'imagination et d'intelligence.

Je fourre le chocolat dans ma bouche et, pour une raison inexplicable, je pense à la communion, à l'hostie qui fond sur la langue, à la brûlure du vin de messe. J'y ai goûté, une fois.

– Merci. Elle a tout pris de sa mère.

– Où va-t-elle à l'école ?

L'école. Bien sûr Finch adorerait ça, avec son esprit qui enregistre toutes les informations, quelle que soit leur nature, son appétit vorace pour les mots et les livres. Parfois, je rêve de l'emmener dans une bibliothèque, même pas une grande et célèbre, non, un petit bâtiment anonyme suffirait. L'expression de son visage, ses yeux verts écarquillés par l'émerveillement, sa bouche ouverte. La joie pour nous deux. Parfois, je l'imagine rentrant à la maison après une journée d'école, sautant de la dernière marche d'un bus de ramassage scolaire, puis courant à la cabane me raconter ce qu'elle aurait appris. Rien d'exceptionnel, des pratiques banales pour les parents et les enfants normaux. Mais nous ne ferons jamais l'expérience de ces choses, elle et moi. Enfin elle, si. Quand elle sera plus grande, et que je devrai la laisser partir. Je le sais, je l'ai toujours su, pourtant la question de Marie m'accable de tristesse.

– Elle est scolarisée à domicile.

– Ah, quel dommage... Pour elle, je veux dire, de rater ça.

Tout à coup, j'ai hâte que Marie reparte. Le clair de lune se déverse par la fenêtre et éclaire la tasse qu'elle tient, jaune, avec un petit éclat sur le bord. Ça fait trop de choses. La fille dans la forêt, la voiture qui remonte la route de gravier, la nouvelle de la mort de Jake. Le fait que Marie possède la cabane et pourrait, si elle le souhaitait, la vendre à notre insu. Mais ce n'est pas tout. Il y a aussi le fait que Finch est déjà en train de tomber raide dingue d'elle, de s'attacher à elle comme une bernique à un rocher. La douce voix de Marie en train de lire, Finch blottie contre elle, l'eau de la vaisselle chaude et savonneuse, le thé et les chocolats... C'est trop douloureux, c'est trop tout court, ces fragments d'une existence que nous ne connaîtrons jamais, alors que tout ce temps je me suis persuadé que nous avions assez. Je termine mon thé et pose la tasse sur le plan de travail.

– Bon, je vais me coucher.

Marie regarde sa montre.

– Il est vingt heures trente.

– La journée a été longue. Tu es sûre que ça te va de dormir sur le canapé ?

– Très bien. Ça te dérange si j'utilise ma lampe frontale pour lire un peu ? Ça vous empêchera de dormir ?

Je lui réponds que non.

– Et merci pour le thé et le chocolat, Marie.

– Bonne nuit, Cooper.

Le lendemain matin nous préparerons le petit déjeuner. Je ferai des œufs au plat et j'aiderai Marie à charger sa voiture. Nous la regarderons s'éloigner, Finch et moi, nous la regarderons éviter les pierres et les ornières sur la route. Finch me dira qu'elle adore Marie, qu'elle aurait aimé qu'elle puisse rester, et je lui mentirai en posant une main sur son épaule et en disant : moi aussi. Elle sera d'humeur maussade pendant quelques heures, les épaules voûtées, elle versera même peut-être quelques larmes, comme elle l'a toujours fait après le départ de Jake. Je couperai un peu de bois, je verrai si nous réussissons à attraper une dinde ou une grouse. Je demanderai peut-être à Marie de bien vouloir nous donner les chocolats, et nous pourrons en manger plus tard dans la soirée, Finch et moi, en laissant la porte de la cuisinière ouverte pour entendre le feu crépiter et siffler, un petit plaisir exceptionnel en souvenir de Marie. Nous lirons *Le Livre des oiseaux d'Amérique du Nord*. À cette heure-là, en fin de journée, Marie sera rentrée chez elle, dans le Michigan, et nous irons bien, Finch et moi. Il restera la fille dans la forêt et l'éternel problème Scotland, mais au moins les complications supplémentaires causées par Marie, sa petite voiture discrète et cet aperçu de tout ce que nous ratons se seront envolés depuis longtemps.

20

Raté. Aux premières lueurs du jour, les arbres sont recouverts d'un manteau de neige, si lourd qu'il fait ployer les pins, incline leurs branches à des angles étranges, si bien que les bois, à la physionomie si familière, se sont métamorphosés. Un paysage blanc et inédit. Et la neige qui continue à tomber vite et dru, tourbillon hypnotique. Je la regarde depuis la fenêtre de la chambre, et la première chose qui me vient à l'esprit, c'est Finch et sa luge. Finch et sa nouvelle tenue de ski camouflage du supermarché. Il fait à peine jour, le ciel est de cet horrible gris qui accompagne toujours les chutes de neige, et elle dort encore dans son petit lit, emmêlée dans ses draps et sa lourde couverture, mais elle ne tardera pas à se réveiller, presque toujours à la même heure chaque matin. Nous glisserons sur la pente à l'ouest de la cabane, nous créerons une piste pour la luge, et ensuite nous remonterons et nous la dévalerons, jusqu'à épuisement, jusqu'à avoir trop chaud dans nos anoraks. Quand nous serons vraiment claqués, nous rentrerons boire un chocolat chaud. Et je ne lésinerai pas sur la quantité pour une fois.

Et puis, je reprends peu à peu mes esprits et je me souviens : dans la pièce principale de la cabane, Marie. Il m'a fallu longtemps pour trouver le sommeil, mais ensuite j'ai sombré si profondément que je l'avais oubliée. Marie avec ses sacs de courses réutilisables, remplis de thé et de chocolats. Je me lève et appuie mon front contre la fine vitre, sens le froid sur ma peau.

J'enfile mon jean, ma chemise et je traverse la chambre à pas de loup – les lattes du parquet gémissent et craquent à cause du froid. Il est temps de relancer le feu, d'aller chercher des œufs et de m'occuper du petit déjeuner. Peut-être que les températures remonteront en milieu de journée, que la neige fondra. Peut-être que Marie pourra quand même partir.

Au moment d'ouvrir la porte, je suis frappé – « frappé », c'est bien le terme – par l'odeur du bacon. Comment ai-je pu ne pas la sentir de la chambre ? Marie se trouve devant la cuisinière, qui, bien chaude déjà, pousse son agréable ronron – la petite ventilation en haut, activée par la chaleur, tourne à toute allure et la diffuse dans toute la pièce. Marie porte un vieux tablier rouge qui provient du placard du bas et elle surveille le contenu de la poêle en fonte, une spatule à la main.

Elle se tourne vers moi en souriant.

– Café ?

Pourquoi en la voyant là, dans la cuisine, mon cœur vibre-t-il tout en se serrant ?

– Tiens, dit-elle en remplissant une tasse au moyen d'une cafetière raffinée, en verre à couvercle noir.

J'accepte la tasse, parce que je suis franchement encore un peu interloqué par tout ce que je viens de découvrir : la cuisinière qui ronronne, le bacon et la femme sous mon toit qui me prépare à manger. J'avale une gorgée de café. Au fil des ans je me suis accoutumé au café instantané que Jake nous apportait dans un énorme récipient en plastique qu'il achetait dans un magasin de vente en gros. Ce n'est pas si mauvais et ça remplit son office – me réveiller le matin –, et puis Finch aime bien ça aussi, de temps en temps, avec du sucre et du lait en poudre. Mais là… Je ferme les yeux ; ce breuvage est puissant, rond, délicieux.

– Qu'est-ce que c'est ?

– Laisse-moi deviner… Jake te faisait boire son affreux truc instantané.

Je confirme d'un signe de tête.

– On avait un désaccord sur ce sujet, tous les deux. Pour moi, cette camelote ne méritait pas le nom de café.

Elle glisse quelques boucles derrière son oreille et sourit : des dents blanches et parfaites. Et il y a quelque chose dans sa façon de sourire, de baisser ses yeux marron, quelque chose qui dégage de la chaleur. Jake était pareil. Je me rends brusquement compte que je ne me suis ni lavé le visage ni brossé les dents. *Depuis quand tu ne t'es pas regardé dans un miroir, Cooper ?* Il y en a un, de vingt centimètres sur vingt-cinq, avec un cadre en bois incrusté de petits carreaux de mosaïque, dans le premier tiroir de la commode, je ne le sors jamais. Enfin, pas depuis des années.

Marie me montre la neige dehors.

– Tu crois que je pourrai rouler ?

– Avec ton petit engin, là ?

Elle croise les bras.

– C'est une Prius. Elle ne consomme que quatre litres neuf aux cent kilomètres.

– Pas dans la neige, non. Dans la neige, elle ne consommera rien et restera pile à l'endroit où elle est garée.

Je souris malgré moi et ajoute :

– Je veux bien jeter un œil, mais je dirais que tu as peu de chances d'aller où que ce soit aujourd'hui.

– Alors je risque de passer une journée de plus avec vous ?

– Ou plusieurs. Malheureusement.

– Je te remercie.

Elle fronce le nez, avant d'ajouter :

– Quel accueil de ta part !

– Ce n'est pas ce que je voulais dire. J'imagine que tu as des choses à faire. Des engagements à tenir. Et tu te retrouves coincée ici.

– Bien sûr. Ça n'a absolument aucun lien avec le fait que tu as hâte que je te fiche la paix.

Ses yeux luisent quand elle prononce ces mots, un sourire étire ses lèvres.

Elle est trop jolie.

– Mon conseiller d'orientation au lycée disait que je n'avais aucune conversation.

– Bon, en somme, on voudrait tous les deux que je reprenne la route, mais la nature en a décidé autrement aujourd'hui, alors je suggère de prendre les choses comme elles viennent et d'en tirer le meilleur parti.

Elle lève sa tasse de café.

– À ce jour de neige !

– Entendu.

Intérieurement, je ne peux m'empêcher de noter que les probabilités qu'il n'y ait qu'un seul jour de neige et non plusieurs sont faibles. L'espace d'un instant je réfléchis au temps qu'il me faudrait pour dégager, avec une pelle, deux traces parallèles sur la route jusqu'au portail. Mais même arrivée là, Marie aurait encore des kilomètres à parcourir avant d'atteindre une route déneigée.

– Et ton conseiller d'orientation n'aurait jamais dû te dire ça.

Elle casse un œuf sur le bord d'un grand verre doseur, puis elle le bat.

– Même si c'est vrai, ajoute-t-elle.

– Est-ce que quelqu'un risque de remarquer ton absence ?

Ma question reste suspendue un instant. Marie qui ne se rendrait pas à un déjeuner avec une amie, Marie qui ne se présenterait pas à son travail. Des voisins qui remarqueraient l'absence de mouvement chez elle. Quelqu'un qui pourrait appeler, qui pourrait vouloir la retrouver.

– De s'inquiéter, je veux dire.

Je n'ajoute pas : et de partir à ta recherche ou, pire, d'appeler la police et l'envoyer sur tes traces.

Elle s'essuie les mains sur son tablier et regarde par la fenêtre.

– Personne ne me cherchera. Pas avant un bon moment, en tout cas. Je suis bibliothécaire scolaire, et les vacances de Noël ont commencé. Et puis… Le divorce, Jake. Je viens de rentrer aux États-Unis, j'ai emménagé l'été dernier, quand son état de santé s'est détérioré. Je n'ai pas encore eu le temps…

Elle se débat avec les mots.

– Je n'ai pas d'amis. Pas encore.

– Alors ça nous fait un point commun.

Elle reporte son attention sur la cuisinière avec un léger sourire.

– Je prépare des pancakes aux myrtilles. La barquette coûte cinq dollars à cette période de l'année, mais Jake m'avait fait promettre d'ajouter quelques surprises à la liste.

Elle se détourne, pourtant j'ai le temps d'apercevoir une tristesse fugace sur ses traits.

– Le café, les chocolats. Ces myrtilles. Le bacon. J'ai oublié le sirop d'érable.

– On en a.

– Alors dans ce cas on est parés ! Tu veux goûter le bacon ?

Elle me montre une assiette où des lanières bien dorées et croustillantes, dégoulinantes de gras, forment une rangée régulière.

Je suis paumé. Ici, dans cette cuisine qui ne m'appartient pas vraiment mais que j'occupe depuis huit ans. Je connais le moindre recoin de cet endroit, la moindre épice, la moindre ébréchure de chaque assiette. Personne d'autre ne s'est jamais occupé des fourneaux, encore moins une femme. Il arrivait parfois que Jake, avec son visage amoché et sa jambe abîmée, se charge de cuisiner, mais je voyais bien que c'était douloureux pour lui, de rester debout. Sans parler des heures de conduite qu'il venait de s'enquiller. « Assieds-toi, lui disais-je. Tu as apporté les courses, tu as fait ta part. Maintenant repose-toi. » Et il s'installait sans protester sur le tabouret dans le coin.

En vérité, je ne peux pas détacher mes yeux de Marie, et j'ai un peu honte de l'avouer, parce que j'ai toujours pensé que j'avais des idées plus progressistes dans ce domaine. Autrement dit, je ne pensais pas être ce genre d'homme, attiré par la vision d'une femme dans une cuisine. Cindy était un vrai danger public en la matière. Ses parents avaient leur propre cuisinier, et avant notre installation commune elle avait à peine mis le pied dans cette pièce de la maison. Elle n'était même pas capable de réchauffer des macaronis au fromage sans les faire brûler, et ça ne me dérangeait pas : c'était mon truc, la cuisine, ma contribution. Elle adorait ça chez moi, et j'adorais qu'elle adore ça.

Marie retourne un pancake.

– Tu as bien dormi ?

– Oui, une fois que j'ai réussi à disposer les coussins pour ne pas avoir la tête plus bas que les pieds.

Elle sourit.

– J'ai bien dormi, reprend-elle. Très bien, même. C'est si calme. Je vis chez Jake depuis… depuis que j'ai quitté l'Angleterre. Et il y a toujours du bruit. Le camion poubelle le mercredi, celui pour le recyclage le jeudi. Le nettoyage des rues le lundi. Pour une fois, aujourd'hui, je me suis réveillée naturellement.

Walt Whitman s'enroule autour de ma jambe en ronronnant. Je me tourne vers la fenêtre. Dehors, la neige continue à tomber, épaisse et éblouissante. Je finis mon café puis je récupère mon anorak et mon bonnet suspendus derrière la porte.

– Je ne connais rien de mieux que ça : se réveiller au milieu de tout ce blanc.

Marie s'approche de la fenêtre et se hausse sur la pointe des pieds.

– Il y avait une butte sur le campus où mon père enseignait. On habitait à quelques pâtés de maisons, et on y allait toujours Jake et moi, en nous dandinant comme deux canards dans nos tenues de ski, et en traînant nos luges derrière nous. On enchaînait les descentes.

Je chausse mes bottes fourrées.

– Tu as fermé le portail derrière toi hier soir ?

Elle verse de la pâte dans la poêle.

– Non. C'est un problème ?

Elle pose la question avec nonchalance, l'air de ne pas prendre le problème très au sérieux.

– Eh bien, oui.

Il y a une pointe d'agressivité dans ma voix. Marie redresse la tête, fronce les sourcils.

– Désolée.

– Il reste toujours fermé. Un portail ouvert, c'est une invitation, un message qu'il y a quelqu'un et que les visiteurs sont les bienvenus.

– Tu as déjà eu des ennuis ici ? Des visiteurs indésirables ?

– Non, mais comme je te l'expliquais, on veille à toujours garder le portail fermé.

Elle se mordille la lèvre.

– Je ne savais pas.

C'est une source de stress. Aucune voiture ne peut passer avec cette neige, même les camionnettes. Une motoneige, si. Il y a peu de chances qu'elles s'aventurent aussi loin, mais on ne sait jamais. Je vais devoir ouvrir l'œil.

Je sors sur le perron, protégé par l'avancée du toit et presque entièrement dégagé de neige, même si le vent a saupoudré toute sa bordure d'une fine pellicule blanche. C'est si calme ici, d'un blanc intense et pur. Si froid aussi. Le monde entier est emmailloté, éclatant.

Déchiré, voilà ce que je suis. Tiraillé entre un trop grand nombre de choses. Irrité que le portail soit ouvert, agacé par la neige et en même temps heureux de la présence de Marie. Bercé par la chaleur de la cuisinière, le bacon, le café, la sensation d'intimité produite par ses confessions de la veille. Le simple fait qu'elle soit là : une autre adulte, une belle femme. Tout ça. Je ne peux pas me permettre de me laisser submerger, de baisser ma garde.

Je descends les marches du perron, mes bottes s'enfoncent à mi-hauteur dans la neige. Avec la pelle je déblaie un petit chemin jusqu'au poulailler, juste assez large pour permettre le passage d'une personne, parce qu'elle est lourde, toute cette neige, et que nous n'avons qu'une seule pelle carrée, conçue pour le jardinage. Elle fait l'affaire, mais ce n'est pas idéal. J'aurais dû en acheter une vraie au supermarché, faite pour la neige.

– Un problème de moins, dis-je aux poules, blotties dans un coin du poulailler, et qui ne se réjouissent pas de voir quelques flocons entrer au moment où j'ouvre la porte.

Je veux parler de la fille à l'appareil photo. Elle ne reviendra pas ici avec un temps pareil, et toutes les routes de la forêt resteront fermées, pour un bon moment.

– Même si un nouveau problème s'est ajouté, dis-je en observant l'intérieur du poulailler.

L'une des filles me lance un regard revêche et refuse de bouger.

– Marie… Qu'est-ce qu'on va faire d'elle ?

Je repousse la poule avec le dos de ma main gantée, et elle finit par faire un bond sur le côté en caquetant.

– Il y a une femme sous mon toit, et au bout d'un jour à peine j'ai déjà des idées qui me viennent… Quoi ? Ouais, peut-être bien que oui. Peut-être que j'ai maté discrètement quand elle s'est penchée pour me servir un café. Ça n'a pas duré longtemps de toute façon, alors pas la peine d'essayer de me faire passer pour un tordu.

J'étale le tapis d'aiguilles de pin qu'elles ont dérangé et repoussé sur les côtés.

– Eh oui, elle est séduisante, d'accord. Je la trouve séduisante. C'était déjà le cas il y a toutes ces années, quand je l'ai rencontrée. Et ça reste vrai. Là, je l'ai dit.

Une poule semble soudain changer d'avis et accourt vers moi, pour me donner des coups de bec.

– Doucement, dis-je en la tapotant gentiment sur la tête. Tu as de la chance que j'aie besoin de toi, sinon tu finirais comme Susanna.

Les poules se mettent en ligne au fond du poulailler et me regardent fourrer leurs œufs dans la poche profonde de mon anorak.

– Désolé pour cette remarque gratuite. Surtout que je n'ai fait qu'abréger ses souffrances. Vous le savez, hein, mesdames ?

Je ferme la porte, rabats le loquet et regagne le porche en me faufilant sur mon petit chemin.

Tu parles aux poules, Cooper. Tu te confies à elles. Tu leur présentes des excuses. À des bestioles avec une cervelle de la taille d'un petit pois. Tu perds la boule.

Je tape mes bottes pour retirer la neige, me retourne pour jeter un dernier coup d'œil aux bois. Malgré ma proximité, les oiseaux s'approchent de la mangeoire, attirés par la faim, par l'arrivée des intempéries. Il y a deux ans, trois peut-être, Jake a apporté la mangeoire, et après de nombreux débats concernant son emplacement – pas sous le porche (on aurait eu des graines partout), pas sur la corde à linge (les vêtements auraient été couverts de fientes) –, on a creusé un trou avec une tarière, dans lequel on a planté un morceau de robinier tout droit, sur lequel on a placé la mangeoire, juste devant la fenêtre pour nous permettre, à Finch et moi, d'observer les oiseaux pendant nos repas. Scotland nous avait rendu visite peu de temps après, et il avait saisi cette occasion pour faire remarquer que je devais trouver un corbeau de compagnie à Finch si je voulais qu'elle ait une enfance parfaitement épanouie. Depuis, elle me soûle avec ça chaque printemps : il faut trouver un bébé corbeau à nourrir et domestiquer.

À cet instant précis, des juncos, d'un gris tout simple, surgissent des bois de leur vol frémissant et se rassemblent au pied de la mangeoire, où la neige est épaisse. Je récupère la pelle sous le porche et m'approche. Ils se dispersent. Je dégage le sol autour de la mangeoire pour qu'ils puissent récupérer les graines qui tomberont. Puis je recule d'un pas et m'appuie sur la pelle, j'attends de voir s'ils reviendront malgré ma présence, et c'est le cas. Ces magnifiques petites choses fragiles et tremblantes. Je redresse la tête et aperçois Marie à la fenêtre, qui enlace Finch par la taille, blottie devant elle. Un tableau joyeux, toutes les deux suivent la scène avec émerveillement en souriant, et je leur souris à mon tour, même si je comprends que malgré tout ce que je peux apporter à Finch ici – et je lui offre une bonne vie, la meilleure possible –, il continue à lui manquer quelque chose. Une femme pour l'aimer, la consoler, la guider. Une mère.

21

Il y a eu un incident, avant. Avant la cabane, avant l'accident de voiture et le service de protection de l'enfance, avant Finch. Six semaines après mon retour de Kaboul. Tante Lincoln était morte pendant que je me trouvais à l'étranger, et je n'avais pas pu prendre un avion pour assister aux obsèques, mais je sais qu'elle n'était pas du genre à m'en tenir rigueur. Bref, elle m'avait légué sa ferme, et je m'y étais installé, sans m'occuper de la faire tourner. J'avais trouvé un boulot à la scierie. Rien de très compliqué, décharger du bois, compléter l'inventaire, et parfois balayer la sciure. C'était un travail physique, et ça me plaisait : l'effort musculaire, les comptes à inscrire dans mon petit tableau. Après tout ce que j'avais traversé les quatre années précédentes, la simplicité de ces tâches avait quelque chose de rassurant, du bois et des chiffres, rien d'autre.

J'étais dans un bar en ville, je mangeais un sandwich au corned-beef et au fromage, accompagné de frites, de cornichons et d'un Coca. C'était en 2007, et j'étais une sorte de héros dans mon petit coin de l'univers. Il y avait des gens bien dans cette ville, et parmi eux des vétérans du Vietnam, des gens qui avaient tiré un enseignement de leur expérience, qui savaient que c'était normal d'éprouver de la colère ou de la confusion au sujet de la guerre, et que ce n'était pas nous, les soldats, qui décidions qui combattre et où. Ils accrochaient des rubans jaunes à leurs fenêtres, décoraient leurs pare-chocs avec des autocollants. À mon retour, ils ont organisé un grand défilé pour m'accueillir. Certains m'offraient même des choses parfois, et dans ce bar, par exemple, les boissons étaient toujours « pour la maison ».

Je n'étais revenu que depuis six semaines et je faisais parfois des cauchemars. Des rêves horribles, sanglants, qui ressemblaient à des souvenirs mais n'en étaient pas vraiment. Je me réveillais en hurlant, transpirant, complètement entortillé dans mes draps. Ça arrivait la plupart des nuits, et je n'aimais d'ailleurs pas trop aller me coucher parce que je savais où j'allais me retrouver : là-bas. Ces journées où la chaleur nous montait à la tête. La puanteur de la mort qui flottait dans l'air. La jambe de Jake qui pourrissait, nous deux coincés dans ce bâtiment sans issue. Ce que j'ai fait pour nous sortir de là.

Mais les rêves ne dérangeaient personne d'autre que moi. La ferme de tante Lincoln était très loin de la ville, personne ne pouvait m'entendre. J'ai pensé qu'elles finiraient par passer, ces visions qui hantaient mes nuits. Que nous en avions tous, sous une forme ou une autre. J'avais juste besoin de temps. Je n'en ai parlé à personne, pas même à Cindy. Nous n'étions pas encore en couple, pas officiellement, mais nous passions beaucoup de temps ensemble.

Au snack, j'étais en pleine conversation avec Kelly Ramsey, au sujet de ses poules – l'une d'elles avait pondu des œufs vert olive. Kelly était serveuse, on avait été à l'école ensemble, elle était devenue mère de famille, elle avait déjà deux gosses, deux garçons, et on discutait presque tous les jours. Kelly Ramsey me parlait de ces œufs verts – « de la même taille que les autres mais d'un vert olive »…

Il y a eu un bruit à la porte, les clochettes de Noël suspendues à la poignée contre le verre. Quand je me suis retourné, la lumière éclairait bizarrement l'entrée. J'ai vu deux types, ils étaient armés, ils étaient là pour nous tuer, tous. Ils pénétraient dans le bar, je les connaissais, et ils nous voulaient du mal. L'un d'eux avait un pistolet, l'autre cachait quelque chose dans son dos. L'expression de leurs visages… Pendant ce temps, des hommes, des femmes, des enfants étaient réunis là, tous les box étaient presque remplis de clients qui déjeunaient, et tous parlaient, riaient, passaient un excellent moment. Personne ne semblait s'inquiéter de l'arrivée de ces types, il n'y avait que moi qui cherchais un moyen de les arrêter.

– Tu as une boîte à œufs chez toi ? Apporte-la la prochaine fois, je t'en donnerai quelques-uns…

Kelly continuait à parler de ses œufs verts.

Dans une chaise haute, juste à côté, un bébé a poussé un cri et remué les bras. La petite dernière de Jim et Jada Miller. Phil Williams a levé une main pour attirer l'attention de Kelly.

– Est-ce que tu pourrais m'apporter du ketchup à l'occasion ?

Les hommes se séparaient, prenaient chacun un côté de la salle. Des sournois, ces deux-là, parce que même si la malveillance se lisait dans leurs yeux, ils se déplaçaient avec désinvolture, et personne ne pouvait les remarquer.

J'avais mon Ruger sur moi. J'avais un permis de port d'arme dissimulée, j'étais parfaitement en règle, et je ne comptais pas rester les bras croisés alors que tous ces gens innocents déjeunaient et que deux psychopathes armés s'apprêtaient à laisser libre cours à leur violence. Alors j'ai sorti mon pistolet de ma poche, d'un geste vif.

– Tout le monde à terre !

Ensuite. Tellement de cris et de mouvements, le bar entier envahi de bruit et d'agitation. Un naufrage, la chute d'un royaume. La mosquée s'effondrant sur Doyle et Turnbull. Phillips se vidant de son sang sur mon treillis. Du sang partout partout partout. Le monde titubait, blanchissait et où étais-je et où étaient les deux hommes armés ?

Le bébé dans la chaise haute pleurait maintenant. Phil Williams et sa femme cachés sous leur table, tête baissée, étaient eux aussi en larmes.

Combien de temps suis-je resté là avec mon pistolet ? Plusieurs minutes ? Plusieurs secondes ? La salle était devenue un caveau de murmures et de gémissements.

– Kenny.

Une voix, quelque part dans la pièce, très loin, comme si elle me parvenait de l'autre bout d'un long tunnel, mais douce, calme et familière.

Une autre voix.

– Non, Kelly. Pense à tes enfants.

Où étaient les deux hommes ? Où étaient-ils passés ?

– Kenny ! Kenny tout va bien. Baisse ton arme, Kenny.

Un silence anormal dans le bar.

– Les hommes. Ils étaient deux.

Un martèlement retentissant, un rugissement, le fracas d'un avion au décollage. Mon propre cœur, ai-je compris. J'ai rangé le Ruger dans ma poche et je suis sorti, j'ai rejoint la rue principale, c'était une journée ensoleillée mais fraîche. Le mois de mai. Le vent s'est levé et a emporté des fleurs de pommiers sauvages, qui sont tombées sur mes épaules.

M. le Juge est passé me voir plus tard cet après-midi-là. J'imagine qu'après mon départ du bar quelqu'un les avait prévenus, la police et lui, et c'était l'arrangement qu'ils avaient pris ensemble : une visite du juge. J'aurais préféré recevoir la police, pour être honnête, mais c'est lui qui est venu. J'ai entendu son moteur et je me suis caché derrière un rideau du salon. Il est arrivé dans sa Lexus, est resté près d'elle un petit moment après en être sorti, à scruter la maison, à faire ce qu'il faisait le mieux je suppose : juger. Tante Lincoln n'avait jamais été très appliquée en matière d'entretien, alors la cour était jonchée de pneus et de morceaux de métal, au milieu desquels trônait un immense tas de seaux en plastique de vingt litres dont elle se servait pour faire pousser de grosses tomates juteuses. Il y avait un matelas sur la galerie, et un vieux canapé vert, très confortable mais qui n'en gâchait pas moins la vue. Et puis les marches commençaient à pourrir. Même si je suis sûr que M. le Juge ne s'en est pas rendu compte, j'avais déjà bien réduit le bazar en faisant quatre trajets à la décharge. J'avais emporté un congélateur qui traînait à l'arrière de la ferme, trois barbecues au gaz, neuf classeurs à tiroirs. Et puis j'avais brûlé tous les papiers que Lincoln avait conservés. Contrats d'assurance qui remontaient jusqu'à 1989, catalogues, reçus, magazines.

Le truc, c'est qu'on ne s'était jamais bien entendus, M. le Juge et moi. Et ce pour la raison suivante : il voyait toujours le monde en noir et blanc, ce qui est peut-être ce qu'on attend des juges. Moi, je percevais la réalité comme elle est vraiment : pas en noir et blanc, non, mais dans la centaine de nuances entre les deux.

Je suis sorti sous le porche. Je ne voulais pas de lui dans la maison, qui était, en toute franchise, bien pire que la cour, Lincoln ayant eu une fâcheuse tendance à l'accumulation. Enfin, je l'ai dit, j'étais en train de régler le problème, Dieu m'est témoin.

– Monsieur le Juge.

– Kenny.

– Qu'est-ce que je peux faire pour vous ?

Il était planté là, sous le soleil de l'après-midi, dans son costume noir et ses chaussures bien brillantes qui coûtaient sans doute plus que l'équivalent de deux semaines de courses de nourriture pour les gens normaux. Il portait des lunettes de soleil et il a légèrement incliné la tête pour me montrer ses yeux gris.

– Eh bien, Kenny, j'ai dans l'idée que tu sais pourquoi je suis ici.

– Quelqu'un porte plainte ?

Il a fait non de la tête et a poussé une boule en verre de la pointe de sa chaussure – c'était une boule de sorcière qui avait été délogée de son support et avait roulé jusqu'à la bordure du chemin menant à la ferme.

– Non, personne ne porte plainte, en tout cas pas encore. Les habitants de cette ville sont des gens bien, Kenny. Tu peux leur être redevable. Ils te considèrent comme un héros. Enfin c'était le cas, jusqu'à ce matin. Parce que…

Il s'est interrompu, et j'ai pensé : *je parie que c'est une tactique qu'on apprend aux étudiants en droit.* Marquer un silence au bon moment. Faire poireauter les gens pour que les mots suivants aient plus de poids.

– Tu as sorti une arme dans un bar, Kenny. Un samedi. Il y avait des enfants, des personnes âgées, des bébés. Les gens ont peur, et c'est bien normal. Ils se demandent ce qui pourrait arriver la prochaine fois.

– Ça ne se reproduira pas.

– Tu ne peux pas en être sûr, fiston. Tu le sais aussi bien que moi.

Ça m'a rendu dingue, qu'il m'appelle « fiston », comme si on était amis, comme s'il tenait à moi, ce qui n'était pas le cas. Le soleil tapait fort, et j'aimais bien l'idée qu'il étouffe dans son costume noir, là. J'avais déjà chaud avec mon vieux tee-shirt, mon short et mes pieds nus, j'étais donc certain qu'il ne devait pas être bien, lui. En même temps, je m'étais habitué à la chaleur, à la façon qu'elle avait de vous vider – c'était l'une des choses positives qui m'étaient arrivées là-bas –, et je suis resté là sans rien dire, à penser qu'il devait cuire.

M. le Juge a sorti un mouchoir très chic de la poche intérieure de sa veste et s'est épongé le front.

– Les gens disent que ça pourrait être une bonne chose que tu prennes un peu de temps pour toi. Que tu parles à quelqu'un. Un professionnel.

– Les gens ?

– Tu m'as entendu, Kenny, les habitants de cette ville sont prêts à te pardonner ce qui s'est passé, mais ils veulent être certains que ça ne se reproduira pas. Que tu te feras aider.

– Vous voulez dire dans un hosto. Un asile de fous.

– Il y a un hôpital pour anciens combattants à Bridgeport. Je leur ai passé un coup de fil, je peux t'y conduire. Je te laisse préparer un sac avec quelques affaires, et on part.

Comme ça, M. le Juge pourrait s'attribuer tout le mérite, le problème serait résolu et il aurait aidé le pauvre soldat blessé. Il raconterait à tout le monde qu'il était venu me voir chez moi et qu'il m'avait convaincu de le suivre, qu'il m'avait sauvé d'une situation désespérée. Quel courage, penseraient les gens. Oh, M. le Juge, vous auriez pu vous faire tuer, qui sait ce qui aurait pu arriver. M. le Juge, qui ne connaissait rien à la guerre et à ce qu'elle vous prenait, parce qu'il avait des relations, ce qui lui avait permis d'échapper à la guerre du Vietnam. Pendant que le mari de Lincoln, oncle Bill, était terré dans une tranchée, se fabriquant de futurs cauchemars de villages incendiés et de petits enfants dont la peau s'embrasait, M. le Juge était assis dans une bibliothèque universitaire quelque part, à potasser la Constitution. Alors, non. M. le Juge ne m'emmènerait nulle part.

– Je ne crois pas, non.

Il a retiré ses lunettes de soleil et s'est essuyé le front avec la manche de sa veste de costume noire. M. le Juge avec ses yeux gris changeants, qui pouvaient passer de la tristesse compatissante à la cruauté désapprobatrice en quelques secondes. À cet instant précis, il avait un regard compréhensif, mais c'était sans doute du chiqué. Encore une tactique apprise en fac de droit, un talent pour modifier facilement son expression.

– Tu commets une erreur, fiston. Et ce que je crains, moi, c'est que quelqu'un soit blessé.

Une brise s'est levée, et les carillons suspendus sous le porche se sont mis à résonner et à chanter. Il y en avait deux distincts, un en verre coloré et l'autre en tubes de bambou, qui produisaient des harmonies différentes, dissonantes. Pour moi, la conversation était terminée, mais ça ne me dérangeait pas de le laisser macérer là, en pleine chaleur, alors j'ai fait semblant de réfléchir à sa proposition. J'ai frotté, avec mon pouce, une petite bande de peinture qui s'écaillait sur la balustrade. Et puis j'ai fini, une fois qu'il a eu retiré sa veste et desserré sa cravate, par lâcher :

– Je ne peux pas, non.

– Eh bien, je suis désolé que ça en arrive là, Kenny, mais tu as besoin d'aide, et tu la refuses, comme ta tante à son époque. Les chiens ne font pas des chats.

Je l'ai haï de dire une chose pareille au sujet de Lincoln, enterrée six mois plus tôt.

– Je suis venu ici en citoyen inquiet. En allié. Puisque tu ne veux rien entendre, alors je vais te parler en père d'une jeune femme qui est sur la voie du bonheur et de la réussite. Et je vais être très clair : je ne veux pas que tu t'approches de Cindy. Tu n'as jamais été assez bien pour elle. Elle le sait. Tu le sais aussi. Comme tout le monde. Et maintenant, en plus de ne pas être à sa hauteur, tu es aussi dangereux. Ce que tout le monde sait également, alors ne t'attends plus à recevoir le soutien des gens qui voyaient en toi un héros.

Vous vous souvenez de ce que j'ai dit au sujet de M. le Juge, du fait qu'il était capable de changer d'un coup, de se métamorphoser en quelqu'un de radicalement différent, tel un caméléon ? Eh bien voilà. C'était ce qui venait d'arriver. Un horrible miracle, là, au soleil et en pleine chaleur. Le gentil juge soucieux s'était envolé, remplacé par le juge froid et implacable, qui dévoilait son véritable visage. Une chose sombre et méchante a commencé à se déployer en moi. J'ai senti que la sueur coulait sur mon visage, mes poings se sont serrés.

– Cindy est une adulte, lui ai-je répliqué. Elle peut prendre ses décisions toute seule.

Je l'ai dit d'un ton assuré, comme si je lui crachais dessus, comme s'il n'avait pas touché un nerf, alors qu'à l'intérieur je ressentais comme un coup de couteau chacune de ses paroles cruelles, et véridiques. Cindy était trop bien pour moi, et tout le monde le savait, surtout moi.

M. le Juge s'est approché, a enjambé les trois marches pour se retrouver sous le porche juste à côté de moi, si près que je sentais l'odeur de son déjeuner dans son haleine. Des cornichons. Une petite précision maintenant : je mesure un peu plus d'un mètre quatre-vingts, mais M. le Juge était plus grand, et il s'est placé de telle sorte que je puisse sentir qu'il me dominait, qu'il me toisait.

– Tu t'approches d'elle... Tu ne fais ne serait-ce que poser les yeux sur elle... Et je détruis ta petite vie minable. C'est bien clair ?

J'ai soutenu son regard, mais je ne lui ai pas répondu. J'aurais pu lui faucher la jambe et le mettre à terre en moins de temps qu'il ne faut pour le dire. En vérité, je le détestais, je l'avais toujours détesté, pour qui se prenait-il à me qualifier de bon à rien ? Après tout ce que j'avais traversé. Toutes ces années à l'étranger, j'avais rêvé de Cindy, espérant quelque chose de plus entre nous – et c'était cette perspective qui m'avait permis de rester en vie. Et puis de toute façon, ce que M. le Juge ne savait pas, c'était que ma vie minable était déjà détruite.

Je lui ai tourné le dos. Je l'ai planté sous le porche avec son joli costume noir. Sans lui avoir fait le moindre mal, je précise. Je suis à peu près certain qu'il a braillé un truc comme quoi il m'interdisait de m'en aller, ce qui ne m'a pas empêché de rentrer dans la maison et de laisser la porte moustiquaire claquer dans mon dos. Il devait avoir assez de jugeote pour ne pas me suivre. J'entendais les carillons continuer à tinter, à chanter. Au bout d'un moment, M. le Juge a tourné les talons. Il a donné un grand coup de pied dans la boule de sorcière avant de monter dans sa Lexus et de démarrer, les débris de verre se sont répandus dans toute la cour. J'avais maintenant un millier de morceaux irisés à nettoyer en plus du reste, mais quand j'ai regardé par la fenêtre, on aurait dit qu'il y avait une grande flaque d'eau devant la ferme, elle scintillait au soleil, étincelante, belle et lumineuse.

Je n'ai jamais trouvé la force de retourner au bar, même si les sandwiches, les frites et les cornichons me manquaient. Kelly, aussi, ses conversations sur les poules, ses mômes et la moto de son mari. Tout ça avait quelque chose de rassurant, je me sentais à l'aise. J'ai continué de bosser à la scierie, j'ai continué de réduire le bazar chez Lincoln. Le travail physique, les efforts musculaires et le fait de constater que j'étais capable d'accomplir quelque chose – c'était bon pour moi. La ferme de Lincoln restait en chantier, mais je progressais, je me représentais ce que ça pourrait donner, combien ce serait agréable, une fois que tout aurait été nettoyé et réparé. Le terrain était magnifique : une petite vallée sans arbres, traversée au beau milieu par un ruisseau. En vérité, même à cette époque, même avant que Cindy tombe enceinte, j'imaginais une vie là, avec elle.

Je n'ai pas eu d'autre crise comme celle-ci, je n'ai pas revu des gens qui n'étaient pas réellement présents. Ce qui, croyez-moi bien, a été un soulagement. N'empêche. Ça explique pourquoi, quand le service de protection de l'enfance a débarqué après la mort de Cindy, quand mon ami Don m'a glissé à l'oreille qu'il me conseillait de laisser

Finch partir sans faire d'histoires, ça explique pourquoi après tout ce qui s'était passé au bar – moi qui avais agité une arme, et tout le monde qui s'était réfugié sous les tables en hurlant –, ça explique pourquoi on a dû venir ici, Finch et moi. Ça explique pourquoi on n'a pas eu le choix.

22

Marie est venue avec des chaussures étanches et un manteau, mais elle n'a pas de pantalon imperméable. Je lui propose d'utiliser le mien. Elle fait d'abord toute une histoire, explique qu'elle n'en a pas besoin, que tout ira bien, pourtant quand je lui montre le thermomètre sous le porche qui indique – 7 °C, elle cède. Elle ressort de la chambre en se dandinant dans mon pantalon isolant à imprimé camouflage, qui est trop long de quinze centimètres et bâille largement à la taille. Elle le tient d'une main pour ne pas le perdre, serre dans son poing le tissu en trop.

– Ça ne va pas !

Finch, qui enfile ses bottes fourrées, glousse.

– Tu marches comme un cowboy.

– Ne bouge pas, dis-je à Marie.

Je vais chercher ma ceinture dans la commode de la chambre. Je m'agenouille et je me retrouve la tête à la hauteur de sa taille. Elle remonte sa parka et je glisse la ceinture dans les passants, effleurant son derrière avec mes coudes. Au moment de récupérer la ceinture dans son dos, je me retrouve le visage pressé contre son ventre. Je ferme la ceinture et me relève.

– Tu vois ? Il est parfait.

Elle se détourne.

– Je pensais qu'on pourrait descendre dans la vallée, propose Finch en vissant son bonnet sur ses oreilles. Pour voir si la rivière a gelé.

Marie sourit.

– Ça pourrait être amusant.

– Pas la peine d'aller aussi loin, dis-je. Je peux te garantir qu'elle n'est pas encore gelée.

Finch soutient mon regard.

– Peut-être qu'il y a autre chose à voir là-bas. Quelque chose d'intéressant ou d'inhabituel.

Je lui fais les gros yeux.

– Pas aujourd'hui. Il y a trop de neige.

– Mais c'est de la poudreuse. On pourrait y aller.

– Marie n'a pas envie de faire le trajet jusqu'à la rivière.

– Ne modifiez pas vos projets à cause de moi, intervient-elle.

Finch est aux anges.

– Tu vois ?

– J'ai dit non.

Elle donne un coup dans le pied de la table, fait déborder la fin de mon café. Les yeux de Marie s'arrondissent.

– Je dois y aller, insiste Finch d'un ton cinglant. Je dois y aller aujourd'hui.

– Excuse-nous un instant, dis-je à Marie.

Je fais signe à Finch de me suivre dans la chambre, et elle obtempère à contrecœur.

– C'est à cause de cette fille ? murmuré-je en fermant la porte. Parce que dans ce cas je peux te garantir qu'elle est partie depuis longtemps.

Elle croise les bras.

– Tu n'en sais rien.

– Bien sûr que je le sais.

Nous l'avons vue partir. Deux jours se sont écoulés, il est tombé trente centimètres de neige.

– Je ne vois pas le mal que ça ferait d'y retourner. Juste pour s'en assurer.

– La seule chose dont je veuille m'assurer c'est que tu vas arrêter de faire une fixation, Finch.

– Mais…

– Ça suffit ! Je ne veux plus en entendre parler, c'est compris ?

Elle fait sa tête d'ours, puis quitte la chambre en trombe et sort sur le perron.

– Tout va bien ? me demande Marie en se tournant vers moi.

Je hausse les épaules.

– Les enfants, tu sais ce que c'est…

Elle se dirige vers la porte, fourre ses gants dans les poches de sa parka.

– Je vais dehors.

– Je vous rejoins.

Je m'équipe à mon tour. Un caleçon long, un jean et d'épaisses chaussettes de laine usées aux talons. Parka, bonnet, écharpe, gants. Pour la seconde fois de la matinée, je m'aventure dehors. La neige continue à tomber, mais moins fort maintenant, les flocons dérivent doucement dans l'atmosphère. Des empreintes partout, les miennes, déjà recouvertes d'une couche de neige, et celles plus petites de Finch et de Marie. Elles ont disparu. Je suis les traces qui contournent la cabane. Rien. Je regarde les bois. Reviens vers l'avant de la cabane. Le cœur tambourinant.

– Finch !

Bam ! Un objet dur m'atteint en plein visage. Me fait reculer d'un pas. C'est froid, très très très froid, et je manque de perdre l'équilibre.

– Touché !

Un rire qui monte sans fin.

Je m'essuie le visage avec la manche de mon anorak. Une boule de neige. Marie se rapproche, traverse l'étendue de neige dans mon pantalon trop grand.

– Ça c'est pour m'avoir pelotée, dit-elle en me fixant avec défi.

– Mais je n'ai pas…

– C'est tout comme, insiste-t-elle en me montrant avec son doigt ganté, pour donner le signal à Finch. Tire !

Planquée dans le fossé en bordure de la clairière, Finch surgit et lance une autre boule de neige, qui m'atteint au torse. Marie en sort une de sa poche et me touche à nouveau à la tête. Elle court vers Finch pour se réfugier dans le fossé.

– Deux contre un ! C'est pas juste !

Je m'accroupis et prépare une boule de neige pour Finch. Je la rate, ce qui la fait rire. La suivante, destinée à Marie, lui atterrit sur la tête et se désagrège sur son bonnet.

La matinée continue sur cette lancée, les heures défilent. Boules de neige, anges de neige, tours de luge sur la petite pente juste à côté de la clairière : une courte descente, rien de très exaltant, mais ça reste amusant, surtout que c'est la toute première fois de sa vie que Finch fait de la luge. Chacun monte dessus à tour de rôle, parfois à deux, parfois tête la première. Nous construisons même des tremplins. Nous entassons la neige pour que la luge décolle puis retombe d'un coup et, parfois celui ou celle qui se trouve dessus perd l'équilibre. Je n'avais pas autant ri depuis des années.

Je ne pense pas à Cindy de toute la matinée, pas une seule fois. Je garde un œil sur les bois – par réflexe –, mais je ne suis pas inquiet. Je ne me tracasse même pas pour Scotland, même si, quand Finch et Marie décident de rentrer déjeuner, je me demande s'il nous observe avec sa longue-vue. Je me tourne alors vers la direction où il est censé habiter, je retire mon gant et je lui fais un doigt d'honneur, juste au cas où.

Bien sûr il débarque, plus tard dans l'après-midi, au moment où je suis occupé à déblayer, de nouveau, un chemin pour rejoindre la remise. Il est équipé d'une paire de raquettes qui ont l'air d'avoir une centaine d'années, et cette fois, dans le silence ouaté, j'entends le frou-frou de ses pieds dans la neige. Je l'aperçois de loin. C'est la première fois qu'il ne me prend pas au dépourvu, qu'il ne précipite pas les battements de mon cœur.

– Vous avez de la visite, dit-il avec un geste en direction de la Prius.

– La sœur de Jake, Marie.

– Tu la retiens prisonnière ?

Son rire résonne dans le silence profond des bois.

– Pas moi. La neige.

Il crache sur le côté.

– J'ai aperçu la voiture sur la route hier soir. J'ai voulu descendre voir, puis je me suis dit que tu étais capable de gérer la situation. Que tu avais la fusée pour m'appeler à l'aide, si besoin.

Je retourne la neige à l'endroit où Scotland a craché et laissé une traînée brune de tabac.

– C'est ça. Si un jour j'ai besoin de toi, j'utiliserai la fusée.

J'espère qu'il saisira le message, qu'il cessera de débarquer ici et de se mêler de nos affaires. De nous observer. Au vu des huit dernières années, j'en doute fortement.

Il arrache un bloc de glace sur le toit de la remise.

– Je vous ai vus décharger la voiture, j'ai pensé que Jake avait envoyé quelqu'un. Entre vos provisions et les siennes, vous devriez pouvoir tenir un bon petit moment.

– Jake est mort.

Scotland ferme les yeux et croise ses mains gantées sur son ventre. Il prend une profonde inspiration et lève son visage vers le ciel.

– Il a rejoint le Seigneur maintenant. Il n'a plus à subir ce monde et ses peines.

– Ou bien il est juste mort.

Il soupire.

– Non, Cooper. Ça ne marche pas comme ça. Ce monde, il nous arrache les boyaux, tu es bien placé pour le savoir. Mais tout ne s'arrête pas là.

Il se racle la gorge, puis lève à nouveau le visage vers le ciel.

– « Ô toi, source de tout bienfait, apprends-moi à louer ton amour… »

Déblayer m'a donné chaud, j'ouvre mon anorak. Sa voix qui devient si suave et envoûtante dès qu'il se met à chanter. Comment peut-elle être tout à la fois si irritante et si émouvante ?

– J'aimerais simplement que tu ouvres les yeux, c'est tout.

Il retire ses gants pour former une boule de neige.

– Marie est au courant ?

Je replonge ma pelle dans la neige.

– Au courant de quoi ?

– Oh, allons, Cooper, pas de ça avec moi, enfin. Est-ce qu'elle sait qui tu es ?

– On s'était rencontrés une fois, il y a très longtemps. Elle sait qu'on s'est battus ensemble au Moyen-Orient, Jake et moi.

– Et le reste ?

– Qu'est-ce que ça peut te faire ?

Il lance la boule de neige sur un arbre proche.

– Je pose juste la question, Cooper.

– Jake lui a dit que j'avais perdu Cindy et que je m'étais installé ici le temps de reprendre pied.

– Reprendre pied, répète-t-il en grognant. C'est une façon de présenter les choses.

Je lance une pelletée de neige à ses pieds.

– Tu comptes lui dire ? me demande-t-il.

– Non. Je ne la connais même pas.

– Mais tu en as envie. De la connaître mieux.

– Elle partira dès que la neige aura fondu.

– Ah, les secrets, les secrets, marmonne-t-il avant de claquer la langue.

Finch jaillit de la cabane. Son anorak est ouvert et les pans battent contre ses flancs. Elle porte ses bottes, mais ni bonnet ni gants.

– Scotland !

Elle se précipite vers lui, bras ouverts.

– On a fait une bataille de boules de neige. Et de la luge.

Il s'agenouille pour la serrer contre lui.

– J'ai vu ça, petit pinson. Ça avait l'air très amusant.

Il me jette un coup d'œil.

– Ton père m'a fait un signe de la main.

– Tu aurais dû descendre.

– Eh bien, dit-il avec un regard appuyé, je n'y ai pas été invité. Je ne voulais pas m'imposer.

– Tu n'es jamais invité, dit Finch. Mais tu es toujours le bienvenu. Et puis c'est fou, tu choisis toujours le bon moment pour venir. Comme si tu savais qu'on a besoin de toi.

Tout emmitouflée, Marie nous rejoint péniblement dans la neige et tend une main.

– Bonjour, je suis Marie.

– Scotland, votre voisin. J'ai connu votre famille autrefois.

– Je ne m'en souviens pas, désolée.

Je me retiens de lui expliquer que quand Scotland dit qu'il a « connu » sa famille, il veut dire qu'il les a espionnés, ses parents, Jake et elle, qu'il a suivi le moindre de leurs mouvements à travers une longue-vue.

– Tu étais petite… Enfin, te voilà de retour. Et bloquée par la neige apparemment. Je ne connais pas d'endroit plus merveilleux où être coincé un moment.

Elle ne répond rien, fait signe à Finch d'approcher pour lui mettre son bonnet et ses gants roses. Finch prend Scotland par la main.

– Viens, je veux que tu essaies ma luge.

Il retire ses raquettes et la suit jusqu'à la petite pente près de la clairière. Elle monte sur la luge et l'invite, d'un geste, à grimper aussi. Ce qu'il fait. Il s'assied juste derrière elle, replie ses jambes à côté de celles de Finch et ils s'élancent, filant dans la neige jusqu'à l'un des petits tremplins que nous avons fabriqués plus tôt. Ils disparaissent, mais je les entends rire.

– Ça va ? s'inquiète Marie.

– Moi ? Oui.

Le chemin est suffisamment dégagé, pourtant je continue à déblayer la neige.

– Pourquoi ?

Comme elle se contente de hausser les épaules, je tends le bras en direction de Scotland.

– Il me rend nerveux.

– Il a l'air gentil.

– Oui, dis-je en soulevant la pelle chargée de neige. Il est gentil.

Elle plisse les yeux.

– Quel est le problème, alors ?

– Aucun.

Je ne peux évidemment pas lui parler du jour où il s'est pointé ici avec un corbeau sur l'épaule, un AK-47 en bandoulière dans le dos et une pile de journaux sélectionnés avec soin, comme une litanie de mes nombreux crimes.

– C'est juste qu'il a pour habitude de débarquer ici trop souvent.

– Il se sent sans doute seul.

– Peut-être.

Finch et Scotland réapparaissent, d'abord le sommet de leurs bonnets, puis leurs visages, leurs épaules et le reste de leurs corps.

– À ton tour, Marie ! lui crie Finch.

Marie la rejoint et grimpe derrière elle sur la luge. Elles forment un tableau très différent de celui de Finch avec Scotland.

– Je n'étais pas monté sur une luge depuis des lustres, dit-il en s'essuyant les yeux avec sa manche.

– Ça va ?

– J'ai froid.

Il fourre la main dans sa poche et en sort un crâne.

– Donne ça à Finch, tu veux bien ? Je dois rentrer.

Le crâne est assez petit pour tenir dans ma paume.

– Un rat, me précise-t-il.

Il remet ses raquettes, puis s'éloigne dans les bois.

23

La neige a continué à tomber, huit à dix centimètres supplémentaires, arrivés par vagues ; pendant ce temps Marie fait la connaissance des poules, ramasse leurs œufs. Elle coupe du bois et entretient le feu dans la cuisinière. Le deuxième jour, elle nous prépare des croque-monsieur pour le dîner. Tous les soirs, au crépuscule, nous roulons une serviette pour la coller contre la porte afin d'empêcher la neige de se faufiler. Nous fermons les portes à clé, je place la pelle sous la poignée. Et même si j'essaie de me retenir, même si je sais que cela conduira presque forcément à une déception, je me sens glisser sur la voie dangereuse des « et si » ?

Après le dîner, le troisième soir, Marie demande à Finch de lui montrer son journal. Ce qui, évidemment, la ravit. Pourtant, après m'avoir lancé un regard à la dérobée, elle dit :

– Seulement si on monte au grenier.

Elle m'en veut toujours de ne pas l'avoir autorisée à descendre dans la vallée, je suppose.

– Je me charge de la vaisselle. Prenez un moment entre filles.

Elles grimpent toutes les deux à l'échelle et, pendant que je verse l'eau chaude de la bouilloire dans la cuvette, je les entends s'installer à l'étage, pousser les bacs de rangement en plastique et les sacs remplis d'affaires qui bruissent.

– Jake m'apportait un carnet à chacune de ses visites. Et il m'avait aussi acheté des crayons de couleur Prismacolor, qui étaient les meilleurs d'après ses recherches. Ça, c'est un chardonneret du printemps dernier. Ils jaunissent pendant les beaux jours. Enfin les mâles. Les femelles n'ont pas des couleurs aussi vives. Et là, c'est un grand pic.

Je prends le temps de bien récurer la cocotte pour respecter leur intimité.

– Ici, tu as un passerin indigo. Ce sont les plus beaux oiseaux qu'on trouve dans la forêt. Je n'ai pas réussi à reproduire parfaitement sa couleur, mais on voit bien qu'il est magnifique, non ? Ça, c'est une hirondelle bicolore, au printemps. On dirait des acrobates dans le ciel, elles plongent et font des loopings, et leur cri ressemble à ça…

Elle s'interrompt pour imiter leur chant.

– … un peu comme de l'eau qui glougloute. Ce sont mes préférés.

– Et c'est qui, cette fille avec les longs cheveux roux ?

Je suspends mes gestes, serre le poing sur le tampon à récurer. Le dessin de la fille de la forêt. Je l'avais oublié.

– C'est l'amie dont je t'ai parlé. Au début j'ai cru qu'il s'agissait d'une princesse et qu'elle s'était enfuie d'un royaume voisin, mais ensuite j'ai compris que je me trompais. Une princesse ne vivrait jamais dans la forêt.

– Ah non ?

– Pas comme ça, non. J'en ai déduit qu'elle était plutôt une nymphe des bois.

– Je vois, dit Marie.

L'eau savonneuse coule lentement sur mes bras.

– Il y a un papillon qui porte aussi un nom de divinité, le petit satyre des bois. Il est crème avec des taches noires qui ressemblent à des yeux pour tromper les prédateurs. Enfin ils sont pas pareils, en fait. Elle, elle ressemble aux divinités qu'on trouve dans les livres. Tu vois celles dont je parle ? De belles demoiselles qui vivent dans les bois.

– Et qui ont parfois des pouvoirs magiques.

Marie joue le jeu, c'est un soulagement.

– Exactement. Elles peuvent par exemple se transformer. Se *métamorphoser*.

Elle s'applique pour prononcer ce mot.

– Comme les papillons.

– Oui.

– Et depuis combien de temps vit-elle dans vos bois ?

– Oh, pas longtemps. Quelques jours. Elle est arrivée juste avant toi.

Je replonge le tampon dans l'eau et l'essore, de la vapeur s'en échappe.

– Tu connais l'histoire de Daphné et d'Apollon ? demande Finch sans attendre de réponse. Elle est dans un de nos livres. Apollon est frappé d'amour pour Daphné, une nymphe des bois, la fille d'un dieu fleuve, mais elle ne veut pas entendre parler de lui. Elle veut juste vivre au milieu des arbres. Parce que, ben, parce que c'est une nymphe des bois. Bref, Apollon la pourchasse, et elle a beau courir, il est plus rapide. Il se rapproche. Au moment où il s'apprête à l'atteindre, elle appelle son père à l'aide, et *pouf !* elle se transforme en arbre.

– C'est comme ça que tu appelles ton amie ? Daphné ?

– Parfois.

J'entends le bruissement d'une page qu'on tourne.

– Et ça, qu'est-ce que c'est ?

– L'endroit où elle vit. Tu vois ces gros rochers ? Elle les a remontés de la rivière pour pouvoir faire du feu au milieu. Elle n'est pas très grande, mais elle est forte.

– Ça colle, en effet, approuve Marie. Les nymphes sont robustes et débrouillardes.

– Là, tu vois sa tente. Elle a aussi un fauteuil qui se replie.

– Ton dessin est si coloré, si ingénieux. J'aime beaucoup la bouilloire bleue.

Finch abaisse sa voix à un murmure.

– Tu veux connaître un secret ?

Là-haut, Marie doit hocher la tête. Je l'imagine se penchant vers Finch.

– Tu dois me promettre de ne pas le répéter à Cooper.

Je fais tinter un verre exprès, pour donner l'impression que je ne les écoute pas. Je retiens mon souffle, hésite à tousser ou à me racler la gorge – n'importe quoi pour arrêter cette conversation –, mais j'ai aussi envie de savoir ce que Finch s'apprête à dire.

– Tu as ma promesse, chuchote Marie.

– Je ne l'ai pas inventée. Elle est réelle. Je lui rends visite, parfois.

Je lâche les fourchettes dans la cocotte, ce qui produit un grand éclat métallique.

– Quelqu'un veut un chocolat chaud ?

Finch pousse un cri de joie et dévale l'échelle, suivie de Marie.

Après le chocolat chaud, j'entame le long processus pour mettre Finch au lit. Brossage de dents, lavage des mains et du visage, lecture.

– Finch, lui dis-je au moment de la border, je voudrais que tu arrêtes de parler de cette fille.

Elle a un mouvement de dégoût et remonte la couverture sur sa bouche.

– Tu n'étais pas censé écouter ! Tu m'as appris que quand deux personnes discutent et qu'on essaie d'entendre ce qu'elles se disent sans y avoir été invité, ça revient à les espionner et c'est malpoli.

– Je sais. Mais c'est un peu différent, là. Je suis ton père, et c'est mon boulot de garder un œil sur toi.

Je pose une main sur son genou.

– Ma puce, je voudrais que tu arrêtes de faire une fixation sur elle.

– Je ne fais pas une fixation, c'est mon amie.

J'insiste, d'un ton plus sévère.

– J'aimerais que tu te la sortes de la tête.

Elle plisse le nez.

– Je ne peux pas.

Je prends une profonde inspiration. Ça commence à devenir inquiétant, ces fabulations. Cette façon qu'elle a de brouiller la frontière entre la réalité et l'imaginaire. Je sais bien qu'elle n'a que huit ans, mais je ne suis pas certain qu'elle soit capable de toujours faire la différence, et ça m'inquiète.

– Tu peux et tu dois le faire.

Je me baisse pour déposer un baiser sur son front, me dirige vers la porte et lui souhaite bonne nuit.

À côté, Marie nous a préparé deux tasses de thé. Elle est assise sur le canapé et attend. Dehors, la température dégringole et le vent hurle, arrachant des paquets de neige sur les arbres. Au matin, je devrai encore tout déblayer. Marie se charge de l'essentiel de la conversation, et je me satisfais de l'écouter, d'entendre sa voix, de regarder la lumière provenant de la bougie vaciller sur son visage, ses grands yeux marron, son minuscule nez et ses lèvres pleines. Est-il possible de devenir plus séduisante en quelques jours ? Parce qu'elle l'est devenue, à mes yeux. Plus tôt dans la journée, je me suis surpris à souhaiter l'arrivée de la soirée, à envisager de me confier à elle. Mais ma discussion avec Finch m'a rappelé que je ne pouvais pas me le permettre.

– Je l'ai rencontré à Oxford. Mon mari. Enfin ex-mari. J'avais vingt ans et j'étudiais à l'étranger, me raconte-t-elle en posant ses pieds, bien au chaud dans des chaussons, sur la table basse. Vingt ans ! J'étais si jeune. Et d'une innocence insensée sans doute. Je croyais me connaître. Je croyais savoir à quoi je voulais que ressemble mon existence.

Et puis je l'ai rencontré. C'était comme… j'ai eu l'impression de me réveiller.

Je ne raconte pas à Marie que ce printemps-là, celui où elle découvrait la vie à Oxford, Jake et moi étions au milieu de notre pire mission, coincés pendant quatre jours entre une ville pas plus grande qu'un minuscule point sur une carte et une constellation de grottes si complexe que même mon sens exceptionnel de l'orientation ne me permettait pas tout à fait de les maîtriser. Phillips, blessé le premier jour, se vidait lentement de son sang et couvait une infection que l'on commençait à sentir. Le soir, nous nous blottissions les uns contre les autres pour dormir, pris au dépourvu, et complètement glacés. À la fin, nous buvions notre propre urine. Bien sûr, ce qui arriverait plus tard ferait passer tout ça pour rien.

– Je dis aujourd'hui que je le déteste, poursuit Marie, après tout ce qu'il m'a fait. Les humiliations. Mais c'est faux. Je l'aimais à l'époque, et une part de moi continuera toujours à l'aimer.

Elle m'observe.

– Je ne sais pas pourquoi je te dis ça. Sans doute parce que je n'ai personne d'autre à qui le dire. Mes parents sont morts, et même s'ils ne l'étaient pas, je ne pourrais pas leur parler. Bien sûr, ils avaient condamné Thomas dès le début. Parce qu'il était un athée fervent. Mon père et lui en débattaient souvent ensemble. Je ne parle pas d'une causerie amicale entre un beau-père et son gendre, non. C'était la guerre.

– Et ta mère ?

– Ma mère n'a jamais dit un mot sur Thomas, gentil ou méchant.

Marie s'interrompt pour boire du thé et semble réfléchir.

– Son silence était sans doute très éloquent.

– Et Jake ?

– Jake ne l'aurait jamais désapprouvé ouvertement, mais je savais qu'il ne l'appréciait pas. Je me rappelle maintenant de dîners, de fêtes de famille. Jake avait toujours une bonne raison de quitter la pièce ou la table. On aurait dit qu'il ne supportait pas de rester près de Thomas trop longtemps. Thomas avait quelque chose de toxique, je le sais maintenant. Jake le voyait déjà à l'époque. Ils le voyaient tous, sauf moi.

Elle prend un chocolat dans la boîte et le gobe tout rond, sans s'embêter à le couper.

– Bref. Voilà l'histoire de ma triste vie, que j'ai gâchée en tombant amoureuse du mauvais type. Je suis désolée d'avoir parlé autant. Tu dois me trouver pitoyable.

– Pas du tout.

J'ai la gorge nouée, et je m'éclaircis la voix. Je voudrais lui confier quelque chose à mon tour, une vérité sur nous, mais je ne peux pas. Ce serait trop dangereux. Pour elle et pour moi.

– On a finalisé le divorce juste avant mon retour ici. Bizarrement, c'est, en un sens, à la fois une grande victoire et un terrible échec. Le mariage de mes parents a duré vingt-neuf ans, jusqu'à la maladie de ma mère.

Elle ramasse nos tasses et va les déposer dans la cuisine. Il est tard, alors je me lève et lui souhaite bonne nuit. Marie s'approche pour se placer juste devant moi. Elle lève les bras et pose ses mains sur ma nuque. Ses doigts sont doux et chauds. Elle les enfonce dans ma peau. Nous restons là, comme ça, tout près.

– Je comprends pourquoi Jake t'aimait autant, finit-elle par dire en soutenant mon regard.

Elle semble attendre quelque chose… Elle se hisse sur la pointe des pieds et m'embrasse sur la joue avant de s'écarter.

– Bonne nuit, Cooper.

Je crois que je marmonne un « bonne nuit » en réponse, difficile à affirmer. Je trébuche en entrant dans la petite chambre, passe devant Finch qui se retourne quand je marche sur la mauvaise latte, puis je me cogne l'orteil contre le lit. Je retire mon jean, ma chemise en flanelle et je me glisse sous les draps, avec mon orteil qui m'élance. Et ma tête qui tourne. Qu'est-ce qui vient de se passer entre Marie et moi ? Ai-je reculé lorsqu'elle a tendu les bras vers moi, pour me toucher ? Ai-je tressailli ? Sans doute les deux. Et allait-elle m'embrasser ? Je veux dire pour de vrai, je ne parle pas d'un baiser amical sur la joue.

Ce n'est pas nouveau pour moi, cette maladresse en présence des femmes. Au lycée, j'ai eu des occasions. Enfin, soyons très clairs, j'en ai eu deux : je me suis retrouvé deux fois avec une fille avec laquelle il aurait sans doute pu se passer quelque chose. Elles avaient l'air disponibles et prêtes, et j'en avais envie, envie de ce qu'elles étaient disposées à m'offrir… Mais la peur et la nervosité ont toujours pris le dessus. Et puis, bien sûr, il y avait aussi le fait que je m'imaginais qu'un jour nous finirions ensemble, Cindy et moi.

Je me suis dérobé avec ces filles, les deux fois. Comme je viens de le faire avec Marie.

La chambre est froide, alors je récupère la couverture supplémentaire au pied du lit pour me couvrir. La lune entre dans la pièce par un minuscule interstice entre les rideaux. Impossible de dormir. Je continue à sentir les doigts de Marie dans ma nuque, la douceur de son corps pressé contre le mien. C'est différent de ces filles du lycée. À l'époque, j'en avais envie… et je n'en avais pas envie. Une part de moi l'emportait sur l'autre. Cette fois, il n'y a pas de conflit identifiable, pas de souhaits contradictoires : rien que du désir. Et pourtant.

Je rebrousse chemin, me repasse la scène, doute de moi. Il y avait bien quelque chose, non ? L'éclosion d'un sentiment entre nous. Proximité. Perspective. Et qu'est-ce que j'ai fait ? Je me suis dérobé.

24

Le lendemain matin, en ouvrant les yeux, je découvre Finch penchée au-dessus de mon lit, son visage à quelques centimètres du mien. Je suis ébloui par le soleil, qui se déverse par les fenêtres et donne à ses cheveux un éclat surnaturel.

– Regarde ! me lance-t-elle avec un immense sourire.

Devant mon air renfrogné, elle ajoute :

– Elle est tombée, ma dent !

Elle me la tend.

– Regarde, Marie me l'a nettoyée. Elle était pleine de sang.

Je me frotte les yeux et m'assieds, plus désorienté que d'habitude au réveil.

– Tu as eu mal ?

Elle secoue la tête.

– Enfin peut-être un peu.

Elle lâche la dent dans ma paume. Je l'observe, avec ses racines pointues. Je repense à tous ces mois où elle a fait ses dents, où elle gémissait en agitant les bras et en bavant partout. Je lui donnais mon pouce à mordiller pour la soulager. Ça remonte à sept ou huit ans, et pourtant j'ai l'impression que c'était hier.

– Il faudra que tu la mettes sous ton oreiller ce soir.

– Je le ferai. Viens, il est temps de te lever. Je suis debout depuis presque une heure. On a déjà petit-déjeuné, Marie et moi. Encore des pancakes. Et des œufs. Elle m'a dit de te laisser dormir.

Je la chasse de la chambre pour m'habiller. Je prends le temps de sortir le petit miroir du premier tiroir de la commode. C'est la première fois depuis des années que j'étudie vraiment mon reflet, et je déconseille cette expérience : se voir brusquement dans un miroir après être resté longtemps sans le faire. On se forme une idée fausse de l'apparence qu'on a et, forcément, on a changé. Autant dire que l'effet produit est assez désagréable. Et puis, il y a de fortes chances pour que les changements n'aillent pas dans le sens d'une amélioration. Mes cheveux, par exemple, sont parsemés de gris par endroits, et c'est encore pire pour la barbe : grise aussi, longue et emmêlée. *Cooper, tu ressembles à Jeremiah Johnson. Ou à Charles Manson.* Un mélange des deux, sans doute un peu plus proche du second. J'essaie d'aplatir mes cheveux en y passant mes doigts. Ça ne sert à rien. Je mets une casquette, me demande si je ne devrais pas me poser des questions au sujet de la barbe.

Dans la pièce principale, la cuisinière cliquette, le ventilateur ronronne et tout embaume le sirop d'érable. Marie est assise à table. Une assiette et une tasse m'attendent en face d'elle. Elle se retourne et lorsque nos yeux se croisent j'ai soudain l'impression de marcher sur la surface d'une large rivière en hiver. Elle est gelée, au moins en apparence, mais la couche de glace n'est peut-être pas assez épaisse pour supporter mon poids.

– Bonjour, dis-je d'une voix rauque.

– Cooper.

Je me dirige vers la cuisinière pour récupérer la cafetière à piston, posée sur un dessous-de-plat. Je me sers un café puis m'assieds en face d'elle. Inquiet que ce qui a pu se tisser entre nous la veille se soit déjà défait, qu'il ne s'agisse peut-être que de l'un de ces moments où l'heure tardive modifie la perception : l'instant, la promesse qu'il contenait, envolés. Nous sommes seuls, tous les deux. Tristes. Fragiles. Et nous sommes coincés dans cette cabane, or la réunion de ces facteurs suffit à pousser deux personnes l'une vers l'autre. Je le vois bien, je le comprends. Mais cela ne signifie pas inévitablement que cela aboutira à plus de tristesse, si ? Bon.

Pour la première fois depuis très longtemps, je ressens une étincelle d'espoir dans mon ventre : peut-être que tout ne finira pas mal contrairement à d'habitude. Et il me plaît bien, ce sentiment.

Plus tard ce jour-là, nous partons en expédition pour trouver un sapin de Noël. Alors que nous avançons péniblement dans les bois, je prends soudain conscience d'une chose : les températures se sont réchauffées aujourd'hui. La neige ramollit, nos pieds glissent un peu. Je lève le visage vers le ciel, plisse les yeux à cause du soleil qui se fraie un chemin entre les nuages. Un mois de décembre typique. Évasif, avec des températures qui montent et descendent. J'ai toujours apprécié son imprévisibilité – une période de froid suivie d'une journée dans les dix degrés, un soleil éclatant dans un ciel sans nuages. La façon que décembre a de vous surprendre. Mais pas aujourd'hui, non. Aujourd'hui, je suis obnubilé par une idée, je veux une autre tempête. Oui, c'est ce que je désire, au plus profond de moi. Parce que cela la forcerait à rester.

Finch mène l'expédition, choisit un arbre un peu plus grand qu'elle. Je l'autorise à utiliser la scie pour le couper elle-même, à son immense joie, et lorsque l'arbre bascule pour tomber d'un coup dans la neige, elle pousse un cri en levant les bras en l'air. Nous le traînons jusqu'à la cabane, remplissons un seau de pierre et d'eau et y plantons le sapin. Nous préparons du popcorn, puis nous enfilons les grains sur un fil pour fabriquer de longs serpentins blancs. Marie coupe deux pommes en fines tranches que nous accrochons aussi aux branches. Je sors la guirlande lumineuse que j'ai achetée au supermarché, et laisse à Finch le soin de mettre les piles. Une fois l'installation terminée, elle recule et presse ses mains l'une contre l'autre en poussant un soupir, le visage scintillant à cause des lumignons de la guirlande. Toute l'opération nous a occupés une bonne moitié de la journée, et nous préparons ensuite du chocolat chaud avant d'admirer l'ensemble, le popcorn, les pommes et surtout les lumières, et c'est comme si cette œuvre était la plus grande de toutes nos existences.

Ce que je comprends soudain, assis près de notre sapin, c'est combien mon esprit est passé d'un état de contentement dû à notre vie à deux, à Finch et à moi, à l'idée que nous pourrions avoir davantage, et à le désirer. Désirer quoi, exactement ? D'autres journées comme celle-ci, j'imagine. Une perfection qui n'existait pas avant. Je ne me fie pas entièrement à mon instinct dans les relations humaines – je n'ai jamais été doué, et puis je manque de pratique, depuis près de dix ans je n'ai eu d'échanges qu'avec Finch, Scotland et Jake. Pourtant à deux reprises je surprends le regard de Marie, qui m'observe de l'autre côté du sapin, et je me dis que je ne suis peut-être pas le seul à sentir la force d'attraction, la possibilité d'une chose qui pourrait germer, fleurir et grandir.

Plus tard ce soir-là, Finch dort, et nous entrons, Marie et moi, dans la chambre sur la pointe des pieds. Je glisse ma main sous son oreiller, cherche la dent jusqu'à ce que mes doigts se referment sur un objet dur et pointu. Je la remplace par la plume d'un piranga écarlate – rouge et tirant sur le gris. Je l'ai trouvée dans les bois il y a des mois de cela, et j'attendais le bon moment pour la lui offrir. Finch ouvre les yeux un instant, nous nous pétrifions. Elle marmonne quelques mots sur Walt Whitman puis roule sur le côté. Nous retournons à côté à pas de loup, deux gosses étourdis par leur coup en douce. Je range la dent dans la boîte en fer jaune sur l'étagère.

Marie ouvre une bouteille de bourbon – c'est bientôt Noël, se justifie-t-elle –, et nous le dégustons dans nos tasses en porcelaine, turquoise pour elle, rouge pour moi. Nos genoux se touchent sur le canapé. La cuisinière ronronne, le sapin brille dans le coin. Elle se tourne vers moi et se rapproche, colle sa hanche à la mienne, et cette fois je ne pense pas à Cindy, je ne me dérobe pas un instant. Je suis prêt. Nos lèvres s'effleurent. Hésitantes, d'abord. Ça fait si longtemps. Je glisse une main dans sa nuque. L'attire plus près. Je ne suis pas certain de me rappeler comment faire, et pendant ce temps mon corps désire, prend de l'avance, et les deux rythmes ne sont pas synchronisés. Nous nous embrassons à nouveau. Ma main dans ses cheveux, les siennes sur mon visage, et nos bouches pressées l'une contre l'autre, et je suis affamé, je veux tout. Son corps, oui. Mais aussi cette connexion : l'acceptation de ne faire qu'un avec l'autre. La capitulation.

Elle s'écarte brusquement.

– Qu'est-ce qu'il y a ?

– Je suis désolée.

Et elle se met à pleurer.

Je me laisse aller contre le dossier du canapé. J'ai le tournis. Je ne voulais pas la bouleverser, bien sûr, d'un autre côté je suis tiraillé. J'essaie de contenir mon excitation et de m'adapter à la situation, tout en étant, eh bien, perplexe. J'ai l'impression que, peut-être, c'est moi qui devrais lui présenter des excuses, même si je ne sais pas très bien ce qui est allé de travers.

– Je suis désolé.

– Non, dit-elle en agrippant ma main.

Elle enroule ses doigts autour des miens.

– Thomas est le seul avec… J'avais vingt ans, et il n'y a jamais eu personne d'autre.

Elle me serre la main.

– J'en ai envie. Je t'assure. Simplement je ne veux pas me précipiter déjà dans une nouvelle relation. Je suis en plein deuil, je me sens seule, j'ai le cœur brisé, je sais que ça arrangerait les choses momentanément, mais qu'au bout du compte je le regretterais. J'en viendrais à m'interroger sur sa réalité. Et s'il y a bien une chose dont je n'ai pas besoin dans l'immédiat, c'est de nouveaux regrets. De nouveaux doutes.

Elle me dévisage.

– Est-ce que ça a un peu de sens ?

Ça en a et ça n'en a pas, et elle continue à me toucher, ses doigts enveloppent les miens, nos jambes sont en contact aussi, genoux, cuisses, hanches, et c'est difficile de rétrograder brusquement, de passer du stade où les choses prenaient une direction à celui où elles se retrouvent soudain au point mort. Alors je lui dis simplement ce que j'ai sur le cœur :

– J'ai besoin d'une minute.

La meilleure chose à faire serait de m'écarter d'elle. De créer une distance physique pour reprendre le contrôle de mon corps. Mais je ne veux pas la blesser. Je retire doucement ma main de la sienne et me penche pour abandonner mon visage dans mes deux paumes.

– Je dois rentrer.

Ce que je voudrais lui répondre, c'est : Vraiment ? Et pourquoi ? Au retour du printemps, le monde entier se réveillera, s'épanouira, et nous pourrions être heureux, ici. Tous les trois, ensemble, nous pourrions construire une vie commune, non ? J'ai du mal à déglutir, je suis avec mon index le bord de ma tasse, en silence.

– La neige a l'air de commencer à fondre... Il faudrait sans doute que je reparte dès que les routes seront praticables. Si j'attends la prochaine tempête, je pourrais être coincée ici tout l'hiver.

– Et ce serait si terrible ?

– Au contraire, ce serait plutôt une perspective plaisante. Mais j'ai un travail, dit-elle avec un petit sourire. Les cours vont bientôt reprendre. Et la maison de mon frère. Ça a beau être tentant, je ne peux pas tourner le dos à tout ça.

Elle entortille les franges de la couverture autour de son doigt.

Je hoche la tête.

– Mais je pourrais revenir. Peut-être cet été. Enfin si tu es d'accord.

– Cet endroit t'appartient.

J'ai dit ça pour l'encourager, pourtant je repense aussi au premier soir, quand elle a parlé de vendre.

Ses doigts se faufilent jusqu'à ma paume.

– À ce propos, Cooper, cette cabane est ta maison. Je le comprends maintenant. Je veux que tu saches que je ne te la prendrai jamais.

– Merci, Marie. Et je te l'ai proposé, je peux te payer un loyer.

– Non, ne te préoccupe pas de ça. Cet endroit ne me coûte rien. Et j'aime penser que c'est ma façon d'honorer la mémoire de Jake. De prolonger votre tradition. Ça me plaît de te savoir ici.

Je me rapproche d'elle.

– J'aimerais beaucoup ça. Que tu reviennes.

– Tant mieux.

Nous restons assis là un long moment, épaule contre épaule. La bougie se consume entièrement et s'éteint. Peut-être que je m'assoupis, peut-être pas. Dehors, le vent hurle et bombarde les vitres de paquets de neige, mais nous avons bien chaud ici, sur le canapé, et Finch dort à poings fermés dans son lit. En paix, parce que ce moment… n'est que cela. Un moment, et c'est bien.

Évidemment, j'aurais dû me douter que ça ne durerait pas.

25

Le sixième jour de Marie, le temps continue à se réchauffer, et les intempéries entament une retraite rapide. Nous faisons un dernier bonhomme de neige devant la maison, Finch, Marie et moi, et nous allons récupérer deux petits morceaux de bois calciné dans la cuisinière, que nous laissons refroidir puis plantons sur son visage pour lui faire des yeux. Nous ajoutons un bâton pour le nez.

En fin d'après-midi, la neige a presque entièrement fondu dans la clairière, et il ne reste plus que notre bonhomme, une statue blanche d'un mètre cinquante dans une mer d'eau boueuse. Nous terminons le déjeuner, et Finch nous lit à voix haute son livre, un roman sur des gens qui découvrent une source leur assurant la vie éternelle, et il m'échappe presque, le bruit.

Un discret vrombissement. Un moteur, un véhicule à l'approche. Qui remonte la route.

– Finch.

Elle m'ignore et poursuit sa lecture.

– Finch !

Elle s'interrompt et me regarde.

– Terrier.

Sa fourchette heurte son assiette avec fracas et elle se précipite vers le cellier. Pendant qu'elle soulève la trappe, je débarrasse les assiettes et les empile sur le plan de travail, puis je récupère mon canif sur l'étagère au-dessus de la cuisinière. Le tout en quelques secondes.

– Cooper ? Qu'est-ce que tu fais ? Qu'est-ce qui se passe ?

Marie se lève de table, perdue.

Finch descend les marches bancales menant au cellier.

Je saisis la main de Marie.

– Dis-leur que tu es seule. Tu es la propriétaire de la cabane, tu es venue y passer un peu de temps. Pour les vacances ou pour une autre raison. Tu as été bloquée par la neige, mais tout va bien. Surtout ne parle pas de nous, quoi qu'il arrive.

Une lueur de confusion dans ses yeux. Et de peur, aussi. Peut-être qu'elle est en colère également, et je ne peux pas lui en vouloir, pourtant je n'ai pas le temps de lui expliquer quoi que ce soit dans l'immédiat. Le temps est compté. Je serre sa main.

– S'il te plaît.

Je me faufile vers les marches. Referme la trappe, qui gémit au-dessus de ma tête. Quand je suis dans la cave, je tire sur deux cordelettes fixées sous le tapis qui passent à travers des petits trous dans le parquet – une installation qui remonte à bien longtemps et qui permet de remettre le tapis à sa place, sur la trappe. La cabane est silencieuse, le bruit du moteur est de plus en plus fort, de plus en plus près.

Marie est toujours à table, ses pieds tressaillent très légèrement, je le vois à travers un interstice entre deux lames. Ses chevilles fines, ses collants bleu marine, les chaussons qu'elle a portés toute la semaine, des mocassins rouges avec un petit nœud blanc.

Elle leur dira qu'elle est seule. Elle le fera oui oui oui. J'attire Finch contre moi, coince sa tête sous mon menton.

– Tout va bien, murmuré-je contre son crâne. Tout ira bien.

Si elle me regardait, elle saurait que je mens, car elle a cet étrange pouvoir. Comme elle sait que je suis toujours perturbé – « désemparé » serait peut-être plus juste – le 28 janvier (jour de mon anniversaire). Et toujours triste le 3 juin (jour de l'accident). Cette faculté déconcertante de lire dans le cœur des gens, elle la tient de Cindy. Cindy qui était capable au premier coup d'œil de voir au plus profond des gens, dans les recoins de leur âme, et de savoir les choses. Un jour, nous dînions au restaurant, elle s'est penchée vers moi et m'a dit : « Cet homme maltraite sa femme. » Elle ne les avait jamais vus, elle ne connaissait pas leurs noms. Et pourtant, quelques semaines plus tard, le journal parlait d'une arrestation, et l'article en première page était illustré d'une photo, prise au commissariat, de l'homme aux traits cruels. Je l'ai tout de suite reconnu.

Dehors, le bruit du moteur devient assourdissant, puis se tait brusquement. Une portière claque, suivie d'une seconde. Ils sont deux. Des voix : graves, étouffées. Masculines. Sur le flanc ouest de la cabane, à côté de la voiture de Marie. Des pas lourds sur le perron. *Bam, bam*, pour chasser la neige des semelles. Un coup à la porte, doigt replié contre le bois. Marie est toujours assise à table, ses pieds chaussés de mocassins n'ont pas bougé. Je la supplie intérieurement de se lever. *Allez, Marie. Tu ne peux pas rester là, debout !*

Et elle le fait. Elle recule sa chaise, se racle la gorge, déverrouille la porte. Je ne vois rien mais j'imagine qu'elle jette un regard dehors.

– Oui ?

– Bonjour, je suis le shérif Simmons, et voici Manny, mon adjoint. Comment allez-vous aujourd'hui, madame ?

Dans le cellier, l'odeur puissante et âpre de la terre. Les pommes de terre du supermarché, les bouts de carottes de notre jardin. Les butternuts de Scotland dans un coin. Un cageot de pommes.

– Bien, merci.

Marie se racle à nouveau la gorge.

– Est-ce que je peux faire quelque chose pour vous ? ajoute-t-elle.

– Ça vous embête si on entre un instant ?

– J'aurais préféré éviter.

Un silence.

– À cause de la boue. Sur vos chaussures.

– On en a juste pour une minute.

Bruits de pas au-dessus de nos têtes, porte qui grince en s'ouvrant, air glacial qui s'engouffre dans la cabane comme toujours dans ces moments-là et qui plonge aussitôt vers nous à travers les lames du plancher. Finch frissonne et se blottit contre moi.

– Si ça ne vous dérange pas, dit Marie, j'apprécierais que vous restiez sur ce tapis. J'essaie de garder mon intérieur propre.

– Bien sûr, madame. Aucun souci. C'est un petit nid bien douillet que vous avez là. J'étais jamais monté jusqu'ici, mais nous avons une urgence sur les bras et le portail était ouvert. J'espère que ça ne vous dérange pas.

Le portail. J'aurais dû descendre à pied et le fermer dès le premier jour.

– Mon père a construit cette cabane il y a très longtemps.

– Vous vivez ici à l'année ?

Je me dévisse le cou pour essayer d'apercevoir les hommes à travers une fente dans le parquet. Ma gorge se noue. Non. C'est… si. L'uniforme, la raideur militaire, ces yeux d'un bleu intense. Le shérif de la station-service. Est-ce qu'il verra le Bronco garé derrière la remise ? Est-ce qu'il le reconnaîtra, comme la caissière qui mâchouillait de la réglisse ?

– Je suis juste venue passer les vacances, répond Marie. Bon, et si vous m'expliquiez de quoi il retourne ?

– Bien sûr. Alors, madame, je sais pas si vous êtes au courant, mais une fille a disparu. Une fille de la région. Ça fait six jours maintenant qu'elle n'a pas donné signe de vie.

Finch prend ma main et la serre de toutes ses forces. Je repense à cette journée près de la rivière, à la fille avec son appareil photo. Je serre la main de Finch à mon tour. Ses ongles s'enfoncent dans ma paume.

– Une fille ? répète Marie avant de s'éclaircir la voix. De quel âge ?

– Dix-sept ans. Pourquoi ?

– Simple curiosité.

Finch me regarde. Lentement, j'approche mon index de mes lèvres.

– Vous êtes ici depuis combien de temps, madame ?

– Cinq jours. Six.

– Vous n'avez rien vu ? Rien entendu d'inhabituel ?

– Non.

Je la vois tendre la main vers sa tasse.

– Rien, ajoute-t-elle. Mais je suis surtout restée à l'intérieur, à cause de la neige.

– C'est vous qui avez coupé tout ce bois ? Vous avez une sacrée réserve dehors.

Une autre voix. L'adjoint. Manny.

– Mon mari. Lors d'une visite précédente. Il ne m'a pas accompagnée cette fois.

– Et le bonhomme de neige ? C'est vous qui l'avez fait ?

Des bruits de pas sur le parquet, lourds mais retenus : quelqu'un se déplace dans la pièce en essayant de ne pas laisser de traces de neige et de boue sur le sol.

– Oui… Eh, vous vous étiez engagés à rester sur le tapis.

– Allez, Manny.

– Ce livre, là. C'est un truc pour enfants. Ma fille l'a lu l'an dernier.

Manny se tient pile au-dessus de nous, de la neige fondue goutte de ses grosses chaussures crottées. Un petit glaçon passe entre deux lattes et atterrit sur la joue de Finch. Je bloque ses bras pour l'empêcher de le retirer. Manny ouvre le livre, et le marque-page de Finch, une bande de papier cartonné qu'elle adore, large de trois centimètres, décorée de brins de lavande séchés de l'été précédent, s'en échappe et tourne plusieurs fois sur lui-même avant d'atterrir juste au-dessus de nous, sur une fente éclairée par un rayon de lumière. S'il nous aperçoit…

Finch serre ma main encore plus fort. Le glaçon provenant de la chaussure de Manny glisse le long de sa joue.

– Je suis bibliothécaire, dit Marie. Je lis toutes sortes de livres. Pour adultes, pour enfants…

Sa voix tremble à présent. Ses mains aussi. Elle est sur la défensive, comme si elle était coupable.

Tranquille, Marie. Calme-toi.

Manny s'agenouille pour ramasser le marque-page. Il est si proche que je peux sentir son odeur : transpiration, café, bacon.

– Finch, lit-il.

Je plaque une main sur la bouche de Finch.

– Une des abonnées de la bibliothèque.

Il remet le marque-page dans le livre et repose celui-ci sur la table, puis regagne la porte d'entrée sur la pointe des pieds.

– C'est un bon bouquin, d'après Carly. Il l'a fait pleurer.

– Purée, Manny. Regarde le sol. La dame nous avait demandé de rester sur le tapis.

– Je fais juste mon boulot, patron.

– Ouais, ouais. On va nettoyer ça, madame. Vous avez une serpillière ? Un chiffon ou autre chose ?

– Non, non, je vous en prie, ne vous en faites pas. Ce n'est rien, je m'en occuperai.

– Bon, laissez-moi vous montrer quelque chose avant de partir. Les parents, vous l'imaginez bien, sont fous d'inquiétude. Tous les deux, de vraies loques. Bref, ils ont fait imprimer une affiche. On la trouve partout en ville, mais je suppose que vous ne l'avez pas encore vue. La fille est en terminale au lycée. Elle s'appelle Casey Winters.

Un torrent de pensées. La fille que nous avons vue… a disparu. Quel que soit le sens qu'il faille donner à ce terme. Elle n'est pas rentrée chez elle. Ça paraît peu probable, impossible presque, qu'elle ait passé tout ce temps dans nos bois, mais si, pour une raison mystérieuse et contre toute attente, elle était encore là ?

Marie marmonne quelque chose en triturant sa jupe, puis accepte l'affiche que le shérif lui tend. Finch, son journal, l'histoire de la fille rousse dans les bois… j'imagine d'ici ce qui se passe dans la tête de Marie, ce qu'elle croit comprendre de la situation, les pièces du puzzle qu'elle assemble et qui forment une illusion de vérité.

– Bref, la fille était photographe, reprend le shérif. Et elle était douée, apparemment. Publiée dans le journal du lycée. D'après ses parents, elle voulait travailler pour *National Geographic* ou une revue du même genre plus tard, et il lui arrivait de venir dans la forêt parfois. Elle était un peu dans un trip *Into the Wild* à ce que j'ai compris.

– Mais avec toute cette neige, dit Marie, vous ne pensez quand même pas qu'elle se trouve dans la forêt en ce moment, si ?

– Difficile à dire. Vous connaissez les jeunes… On a trouvé deux cartes mémoire provenant de son appareil photo dans sa chambre, avec un peu de chance elles nous fourniront des réponses.

Je le savais, ce jour-là. Je savais que cette fille nous apporterait des ennuis, pourtant c'était chouette de vivre dans ce rêve avec Marie, Finch et la neige. Les chocolats, le thé, la compagnie. La guirlande de Noël sur le pin blanc. Je me suis laissé bercer, j'ai baissé la garde. Je le vois bien aujourd'hui, c'est clair comme de l'eau de roche. Je me suis convaincu que ce n'était peut-être rien, d'avoir croisé cette fille dans la forêt. Juste un petit coup de malchance, à côté duquel nous étions passés. Je nous croyais en sécurité. Je me trompais.

Marie se racle la gorge.

– Et vous avez des suspects ?

– Pas vraiment. Mais on n'a commencé à s'attaquer aux photos que ce matin. Il y en a des milliers. On finira peut-être par trouver une piste.

Je me rends compte que c'est une très très très mauvaise nouvelle, parce que nous étions là, et elle aussi, et même si elle ne nous a pas vus quand elle s'est arrêtée et qu'elle a dirigé le regard dans notre direction, elle pourrait très bien avoir appuyé sur le bouton de son appareil au moment où nous nous trouvions dans son cadre et s'il y a des clichés de nous…

Je vois le shérif déboutonner sa poche poitrine pour en sortir une carte de visite.

– Nous finirons par élucider cette affaire, espérons-le. En attendant, gardez l'œil ouvert. Si vous voyez ou entendez quelque chose qui vous paraît un peu louche, montez dans votre voiture et roulez jusqu'à la 86. Je doute que vous ayez du réseau ici, vous en trouverez là-bas. Je vous laisse ma carte.

Il s'apprête à partir, se ravise.

– Madame, dit-il en posant une main sur l'épaule de Marie. Vous êtes sûre que tout va bien ?

Il lui suffirait, évidemment, de pointer le doigt vers le plancher. De lui transmettre un message en silence avec ses yeux, d'un geste. Elle me tourne le dos, je ne verrais rien.

– Oui, répond-elle avec un trémolo dans la voix. Tout va bien. Cette histoire m'a rendue un peu nerveuse, c'est tout. Cet endroit est si paisible, je ne vois jamais personne en temps normal, alors recevoir votre visite à tous les deux et apprendre qu'une fille a disparu, qu'il faut que je sois vigilante… Je suis un peu perturbée, c'est tout. J'imagine que vous comprendrez.

– Oui, mais vous n'avez aucune inquiétude à avoir. Tous nos hommes sont sur le pont, je vous le promets. Vous voulez qu'on repasse vous voir d'ici un jour ou deux ? Ça ne nous pose aucun problème.

– Non. Non ce ne sera pas nécessaire. Je ne vais pas tarder à rentrer chez moi. Sans doute aujourd'hui, en fin d'après-midi.

Finch s'agite, tente de se retourner pour me regarder. Elle est contrariée d'apprendre le départ de Marie, bien sûr. Je l'empêche de bouger.

– Entendu. Passez-nous un coup de fil si vous avez besoin de quoi que ce soit.

– Je n'y manquerai pas.

Les deux hommes sortent d'un pas traînant, on les entend à travers les vitres fines.

– Qu'est-ce qui t'a pris, de mettre de la boue partout, comme ça ?

– T'es juste fâché parce que tu la trouves mignonne.

Rires, moteur qui démarre.

Ils s'éloignent, le bruit diminue jusqu'à n'être plus qu'un discret ronronnement, puis le silence. Finch est assise sur mes genoux, blottie contre mon torse, mon menton posé sur le sommet de son crâne. Ma jambe droite est engourdie, elle me pique et me chatouille quand j'essaie de me relever, menace de céder sous mon poids.

– C'est bon maintenant, Finch. Ils sont partis.

Ses épaules tremblent. À cause du froid, à cause du stress.

– Coop, murmure-t-elle en claquant des dents. Ce truc que tu as fait pour qu'on reste ensemble, il y a longtemps…

– Oui ?

– C'était quoi ?

Je presse ma joue contre son front.

– J'ai fait du mal à quelqu'un.

– J'ai peur.

– Tu n'as pas à avoir peur de ces hommes. Ils font juste leur travail.

– Je n'ai pas peur à cause d'eux. J'ai peur parce que tu as peur. Et ne mens pas en disant que c'est faux : tu as peur, je le sais.

Qu'y a-t-il à répondre à ça ? Comment lui expliquer que j'ai vu des gens sauter sur des mines ou se recroqueviller parce qu'un bâtiment commençait à s'effondrer, que j'ai vu la seule femme que j'ai jamais aimée mourir d'une hémorragie interne parce qu'un cerf avait surgi sur une route dans le noir… Comment lui expliquer que j'ai pu constater combien le corps humain était fragile, que tout pouvait se briser, se brisera et se brise, et qu'il ne me reste qu'une chose, que je ne peux pas supporter de voir se briser, de perdre, et que oui, j'ai peur ?

– Je veux juste que tu restes avec moi. Je veux que tu sois en sécurité. C'est tout.

Finch abandonne sa tête contre mon cœur. Elle montre l'échelle. Je dois passer en premier pour ouvrir la trappe.

– Marie est là-haut, tu n'as pas oublié ?

Oui, Marie. Marie qui ne se satisfera pas des réponses simples qu'accepte une enfant de huit ans. Marie qui aura des questions et des questions. Marie qui voudra connaître la vérité, et peut-être que je lui dois bien ça, maintenant qu'elle est mouillée, maintenant qu'elle est complice parce que je ne lui ai pas laissé le choix. Bordel, une part de moi voudrait lui dire, voudrait qu'elle sache. C'est juste que… Eh bien tout le monde a ses secrets. Des choses qu'on regrette. Certaines suffisamment graves pour avoir le pouvoir de changer le regard des autres. Bien sûr que je ne veux pas que ça arrive, mais le vrai sujet pressant c'est la protection de ce qui m'est le plus précieux. Survie. Sécurité. Pas seulement la nôtre. La sienne aussi.

26

Après avoir compris que j'avais commis une erreur en permettant au service de protection de l'enfance d'emmener Grace Elizabeth, j'ai décidé de la récupérer, et ça s'est mal passé. Ce qui était sans doute inévitable. M. et Mme le Juge voulaient la garder et ils n'ont pas hésité à impliquer la justice pour parvenir à leurs fins. Ils s'étaient lancés dans une bataille judiciaire parce qu'ils se savaient en position de la gagner. Et c'est pour cette raison précise que je ne pouvais pas accepter que l'avenir de ma fille se décide dans un tribunal.

J'ai pris le Bronco rempli de provisions et j'ai foncé chez eux. Je me suis garé entre la maison et la petite fontaine. Je suis allé sonner à la porte et j'ai dit que je voulais récupérer Grace Elizabeth. C'est le Juge qui m'a ouvert, il la tenait dans ses bras. Bon sang, ce que j'ai détesté ça, la voir dans ses bras.

– Appelle la police, a-t-il lancé à Mme le Juge.

Elle a fait volte-face pour se précipiter dans la cuisine et je suis intervenu :

– Arrêtez.

Et je n'avais pas prévu ça, pas exactement, mais j'ai sorti le Ruger, et quand elle s'est retournée elle a crié.

Grace Elizabeth s'est mise à pleurer. Le Juge l'a confiée à sa femme.

– Kenny...

– Vous m'avez piégé. Vous êtes venu chez moi. Vous m'avez fait croire que vous vouliez m'aider.

– Nous voulons t'aider, Kenny.

– Vous voulez la récupérer. Et je ne resterai pas les bras croisés. C'est ma fille. Ma chair et mon sang. Vous croyez qu'il vous suffit de passer quelques coups de fil pour me la prendre et que ça en restera là ?

– Range cette arme, Kenny. Pas la peine de céder à la panique. On va trouver une solution.

Le Juge a fait un pas dans ma direction.

– Allons, fiston. Range ça.

– Arrêtez.

J'ai repensé à toutes les choses cruelles qu'il m'avait dites en face, à celles qu'il avait ajoutées dans mon dos. J'ai pointé le pistolet sur lui. Mme le Juge a poussé un autre cri. Grace Elizabeth hurlait dans ses bras.

– Posez-la, ai-je dit en agitant l'arme vers le salon, sur la droite de l'entrée. Posez-la sur cette couverture.

Mme le Juge s'est empressée d'obtempérer, embrassant Grace Elizabeth sur le front avant de s'agenouiller et de l'installer par terre. Elle s'est redressée, a levé les mains en l'air.

– En bas, tous les deux.

Je savais qu'il y avait une salle de jeux au sous-sol, un immense espace avec table de billard, canapé en cuir et bar équipé d'un point d'eau.

Ils se sont engagés dans l'escalier et je les ai suivis.

– Regarde-toi, Kenny. Essaie de prendre un peu de recul par rapport à la situation. J'aurais dû laisser la police venir te chercher comme elle en avait envie après ton petit esclandre dans le bar.

Je ne savais pas si c'était vrai, s'il était réellement intervenu en ma faveur, mais ce n'était pas le moment de se poser ce genre de questions. J'ai enfoncé le canon de mon arme dans son dos.

– Avancez.

En bas, je leur ai indiqué un endroit entre la table et le bar.

– Là. Par terre.

Mme le Juge était tout près, et elle s'est encore rapprochée : un mouvement sur ma gauche, puis sa main glaciale sur mon bras. J'ai réagi. Balancé le Ruger dans sa direction et le canon est entré en contact avec sa joue, juste sous la tempe. Sa tête a été projetée en arrière, et elle a trébuché, déséquilibrée par le coup. Elle a cligné des yeux, poussé un soupir, l'air perdu.

Le Juge l'a rattrapée. Elle était grande et mince, comme Cindy, mais pas aussi forte, et elle s'est effondrée dans ses bras. Il m'a foudroyé du regard, il avait le visage rouge et j'ai bien vu qu'il devait prendre beaucoup sur lui pour ne pas me dire ce qu'il en pensait. Il s'est contenté de presser sa bouche contre l'oreille de Mme le Juge.

– Chut, lui a-t-il murmuré. Chut…

Il l'a déposée délicatement sur le sol. Elle avait l'air épuisée, et elle saignait : un petit filet sombre qui serpentait sur sa joue.

Je me suis servi du rouleau de scotch que j'avais glissé autour de mon poignet et j'en ai déchiré un morceau. Le Juge m'a traité de monstre avec un air de mépris, juste avant que je le fasse taire. Je lui ai attaché les bras dans le dos, et les pieds aussi. À ma grande surprise, il n'a pas résisté.

– Je ne voulais pas que ça se passe comme ça, ai-je dit à Mme le Juge.

J'étais sincère. Elle a eu droit au scotch elle aussi. Bouche, mains, pieds. Avec ma manche, j'ai essuyé le sang sur son visage. Je ne pouvais pas la regarder. Je les détestais tous les deux, et je la soupçonnais d'avoir eu l'idée d'appeler le service de protection de l'enfance pour récupérer la petite, enfin n'empêche, la vision de la mère de Cindy en sang et ligotée, et le fait que j'étais responsable de son état… ça me secouait, au plus profond de mes entrailles, parce que déjà à cette époque j'avais commencé à me convaincre que je valais mieux que ça.

J'ai fermé les stores et je les ai abandonnés là, tous les deux, par terre dans leur sous-sol. Au rez-de-chaussée, Grace Elizabeth s'agitait, et je l'ai prise dans mes bras. Je l'ai respirée, serrée contre moi.

– Tout ira bien maintenant, ma puce. Papa a fait une erreur en te laissant partir, et il ne recommencera plus jamais, lui ai-je chuchoté.

Elle a pris mon doigt dans sa petite main et je l'ai embrassée sur le front. Soulagé. Même si je savais que ce n'était que le début. Je n'avais plus d'autre solution maintenant, je devais avancer, tout droit.

27

Je remonte l'échelle branlante de la cave, suivi de Finch. La lumière qui entre par la fenêtre est aveuglante après une si longue obscurité. Marie est assise à table, les mains croisées sur les genoux.

– Laisse-nous une minute, tu veux bien, Finch ? Va dans la chambre avec ton roman.

Elle ouvre la bouche pour protester, mais, remarquant certainement les larmes de Marie, l'expression de son visage, elle récupère l'affiche sur la table et file au fond de la cabane, lèvres pincées, comme quand elle chasse et qu'elle s'efforce de retenir le monde à l'intérieur.

– Marie.

Je tends une main vers son épaule et elle tressaille.

– Non, dit-elle. Ne me touche pas.

– J'ai conscience de l'impression que ça doit donner.

– Tu en as conscience ? Je viens de mentir. À des représentants de la loi.

– Je suis désolé que tu aies eu à mentir. Mais si tu n'avais pas négligé de refermer le portail…

Elle se lève et me regarde droit dans les yeux, son visage tout près du mien.

– Récapitulons, Cooper. Une fille a disparu. La police fait son boulot et enquête. Toi, tu te planques dans ton cellier. Non, tu ne te planques pas, vous avez carrément un code, Finch et toi. Vous vous êtes volatilisés en moins de trente secondes, comme si vous aviez déjà répété l'exercice un millier de fois. Et tu as le culot de prétendre que c'est ma faute ?

– Je disais juste…

Elle prend une inspiration profonde, frémissante.

– Ces dessins, ceux de Finch. C'est elle, non ? La fille rousse. Finch m'a raconté… Elle a prétendu qu'elle ne l'avait pas imaginée. Qu'elle lui rendait parfois visite.

– Ce n'est pas ce que tu crois.

Elle hoche la tête faiblement, puis commence à reculer pour s'éloigner de moi.

À ce stade, je me représente parfaitement la situation de son point de vue, et je sais bien, aussi, que si, de retour chez elle, elle décidait de me chercher en ligne, sous mon ancien nom, elle pourrait trouver des informations qui lui donneraient l'impression que quelque chose ne tourne pas rond chez moi, que je suis cruel et tordu. Six semaines après notre arrivée dans les bois, à Finch et à moi, grâce aux journaux de Scotland j'ai su tout ce que M. et Mme le Juge, tout ce que les journalistes racontaient à mon propos. Sous quel angle ils avaient décidé de présenter la situation. Comment, en déformant légèrement un fait bien réel, en choisissant la bonne formulation, je finissais par passer pour un monstre de premier ordre. Imaginons que Marie retourne chez elle, entreprenne des recherches pour réunir les pièces du puzzle, voici à quelles conclusions elle pourrait parvenir :

1. Kenny Morrison était un ranger prometteur, envoyé à trois reprises en Afghanistan, mais à son retour au pays il était foutu dans sa tête.

2. Il y a huit ans, Kenny Morrison a enlevé un bébé du nom de Grace Elizabeth et a disparu. Il a séquestré deux personnes, s'est rendu coupable de violences à main armée sur la femme et les a tous deux attachés dans leur sous-sol.

3. Cette semaine, une autre fille a disparu, dans les environs de l'endroit où vit Kenny Morrison.

– On l'a vu, c'est vrai, dis-je. Mais seulement une fois. Et cette histoire n'a aucun lien avec nous, je te le promets.

Marie tord sa jupe entre ses mains, l'entortille.

– Je veux savoir. Je veux savoir pourquoi tu es ici. Pourquoi vous devez vous cacher tous les deux. Pourquoi tu as changé ton nom. Pourquoi tu n'as nulle part où aller alors que tu as de l'argent. Tu ne me l'as pas dit, mais c'est vrai. Tu n'es pas juste venu ici le temps de reprendre pied, contrairement à ce que mon frère a prétendu. Je l'ai tout de suite compris à ton expression, ce premier soir, quand j'ai évoqué la possibilité de vendre la cabane. Je veux tout savoir. Si tu me mens, Cooper, si tu me mens…

Sa bouche tressaille, ses lèvres sont rouges, ses joues en feu.

– Jure-moi de me dire la vérité. Jure-le sur la tombe de mon frère. Tout. L'entière vérité.

Je soupire. Plus elle en saura, plus elle s'exposera aux ennuis. Complicité et hébergement d'un fugitif. Qui sait comment ils pourraient tordre la réalité, quel genre de monstre ils pourraient faire d'elle si tout devait partir en vrille. Parce qu'ils n'hésiteraient pas. Elle pourrait atterrir en prison. Jake s'était retrouvé mêlé à mes histoires, lui aussi, mais je pouvais toujours me convaincre qu'il avait mis le pied dans ce bourbier de son plein gré. Pas elle. Marie, la bibliothécaire scolaire, l'amoureuse des chocolats noirs au sel de mer et au caramel, la buveuse de thé. Marie, la petite sœur de Jake, simplement venue nous apporter des provisions. Non.

– Je ne peux pas.

Je veux lui prendre la main, mais elle se dérobe.

– Je t'ai mise dans une situation délicate, et j'en suis navré. Je peux encore t'éviter d'être mêlée à tout ça de plus près. Je peux encore te protéger. Il y a des choses qu'il vaut mieux que tu ignores. Il faut que tu acceptes d'en rester là.

Elle baisse la tête, détourne le regard. Je voudrais l'attirer vers moi. Lui présenter des excuses pour tout – l'avoir contrainte à mentir, ne pas lui dire la vérité à notre sujet –, parce que je lui fais confiance. J'en ai envie, du moins. Mais je ne peux pas. Je ressens, à la hauteur du sternum, tout au fond de ma poitrine, une crampe, un vacillement. Cette impression de vide constamment présente qui s'était, quelque part, apaisée depuis son arrivée. Savoir que j'ai fait du mal à quelqu'un, une fois de plus, comprendre que ça se finit toujours comme ça avec moi. Je blesse et je détruis.

– Cette semaine…

Elle secoue la tête avant de reprendre.

– J'ai cru qu'il était en train de se passer quelque chose cette semaine. Qu'il y avait un truc entre nous peut-être. Je me sentais différente. C'est ce que je croyais. En vérité, je suis juste une bibliothécaire que son mari a trompée pendant des années. Je suis si seule que je n'ai personne avec qui passer les fêtes, si désespérée que je vais faire les courses pour des gens que je ne connais même pas car, je vais être franche, je n'ai rien de mieux à faire. Oui. C'est les vacances et mon agenda est complètement vide pour les jours à venir.

– Marie…

– Tu veux savoir le pire ? Je commençais à me voir vivre ici pour de bon. Finch, toi et moi, tous les trois. Menant la vie dont mon père avait rêvé.

Elle s'essuie les yeux.

– Moi et mon imagination débordante. Je pense que j'ai perdu la tête.

– Tu n'as pas perdu la tête.

Je fais un pas vers elle.

– J'y ai pensé moi aussi.

– Mais tu ne peux pas m'expliquer la véritable raison de ta présence ici… Pourquoi tu t'es installé dans la cabane de ma famille sous un nom d'emprunt ? Pourquoi mon frère t'a apporté des provisions toutes ces années ? Pourquoi Finch n'a-t-elle jamais mis le pied dans un magasin ? Pourquoi vous devez vous cacher tous les deux ? Tu ne peux pas m'expliquer tout ça ?

– J'en ai envie, Marie. Crois-moi, j'en ai envie. Mais c'est impossible. Pour ton propre bien. Pour te protéger.

– Je ne peux pas faire ça, Cooper. Être avec quelqu'un de malhonnête. Qui garde des secrets. J'ai passé les dix dernières années de ma vie à partager la vie d'un menteur, je ne recommencerai pas.

– Je comprends.

Et c'est vrai que je comprends, simplement la situation est beaucoup plus compliquée que ça.

– Ce n'est pas pareil, Marie, et tu le sais. Ce que ton mari t'a fait subir n'a rien à voir avec ce qui se passe ici. Il savait, en agissant de la sorte, que ça te blesserait, et pourtant il a continué. Mes intentions sont très différentes. Je veux seulement te protéger. Tu dois me faire confiance.

La porte de la chambre s'entrouvre.

– Je dois te parler, Coop.

– On a encore besoin de quelques minutes.

Elle fait la sourde oreille.

– C'est urgent, dit-elle en venant vers moi et en me tendant l'affiche. Cooper, c'est bien elle.

Marie se tient une main sur la gorge et se mordille la lèvre avec une expression qui me rappelle soudain le moineau qui était entré dans la remise de Lincoln un jour. Il voletait autour de la fenêtre, il voulait ressortir. Je l'ai coincé et il était si épuisé que, lorsque je l'ai pris dans mes mains, il n'a pas résisté. Je l'ai tenu entre mes deux paumes, et je sentais son minuscule cœur battre contre le bout de mes doigts.

Son corps était si léger que je ne sentais pas son poids. Des os si fragiles.

– Regarde, insiste Finch.

Je l'ai libéré, le moineau. Je l'ai emmené dehors, puis je me suis agenouillé et j'ai délicatement ouvert mes paumes, il a plus ou moins dégringolé par terre, où il est resté une minute, sonné, avant, je vous assure, de planter ses petits yeux vifs dans les miens. Oui, planter, comme pour me dire merci.

– Cooper, regarde.

Finch agite l'affiche et je la prends.

La fille que nous avons aperçue, posant pour un portrait au lycée. Bras croisés, souriante, adossée contre un vieux bâtiment en brique. Elle a l'air sûre d'elle, gentille, heureuse. Ce n'est qu'une photo, et pourtant en la voyant – en la voyant, elle –, j'ai l'impression que quelque chose cède d'un coup en moi. Je me laisse tomber sur une chaise.

– Ce soir, finis-je par lâcher en retournant l'affiche sur la table. Je te dirai tout ce soir.

28

Finch rechigne à aller se coucher, elle invente excuse après excuse, tout pour nous empêcher de fermer la porte de la chambre et poursuivre la soirée sans elle. Quand nous n'étions que tous les deux, je lui faisais la lecture, ou alors c'était elle, puis je l'embrassais pour lui souhaiter bonne nuit, je la bordais, et ça s'arrêtait là. Elle ne voyait aucun mal à ce que je retourne dans le séjour, parce qu'elle savait qu'elle ne ratait rien, que j'allais prendre un bouquin ou avancer mon patchwork. Mais entre la présence de notre invitée et l'excitation de la journée, c'est très différent. Elle a mal au ventre, elle pense qu'elle a dû se fouler la cheville, elle a une petite peau qui la dérange sur le côté de l'ongle. Bon, nous finissons par réussir à la coucher, grâce au chantage de Marie : si Finch accepte de dormir tout de suite, elle préparera des pancakes pour le petit déjeuner. Ce qui suffit à la motiver pour rester dans la chambre sans faire de bruit.

Marie se prépare un thé sans m'en proposer, ce qui m'arrange, tant c'est la tempête dans mon estomac, comme la première fois que j'ai sauté d'un avion pendant ma formation de ranger. Vous êtes très très haut dans le ciel, avec votre parachute, et on vous explique comment procéder, et une part de vous est impatiente de passer à l'application, mais une autre est morte de trouille. Il y a quelque chose de contre-nature pour des humains, avec nos os si denses et nos muscles si lourds, à dégringoler dans les airs comme ça. Nous ne sommes pas conçus pour voler, ce qui signifie qu'il faut s'abandonner au vide et avoir confiance dans l'issue.

Je me force à avaler une gorgée d'eau. Par où commencer ? Par le jour où nous avons fini par nous mettre ensemble, Cindy et moi ? Par celui où nous avons découvert qu'elle était enceinte et où M. et Mme le Juge ont tenté de la convaincre d'interrompre sa grossesse ? Par celui où elle était tellement furieuse contre ses parents qu'elle est partie de chez eux pour venir s'installer avec moi, dans la ferme de Lincoln ? Par celui où, à la maternité, alors qu'elle entamait sa dix-neuvième heure d'accouchement, elle m'a supplié d'appeler sa mère, et soudain Mme le Juge était là, dans la salle de travail, d'un côté du lit, et moi de l'autre, à guetter l'arrivée du bébé, et par miracle tout ce qu'elle avait dit à Cindy, toutes ces choses blessantes sur nous deux, était pardonné, *abracadabra*, oublié ?

Bon. Nous avons du temps. Toute la nuit et, si j'en crois mon instinct, c'est sans doute la dernière fois que je ne passerai pas ma soirée seul ici, dans cette cabane, alors je démarre mon récit bien plus tôt, au tout début. L'histoire complète de ma triste vie. Ma mère qui s'est réveillée un matin, l'année de mes sept ans, m'a embrassé sur le front et m'a dit qu'elle revenait tout de suite, mais qui a mis deux valises dans la voiture et est montée derrière le volant pour ne plus jamais revenir. Elle a agité la main en partant. Moi, je l'ai attendue, patiemment, jusqu'à la tombée de la nuit, puis j'ai mis deux gaufres dans le grille-pain, et je les ai arrosées d'une telle quantité de sirop d'érable qu'on aurait dit de la soupe.

Je raconte à Marie mon enfance dans la ferme de Lincoln, ma rencontre avec Cindy en première. Mon engagement dans l'armée, ma rencontre avec Jake, mes missions en Afghanistan. Le départ de Cindy pour la fac. J'explique qu'elle était rentrée chez ses parents depuis des mois quand je suis revenu au pays, et qu'elle s'apprêtait, pour la citer, à devenir folle, coincée entre ses deux parents, constamment sur son dos au sujet de son avenir. À l'époque, elle travaillait dans une galerie d'art et elle faisait du volontariat dans une école primaire. Elle hésitait beaucoup sur son futur professionnel. Ses parents avaient à cœur de la voir poursuivre ses études de droit, mais elle était attirée par les questions sociales. Ce qui ne disait rien qui vaille à ses parents : il n'y avait pas d'argent à se faire dans cette voie, aucune reconnaissance.

Bref. Je dis à Marie que oui, j'ai bien envisagé la possibilité que si nous avions fini ensemble, Cindy et moi, c'était peut-être en partie parce qu'elle s'ennuyait, qu'elle se sentait seule, et qu'elle avait l'impression de faire du surplace, tous ses amis étant partis, et que moi j'étais là, et que je me fichais complètement qu'elle devienne ou non avocate. Croyez-moi, j'ai beaucoup réfléchi à tout ça, au fait que nous nous étions peut-être retrouvés ensemble parce que nous étions au même endroit au même moment, que nous étions tous les deux disponibles. Mais il y avait autre chose, aussi. Un truc entre nous, qui faisait qu'il nous suffisait d'échanger un seul regard pour comprendre certaines choses.

Quand c'est devenu sérieux entre nous, je la voyais déjà tous les jours, même si techniquement nous n'étions qu'amis. Après le travail, nous descendions à la rivière, et je pêchais, le courant était calme et peu rapide à cette époque de l'année, et Cindy se mettait sur un gros rocher pour lire ou pour s'allonger et me regarder. Et puis un jour, elle est venue me rejoindre au milieu de la rivière, en chancelant un peu sur les pierres rondes et couvertes de vase. Elle a jeté ses bras autour de mon cou et m'a embrassé. Et moi, bon, j'étais cuit.

Le printemps suivant – je poursuis mon récit –, Cindy a découvert qu'elle était enceinte, et deux semaines plus tard elle a débarqué chez Lincoln avec deux valises, ce qui a marqué le début de la période la plus heureuse de ma vie. Je lui faisais la cuisine, j'installais des oreillers sous ses jambes pour surélever ses pieds gonflés quand ils la gênaient. Je frictionnais son ventre qui s'arrondissait avec du beurre de cacao, mais aussi ses flancs qui s'élargissaient, son nombril qui a fini par ressortir. Quel petit miracle de regarder son corps se transformer à mesure que les semaines passaient. Parfois, j'exerçais de légères pressions sur le ventre de Cindy, et le bébé me répondait, comme s'il sentait ma présence, là, dans le vaste monde, comme s'il voulait me le dire.

Je passe vite sur l'épisode de l'accident de voiture, avec Cindy et Finch, du cerf qui se jette sur la fenêtre côté passager et des tonneaux. Sur l'enterrement aussi, même si je précise à Marie que Mme le Juge m'a dit que j'étais responsable de la mort de Cindy. Puis je lui raconte les cauchemars, et ce qui s'est passé au bar avant mon histoire avec Cindy, puis la visite des agents du service de protection de l'enfance, accompagnés d'un policier, qui m'ont enlevé Finch.

– Je l'ai récupérée, dis-je en glissant mon index dans une maille de la couverture au crochet. Je suis allé chez eux et je l'ai récupérée.

Marie se renfrogne.

– Et ils t'ont laissé l'emmener sans rien dire ?

– Non.

Je récupère une bobine de fil dans le bol sur la table et la fais rouler dans ma paume.

– La situation m'a échappé, et je le regrette. Je le regrette sincèrement… Et après ça, ils ont mis ma tête à prix. Fait passer le message un peu partout.

Marie change de position sur le canapé.

– Quand tu dis que la situation t'a échappé…

– Quelqu'un a été blessé. Rien de grave, mais enfin… Ce n'était pas mon intention lorsque je suis allé là-bas, pourtant c'est arrivé.

Je n'avais encore jamais raconté cette histoire à voix haute. Les incohérences me sautent aux yeux, et j'entends bien l'impression que ça doit donner. Je me souviens des journaux, du tableau qu'ils ont peint.

– On aurait été devant un tribunal, on se serait battus pendant des mois et des mois. Plus d'une année, peut-être. Et au final j'aurais perdu, forcément. Ils m'auraient pris ma fille.

Je m'éclaircis la voix.

– Alors j'ai géré la situation.

Marie ne prononce pas un seul mot et je poursuis.

– Pendant six semaines, nous avons vécu sous une tente, jusqu'à ce que je décide que je devais passer un petit coup de fil à ton frère. Je ne voulais pas le déranger, mais j'avais l'impression d'être un planqué ici, de vivre chez lui sans même le prévenir. Et puis dès que Scotland nous a rendu visite, j'ai préféré prévenir Jake. J'ai roulé jusqu'à la station-service, avec Finch, et j'ai utilisé la cabine. Jake m'a seulement demandé si on allait bien. Si on avait besoin de quelque chose. Il ne m'a pas dit que j'avais merdé. Il n'a pas essayé de me convaincre de changer de cap.

Marie se met à trembler, ses épaules montent et descendent.

– Je suis désolé, j'aurais dû éviter de parler de Jake…

– Non. Non, je veux que tu me dises tout.

– Finch l'adorait, tu sais. Je lui ai brisé le cœur quand je lui ai appris qu'il ne viendrait pas. Les enfants se jetaient toujours sur lui, là-bas. Peu importait où on se trouvait, ils sentaient sa présence. Le suivaient. S'agglutinaient autour de lui comme on les voit le faire avec Jésus, sur les images. Il dégageait quelque chose.

– À la fin, quelqu'un s'occupait de lui vingt-quatre heures sur vingt-quatre, murmure-t-elle. Il n'était même pas capable d'aller aux toilettes seul. Ou de se nourrir.

Elle rentre le menton vers sa poitrine et tremble encore plus fort.

Je pose ma main sur la sienne.

– Ça aurait dû être moi, chuchoté-je. J'avais proposé d'être le premier, parce que c'était dangereux. Je suis passé à côté de l'engin, je ne sais même pas comment. Je me suis rejoué la scène des milliers de fois, et je ne comprends pas comment, ni pourquoi, c'est tombé sur lui et pas sur moi.

– Tu lui as sauvé la vie. C'est comme ça qu'il voyait les choses.

Une larme serpente sur sa joue.

– Je veux que tu le saches, Cooper : je comprends pourquoi tu es venu ici.

– Je ne pouvais pas la perdre. Pas après… je ne pouvais pas.

– Je sais, soupire-t-elle. Je comprends ce que tu cherches à préserver, mais cette fille, Cooper. Si vous l'avez vue dans les bois, Finch et toi, peu importe dans quelles circonstances, tu dois prévenir la police.

Je m'écarte d'elle en secouant la tête.

– Je ne peux pas faire ça.

– Je mesure le risque que cela représente pour toi, mais tu ne peux pas garder ce genre d'information ! Ce n'est pas bien. Pense aux parents de cette fille. Pense à Finch. Imagine, si elle disparaissait, et si quelqu'un l'avait vue, tu voudrais en être informé.

Je me lève, me dirige vers l'évier. Elle a touché un point sensible et ça ne me plaît pas.

– Je ne l'ai vue qu'une seule fois.

Je n'évoque pas les traces de pas, ou le bouchon d'objectif, qui pourraient suggérer que la fille s'est aventurée plus près de chez nous, parce que l'essentiel est ailleurs : nous n'avons rien fait de mal. Nous ne sommes pas allés chercher les ennuis… Ils sont venus à nous.

– Mais Finch a dit qu'elle vivait ici, dans vos bois.

– Finch a aussi dit que c'était une princesse ou une nymphe des bois. Tu sais comment elle peut être, tu l'as bien vue. Elle s'attache facilement, puis elle fait une fixation. Elle a une imagination débordante. Tu l'as entendue.

– N'empêche, insiste Marie, tu détiens une pièce du puzzle qui pourrait être capitale, et tu refuses de la partager. On parle d'une mineure, Cooper. D'une gamine. Tu as une obligation de partager cette information. Une obligation morale.

Elle me rejoint devant l'évier et prend ma main dans la sienne.

– Tu en es conscient, non ?

Mon regard se perd par la fenêtre de la cuisine ; dehors le clair de lune éclaire le sol, toujours tacheté de neige. Je comprends ce qu'elle veut dire – sincèrement –, mais il faut mettre en regard différents paramètres, prendre en compte les risques, et l'enjeu est trop grand pour moi.

– Je ne peux pas attirer l'attention sur nous. Si je vais trouver la police, les parents de Cindy nous retrouveront et tout sera terminé.

– Ce ne sera pas terminé, Cooper. Tu es son père.

– Non, ce n'est pas si simple.

– Tu as largement de quoi prouver que tu es un père aimant et compétent. Finch est une fillette épanouie, ça saute aux yeux. Oui, tu seras entendu par un tribunal. Et vous serez sans doute séparés quelques mois. Mais quand tout sera terminé, vous serez autorisés à évoluer en toute liberté dans le monde. Vous n'aurez plus à vous cacher.

Je prends une profonde inspiration, m'appuie contre l'évier. Violences à main armée, je risque jusqu'à vingt ans. Kidnapping, jusqu'à vingt ans. Séquestration, jusqu'à vingt ans par victime, car M. et Mme le Juge disent que c'est ce que je leur ai fait. Ce qui est sans doute vrai, techniquement. Donc quatre-vingts ans. Peut-être soixante si j'ai un bon avocat et la chance de tomber sur un jury compréhensif. L'un dans l'autre, une fois que j'aurai mis le pied en prison, je n'en sortirai jamais. Je le sais depuis que Scotland m'a déposé sa pile de journaux.

J'ai merdé. Je le reconnais. En m'y prenant comme ça pour la récupérer. À l'époque j'étais si désespéré, si terrifié : j'avais l'impression de ne pas avoir d'autre solution. Et maintenant nous sommes coincés. Impossible de sortir de cette vie, de revenir en arrière.

– Je te l'ai dit, Marie, ce n'est pas aussi simple.

– Je pourrais m'en charger. Dire que je l'ai aperçue dans les bois. Explique-moi où. Montre-moi. Je m'occuperai de téléphoner. Je les conduirai à l'endroit. Mais je ne peux pas partir d'ici la conscience tranquille si je sais que tu as l'intention de dissimuler une information capitale au sujet d'une adolescente qui a disparu.

Elle se tourne vers moi et j'ai l'impression de voir Jake. Leur ressemblance me frappe.

Ça pourrait marcher. Presque. Parce que laisser Marie prévenir la police entraînerait un mensonge supplémentaire. Une implication plus grande. Sans oublier que la situation pourrait devenir franchement délicate si elle se prenait les pieds dans le tapis. En prime, ça ne nous éviterait pas la présence dans nos bois de tas de gens venant rôder pour tenter de reconstituer les faits. Et nous leur donnerions une raison supplémentaire de se rapprocher de la cabane. Retour à la case départ.

– Tu as déjà déclaré que tu ne l'avais pas vue. Ce qui signifie que tu devras dire que tu as menti. Du coup ils chercheront à comprendre ce qui t'a poussée à faire une chose pareille. Non, vraiment, tu te retrouveras encore plus emberlificotée dans cette histoire que tu ne l'es déjà. Jake n'aurait jamais voulu que tu te mettes dans cette situation, et je ne peux pas accepter ça. Je vais m'en charger. Je descendrai à la cabine de la station-service, demain. Donne-moi le numéro du shérif, j'appellerai.

Des larmes de soulagement lui montent aux yeux.

– Tu me le promets ?

– Je te le promets.

– Je dois quand même rentrer chez moi. J'ai des affaires à régler. La maison de Jake, mon travail.

– Je suis désolé que les choses aient pris ce tour. Désolé que tu te sois retrouvée mêlée à tout ça.

Elle pose sa main sur la mienne, puis s'éloigne pour aller récupérer dans son sac à main un carnet et un stylo.

– C'est mon numéro de téléphone. Au cas où tu aurais besoin de quoi que ce soit. Pour toi, ou Finch.

Elle glisse le morceau de papier dans ma paume.

Le lendemain matin, Marie prépare des pancakes et du café, remplissant, pour la dernière fois, la maison d'odeurs qui risquent bien de me faire désormais penser à elle. Elle laisse une boîte de gâteaux pour Finch, et m'offre la cafetière à piston ainsi que le restant de café moulu. Nous chargeons quelques affaires dans sa Prius et Finch lui donne un long câlin d'adieu.

Puis Marie s'approche de moi. Tout près. Elle pose la tête sur mon torse.

– Tu es quelqu'un de bien, Cooper, me murmure-t-elle.

Bon. Je culpabilise de l'entendre dire ça et de savoir qu'elle le pense, parce que c'est faux.

Et je culpabilise aussi parce qu'une fille a disparu. Une fille qui a neuf ans de plus que Finch, avec des parents qui tiennent à elle et n'ont aucun moyen de la contacter. Je sais ce que ça fait de sentir son enfant filer entre ses doigts. Oh oui. Ça me peine d'imaginer ce qu'ils doivent vivre en ce moment.

Et la fille était ici, il y a à peine plus d'une semaine. Est-ce qu'elle se serait perdue ? Est-ce qu'il lui serait arrivé quelque chose ? La rivière et sa glace traîtresse, le sable mouvant qui emprisonne… Une chute, une fracture, un faux pas. Tant de choses peuvent s'être produites. Mais je ne dois pas oublier que même si je voulais intervenir je dois penser à ma propre fille. Je ne suis pas libre d'agir comme un citoyen respectable ou de faire le bien. C'est un bon résumé du pétrin dans lequel mes décisions passées m'ont conduit, j'en suis conscient. Tout ça pour dire que le moindre geste en direction de cette fille pourrait tout compromettre pour nous. Et s'il y a bien une chose dont je suis absolument certain, c'est que je ne suis pas prêt, en aucun cas, à faire courir le moindre risque à mon propre enfant.

29

– J'ai vu que tu avais eu d'autres visiteurs, lance Scotland en approchant de la cabane de son pas nonchalant.

Il vient de surgir dans la clairière, apparition, fantôme. Il retire son sac à dos, en sort une pile de journaux et les dépose sur le perron, où Finch est installée avec sa fronde.

– Le shérif Simmons et son estimable adjoint, l'illustre Manny Porter, ajoute-t-il.

– Tu les connais ?

– Simmons, oui. Porter, non. Je les ai vus sur la route. Je n'avais pas le temps de venir te prévenir, mais j'ai gardé un œil sur la situation.

– Je n'en doute pas.

La possibilité que Scotland soit au courant pour la fille – que peut-être, même, il ait été au courant avant Finch et moi – me traverse l'esprit. La longue-vue, le pistage méticuleux de nos moindres mouvements. Savait-il où se trouvait Casey Winters ? Et dans ce cas quelle était sa stratégie ?

Et s'il avait décidé, après tout ce temps, de jouer les héros et de conduire la police jusqu'à moi ?

Je m'assieds à côté de Finch et je l'attire contre moi.

– Marie leur a parlé, et ensuite elle est rentrée chez elle, dit-elle. On s'est cachés dans le cellier. Un des policiers se trouvait juste au-dessus de nos têtes. La neige de ses chaussures a un peu coulé sur nous. Ils cherchent cette fille qu'on a vue dans les bois. Tu te souviens ? Je t'en ai parlé. Près de la rivière, en bas.

– Je me suis douté que c'était la raison de leur présence, dit-il en s'essuyant le front avec sa chemise. Il y a un article dans le journal. En première page. Son petit copain dit qu'elle avait l'intention de s'enfuir en Californie. Pour prendre ses distances avec ses parents. Ah, les jeunes…, ajoute-t-il d'un ton désapprobateur.

Finch se renfrogne puis attire la pile de journaux à elle. Elle s'allonge à plat ventre pour les feuilleter. Walt Whitman grimpe sur son dos et s'y installe.

– On dirait que Walt se sent chez lui ici, observe Scotland.

Absorbée par sa lecture, Finch ne relève pas la tête.

– Écoutez, conclut-il. Ils n'ont toujours pas retrouvé la fille. Vous n'êtes pas encore tirés d'affaire. Californie ou pas, ils vont sans doute continuer à la chercher ici. Il pourrait y avoir pas mal de passage dans la forêt. Je ne m'éloignerais pas trop de la cabane, à votre place.

Finch passe les heures suivantes à lire attentivement les journaux, entourant des phrases et des photos, prenant des notes dans son carnet. Tantôt agitée, tantôt impassible.

Plus tard, je me prépare à assembler le dernier carré de son patchwork, un morceau d'un tee-shirt avec une licorne et un arc-en-ciel qu'elle a, pendant une longue période, insisté pour porter tous les jours. Je devais le laver tous les soirs, le suspendre à côté de la cuisinière pour qu'il sèche. Préoccupé par la mise en garde de Scotland, je sors sur le perron et scrute les bois à l'affût d'un mouvement, oreille dressée. La nuit n'est pas encore tout à fait tombée, le ciel est une explosion de roses et d'orange, les silhouettes des arbres prennent appui sur la lumière. Tout est calme et immobile. Je rentre m'installer sur le canapé. Je découpe le tissu et je passe le fil dans l'aiguille. Finch est assise à table, les journaux et son carnet sont étalés devant elle.

– Coop, le shérif qui est venu ici, dit-elle en posant son stylo. On doit l'appeler.

– On n'appellera personne, ma puce.

– Mais…

Elle se lève.

– Ils la cherchent, insiste-t-elle.

– Je sais bien.

Je suis si à cran que mon ton est sec, cinglant.

– Et on l'a vue, dit-elle.

– Une fois.

– Toi, tu l'as vue une fois.

Elle a parlé tout bas, en fixant ses pieds. J'attends.

– Elle est revenue après. Je suis redescendue à la rivière. Toute seule.

Mes mains tremblent soudain, ma voix aussi.

– Pourquoi as-tu fait ça ?

Elle serre le bas de son haut de pyjama dans son poing.

– C'est mon amie.

– Cette fille n'est pas ton…

Je m'interromps, choisis d'autres mots. Ceux que je m'apprêtais à dire étaient trop tristes, ils touchaient un point trop sensible : pour quelqu'un qui n'a pas d'amis, observer une fille dans la forêt… c'est peut-être ce qui se rapproche le plus de l'amitié.

– Tu ne la connais même pas, Finch.

– Je la connais assez.

– Est-ce qu'elle t'a vue ?

– Non. Enfin, je ne suis pas sûre. Peut-être. En fait, je pense que si. Parce que… la dernière fois, il s'est passé quelque chose. Il y avait quelqu'un d'autre.

– Quelqu'un d'autre ?

La pensée d'une menace, un éclair de terreur : Scotland qui serait effectivement venu fouiner. Qui s'en serait mêlé, ou pire… Et Finch aurait été témoin de tout. Dans quels ennuis allons-nous nous retrouver si c'est vrai ? Que faire ? Le dénoncer ? L'éviter ?

Finch s'approche de moi avec un journal.

– Lui.

Elle me montre la photo d'un jeune homme aux cheveux bruns bouclés, à côté de Casey Winters. Ils sont tous les deux sur leur trente et un, comme pour assister à un bal au lycée ou à une autre soirée.

– Et il ment, ajoute-t-elle.

– Finch, tu n'en sais rien.

Elle a commencé à lire la série « Alice détective » ces derniers temps, et ces bouquins m'ont tout l'air de déteindre sur elle.

– D'après les journaux, il a dit à la police qu'elle voulait aller en Californie. Pourquoi a-t-il raconté ça ? Il sait très bien où elle se trouve.

Elle agrippe un coin du patchwork, taillé dans une vieille grenouillère. Elle n'a pas encore tout dit, je le sens.

– Et ?

– Il lui criait dessus. Puis il l'a poussée.

Je la dévisage le temps de digérer l'information. La gorge nouée.

– Je lui ai envoyé une pierre. Avec ma fronde. Je l'ai atteint en plein dans le dos.

Elle avance le menton, les yeux brillants.

– Et je lui ai fait mal, j'ai bien vu. Il s'est élancé à ma poursuite, mais tu sais comment je suis dans les bois. Il n'aurait jamais pu me rattraper.

Je frappe la malle du poing et je me lève, l'aiguille et le fil dégringolent par terre.

– Tu mesures à quel point c'était idiot, Finch ? Et dangereux ? Après toutes mes leçons…

La bobine de fil s'échappe, roule sur le parquet en cahotant.

Elle recule d'un pas, sans se décourager pour autant.

– Il lui faisait du mal. Comment j'étais censée réagir ? Les regarder en restant les bras croisés ?

Oui. Non.

Une kyrielle d'émotions me traverse à toute vitesse : colère, irritation, déception, fierté. Et peur aussi. Parce qu'il y a quelqu'un dans les bois, peut-être tout près, peut-être pas. Quelqu'un capable de commettre des violences, quelqu'un qui a vu Finch. Est-il en train de la chercher à cette heure ? Je m'approche de la fenêtre pour jeter un coup d'œil dehors, la main sur le Ruger.

Je m'éloigne en pestant, ramasse l'aiguille et le fil et les lance dans le bol en bois sur la malle.

– Où ?

Elle se mordille la lèvre.

– Près de l'endroit où on l'a aperçue ensemble, un peu plus au nord, en remontant dans la vallée. Je comptais y retourner pour voir si elle allait bien, et puis Marie est arrivée, ensuite il y a eu la neige. Je peux te montrer l'endroit. Si on part maintenant, on arrivera avant la nuit.

– Hors de question qu'on s'approche de cet endroit, tu m'entends ?

– Mais je m'inquiète pour elle. Et s'il lui était arrivé quelque chose ? S'il lui avait fait quelque chose après mon départ ? On doit aller vérifier.

Tout le temps où j'ai joué mon rôle de père auprès de Finch, j'aspirais à deux choses. La première, et la plus importante, c'était d'être là, de prendre soin d'elle. Mais la seconde, qui était presque au même niveau, c'était de l'élever correctement. De l'aider à devenir, en grandissant, une personne avec de bonnes valeurs et de la compassion. Une personne qui ferait ce qu'il faut, quoi qu'il en coûte. Et c'est exactement ce qu'elle a fait, en réalité. En défendant cette fille. Toutes ces années, j'ai justifié mon choix de venir ici, les risques qu'il impliquait et les prétendues règles que j'avais enfreintes pour atteindre mon but, oui je l'ai justifié à mes propres yeux en me convainquant qu'au moins nous étions ensemble et qu'au moins ma fille grandirait en ayant les bonnes notions du bien et du mal.

Et nous voilà soudain, elle et moi, dans une impasse, puisque mes deux aspirations s'opposent. Puisque, quoi qu'il en coûte, je devrai renoncer à l'une des deux.

– On ne peut pas se permettre d'intervenir, Finch. Je suis désolé, mais c'est comme ça.

Je regarde à nouveau dehors, examine les bois. Avant d'ajouter :

– Il y a des choses que tu ne sais pas, sur nous.

– Je ne comprends pas quel rapport ça pourrait avoir avec cette fille.

– On ne descendra pas, Finch, point final.

Je me penche vers elle pour lui dire, les yeux dans les yeux :

– Tu connais les règles, et tu ne les as pas suivies. Tu as trahi ma confiance. Pour la peine, je te punis.

– Ça veut dire quoi ?

– Ça veut dire que je te prive de sorties pendant un petit moment. Tant que cette histoire ne sera pas réglée, je veux t'avoir sous les yeux en permanence. Tu as interdiction d'aller relever tes pièges et de partir en exploration. Point final.

– Mais…

Je reprends ma couture.

– Je ne veux plus entendre un seul mot à ce sujet. C'est bien compris ? Plus un seul mot.

Elle se décompose, plisse les yeux et fait la moue.

– « Comme leur droiture est belle ! On pardonnera toutes ses fautes à celui qui la possède à la perfection. » C'est de Whitman, et je sais que tu t'en souviens.

Elle me montre le canapé.

– On était assis là quand tu m'as lu ces mots. Je t'ai demandé ce qu'ils voulaient dire, et tu m'as répondu que peu importait ce qui arrivait dans la vie, une seule chose comptait : être honnête. Être une personne d'honneur.

Whitman, avec son chapeau et son épaisse barbe blanche, le regard perdu vers le ciel pour composer de jolis vers. Ce n'était pas un soldat. Il n'avait jamais reçu chez lui des gens venus noter tout ce qui n'allait pas dans sa vie afin de lui arracher son gosse.

– C'est facile quand on passe ses journées assis à écrire des poèmes d'avoir une certaine philosophie de la vie.

– La bible dit la même chose, chuchote-t-elle. Je l'ai lue.

– Arrête, Finch.

Elle pleure maintenant : les larmes dévalent sur ses joues. Elle pivote sur ses talons et gagne la chambre en tapant des pieds sur le plancher. Elle en revient quelques secondes après avec son oreiller et ses draps.

– Je dors dans le grenier, dit-elle en attrapant le chat et en le glissant sous son bras.

Elle grimpe à l'échelle en traînant ses draps derrière elle. Elle pousse les boîtes pour se ménager assez d'espace.

Je termine ma couture, puis je souffle la bougie.

– Bonne nuit, Finch.

Sa lampe torche est toujours allumée.

– Tu devrais avoir honte, me répond-elle, si bas que je l'entends à peine.

C'est la toute première fois qu'elle me dit quelque chose de méchant. Toute ma vie j'ai eu droit à des paroles blessantes, mais venant d'elle c'est douloureux. La tristesse fait des ricochets dans ma poitrine.

C'est le cas, voudrais-je lui dire. J'ai honte.

30

Le lendemain matin, je me réveille avec une sensation de lourdeur ; le poids de la conversation de la veille au soir avec Finch est un fardeau qui a acquis une réalité physique : une douleur sourde qui tire sur mes épaules. Tristesse, peur. Je m'assieds dans mon lit avant de me lever. Mes pieds supportent le fardeau. Je m'habille lentement, me rends dans la cuisine d'un pas chancelant. Je verse de l'eau dans la bouilloire pour la réchauffer, puis j'enfile mon anorak afin de sortir chercher des œufs. Je me pétrifie devant la porte, je n'ai encore enfilé qu'une seule manche.

La pelle n'est plus sous la poignée de la porte, les verrous sont ouverts.

– Finch ?

Le plus rapidement possible, je grimpe à l'échelle. Couvertures, oreiller, Walt Whitman blotti au milieu, ses ronronnements sonores. Mais pas de Finch.

Je redescends prudemment et enfile mes chaussures. File dans la chambre récupérer le Ruger, enfonce un bonnet sur ma tête. La bouilloire commence son chant perçant et assourdissant, un jet de vapeur s'échappe de son bec et danse au-dessus de la cuisinière. Je l'empoigne pour la poser sur un dessous-de-plat. Et je sors.

– Finch !

Je sais qu'elle ne m'entend pas. Et si elle m'entendait, me répondrait-elle ?

Tu devrais avoir honte.

Mon cœur palpite, mon pouls tambourine dans mes oreilles. La panique : un train de marchandises qui tempête sur les rails, et se rapproche, se rapproche, se rapproche, parce qu'elle est quelque part dehors, Finch, et si le type qu'elle a vu dans les bois est revenu ratisser la zone pour nettoyer ses traces après avoir commis une faute grave ou pire, s'il la cherche, s'il la trouve… Dieu sait ce qui pourrait arriver. Qui il est, ce qu'il serait capable de faire.

Ralentis, Cooper, réfléchis. Elle ne s'est pas simplement enfuie, elle ne s'est pas perdue. Elle veut prendre des nouvelles de la fille. Qu'a-t-elle dit déjà ? Près de l'endroit où on l'avait vue, mais plus haut dans la vallée. Il y a toujours des plaques de neige au sol, écailles blanches collées sur le marron du sol. Pas assez néanmoins pour me permettre de remonter facilement une piste. Je prends la direction de l'ouest, je vais vite, gravis la pente derrière la cabane, traverse le bosquet de pins qui soupirent et murmurent. Mes pieds dérapent sur le verglas persistant. Il ne fait pas tout à fait jour encore, les chants des oiseaux réveillent tout juste la forêt. Cardinaux, grives des bois. Pic flamboyant, qui bégaie contre un arbre. Mais surtout, le silence. Marrant comme ce qui est d'habitude apaisant et rassurant peut devenir si terrifiant. Je dépasse les grands rochers en courant, descends. Traverse le ruisseau, encombré de blocs de glace. Me hisse de l'autre côté.

Sur la crête de la dépression suivante, je marque un arrêt, me penche, écoute : le jaillissement de la rivière en bas. La vallée est étouffée par la brume. Dense et éblouissante. Je vois à peine à un mètre devant. Je contourne la butte et m'enfonce dans le brouillard, si épais que je le sens cogner sur ma peau, lourd et palpable.

– Finch !

Je hurle, bien conscient que si quelqu'un se trouvait dans les environs, le moindre bruit pourrait conduire à moi.

Rien.

Le sol de la forêt se ramollit, mes pieds s'enfoncent. Dans la neige fondue et la terre qui est, à cet endroit, gorgée d'eau et permet, même pendant la saison la plus sèche, aux roseaux de pousser. Je dépasse l'aulne qui me domine, ses branches rouges accrochent mon anorak. Je m'embourbe à chaque pas, mes chaussures sont entièrement crottées.

Le jour se lève, à toute allure. La vallée s'éclaircit.

J'ai du mal à voir et pourtant, devant, un éclair de couleur qui détonne – rose. À trente, quarante mètres. Je m'élance, bataillant contre la boue et les sables qui sont presque mouvants mais pas tout à fait. Le nouveau gant de Finch, pris au piège d'un massif de smilax. Je le libère des épines. Par terre, son journal. Je le ramasse et le fourre dans ma poche. Sors le Ruger. Puis des cheveux. Roux, longs et déployés, dans lesquels sont emmêlés du sable et de la boue. Tout le haut du corps est visible, bras, cou, tête. Le bas est enfoncé dans la boue. Quand la neige fond, la rivière déborde à cette période de l'année, charriant de la terre et sortant parfois de son lit. La forêt veut récupérer le corps. Les températures glaciales l'ont empêché de se décomposer, le visage est blanc et enflé, les lèvres étirées, violettes et gercées. Mais c'est bien elle, la fille que nous avons vue, la photo que le shérif a laissée à Marie, les longs cheveux roux… Si elle a beaucoup changé, le doute n'est pas permis. Casey Winters.

En balayant rapidement les environs du regard, je vois qu'elle n'a pas chômé. Droit devant un feu de camp : des pierres disposées en rond, du bois carbonisé au milieu, une grille métallique pour cuisiner. Une tente, marron clair et marron foncé, recouverte d'une immense bâche camouflage, dont un pan prolonge l'arrière de la tente, comme un auvent. Une longueur de corde accrochée entre deux arbres avec un tee-shirt suspendu. Mais aussi une chaise de camping verte, renversée, son dossier profondément englué dans la boue. Éparpillés sur le campement, une bouilloire émaillée bleue, une fourchette et un couteau. Sous l'auvent, une poêle en fonte, avec du sang séché sur le rebord. Je jure dans ma barbe et retourne vers le corps. M'agenouille, me force à regarder. Je ne l'avais pas remarquée avant : la contusion autour de son œil gauche, la peau délicate de sa pommette fendue. Je trouve une feuille morte de platane, sèche, en enveloppe ma main pour soulever la tête de la fille. Du sang séché sur la touffe de barbon de Virginie dessous, et à l'arrière de son crâne. Une plaie béante.

– Finch !

Je me retourne, fouille du regard les saules et les roseaux. Elle était ici la nuit dernière ou ce matin, c'est obligé, mais quand ? Et celui qui a fait ça… était-il là lui aussi ?

Je tourne sur moi-même, repense à ce jour dans les bois où nous avons vu Casey Winters depuis notre poste de chasse, dans les branches du Roi des Arbres, et je ne saurais pas dire pourquoi je prends cette direction, celle du sud, attiré là-bas, plein d'espoir. Je mets une main en visière, le soleil levant embrase la vallée. Le Roi des Arbres, avec ses larges branches blanches, se déploie en hauteur et en largeur. Le petit affût que nous avons construit et traîné jusqu'ici ensemble. Vide. Finch n'est pas là.

Une gélinotte huppée surgit des broussailles, aussi surprise que moi, et s'envole vers les arbres dans un bruissement d'ailes.

Je me rapproche, me hisse dans l'arbre pour avoir une meilleure vue sur la vallée. Le soleil est aveuglant à présent qu'il brille à travers la brume. La rivière murmure, large et blanche, en révolte contre son lit, dangereusement pleine à cause de la neige qui a fondu. Une autre pensée intolérable : et si elle était tombée dedans ? Je l'imagine : un petit pied qui court et glisse, la rivière qui l'emporte. Glaciale. Finch n'aurait pas la moindre chance. Personne. J'aurais dû l'écouter. Nous aurions dû descendre ici ensemble, parce que s'il lui est arrivé quelque chose par ma faute, je ne pourrai pas me le pardonner.

Un rat musqué détale vers la rivière, vif et agile.

Je continue à me concentrer de toutes mes forces, à scruter le paysage : roseaux, aulnes, chênes bicolores, tout commence à se brouiller sous l'effet de la panique. Je ne suis pas sûr de croire en Dieu, et pourtant je prie. Je marmonne quelque chose. Une supplique. *Pitié…*

– Finch !

Pendant des heures j'écume le marais, je le sillonne en pataugeant, l'œil ouvert. Aucun signe de Finch. Je finis par reprendre le chemin de la cabane, je me laisse glisser dans le petit ravin, mes jambes flanchent. Il me reste un minuscule espoir, celui que Finch soit descendue dans la vallée, ait trouvé le corps et le campement, puis ait aussitôt rebroussé chemin vers la maison. Peut-être qu'elle a pris un autre chemin. Je traverse le ruisseau figé par la glace. Au moment de gravir la pente ardue qui me sépare de la cabane, je balaie du regard les rochers, comme toujours. Par habitude. Là. Un minuscule éclat rose. Je m'élance, j'escalade la pente, épuisé, essoufflé, pensant à toutes ces tanières et leurs habitants potentiels, et si quelque chose ou quelqu'un l'avait trouvée…

Elle est là, en tenue camouflage de la tête aux pieds, avec son unique gant rose, réfugiée dans une cavité, recroquevillée en boule bien serrée, sans un regard pour moi. Elle se balance. Je cours jusqu'à elle, la soulève dans mes bras, elle est froide et mouillée, tout le bas de son corps est couvert de boue.

– Je suis arrivée trop tard, sanglote-t-elle contre mon épaule, secouée de violents tremblement. On est arrivés trop tard.

31

Je la porte jusqu'à la cabane. Lourde, trempée, inerte. Me traîne à travers les pins le plus vite possible. Elle souffre sans doute de déshydratation, très certainement d'hypothermie – elle n'a jamais été aussi proche de la mort –, et pourtant, étrangement, je ne panique pas. Tout ce passé militaire, ça me sert à quelque chose, je suis face à une situation qui réclame mon attention, et j'ai la formation et les compétences nécessaires pour la gérer. Je remets la bouilloire sur le feu, ouvre le tirant d'air. J'aide Finch à retirer ses vêtements mouillés et l'enveloppe dans une couverture puis l'installe devant la cuisinière, qui ronronne et crépite déjà. Finch claque des dents, grelotte de tout son être. Je la serre dans mes bras, lui frotte le dos. Friction, chaleur. Pas trop d'un coup, pourtant, pas d'excès.

L'eau est chaude. Je verse une cuillère bien bombée de cacao en poudre dans une tasse, la remplis d'eau. Je la lui tends, mais ses mains tremblent trop pour la tenir. J'approche la tasse de ses lèvres, je la pose à côté d'elle. Je remplis la cuve en inox d'eau chaude, y plonge un torchon et l'essore. Je m'agenouille près de Finch et presse le linge sur son front pour nettoyer la boue qui a formé des croûtes sur son visage. Les ronces lui ont laissé des griffures sur les joues : fines lignes rouges froncées au milieu. Je les tamponne délicatement, elle s'écarte en grimaçant.

– Ça va aller, ma puce. Ça va aller mieux.

Et c'est le cas, au bout d'un moment. Physiquement, en tout cas. Je la prends dans mes bras pour l'installer sur le canapé, toujours emmitouflée dans la couverture. Elle est sèche maintenant et elle se réchauffe. Elle dort, dort, dort. Je la réveille toutes les demi-heures pour qu'elle avale quelques gorgées de chocolat chaud ou de bouillon cube. La journée se traîne ; la nuit fait irruption. Je trouve une petite place sur le canapé, place sa tête sur mes genoux.

Pendant son sommeil, je feuillette son journal. Jusqu'à présent, je ne l'ai fait que lorsqu'elle m'y invitait. Dans une volonté de respecter son intimité. Je décide pourtant que les événements récents justifient que je m'y plonge sans autorisation.

> 19 décembre. Nous avons vu une belle fille dans les bois avec de longs cheveux roux. Cooper a fait une crise d'angoisse et a dû se reposer. J'ai eu peur mais je me suis récité des poèmes. J'ai vu un troupeau de dindes. Elles se sont approchées très près. Tu sais qu'il faut rester parfaitement immobile si

tu ne veux pas être repéré par une dinde ? Elles ont une vue excellente. J'ai aussi aperçu un grand pic. 20 décembre. Je n'arrête pas de penser à la fille que nous avons vue dans les bois. Qui est-elle ? Comment s'appelle-t-elle ? Pourquoi était-elle là avec son appareil photo ? J'ai essayé de convaincre Cooper de jouer avec moi à inventer des réponses, mais il n'a pas voulu. (Il n'a vraiment aucune imagination, c'est désespérant.) Bref, j'ai décidé de retourner dans la vallée où nous l'avions aperçue. Et je l'ai fait. Elle était revenue ! Elle a monté une tente et préparé un feu de camp. Il lui arrive de chanter. J'espère qu'elle deviendra notre voisine. J'espère que nous pourrons être amies. J'ai vu trois cerfs et quatre écureuils, et une buse à épaulettes. 21 décembre. Il y avait un garçon avec la fille au campement. Il a des cheveux bruns ondulés, et il paraît immense à côté d'elle. Il lui a crié dessus et l'a bousculée. Elle avait l'air apeurée, alors j'ai visé le garçon avec ma fronde, parce que Cooper dit toujours qu'il faut intervenir quand quelqu'un a besoin d'aide. Il s'est arrêté et a regardé dans ma direction avant de se mettre à courir vers moi. Je me suis réfugiée dans les bois. Il ne m'aurait jamais attrapée, et s'il s'était trop rapproché, je me serais cachée. Je suis très forte pour me cacher. Je voudrais en parler à Cooper, mais il serait furibond s'il apprenait que je suis descendue ici et que le garçon et la fille m'ont vue. Furibond = très en colère.

22 décembre. J'aurais dû ajouter hier que j'ai une nouvelle amie. Elle est arrivée hier soir dans une voiture bleue. Toute ma vie, je n'ai eu que deux amis, Jake et Scotland, et Cooper, mais c'est mon père, alors je ne sais pas trop si ça compte. Et là, en seulement trois jours, deux nouvelles amies ?!! Pile à temps pour Noël en plus. Ma dernière amie est la sœur de Jake et s'appelle Marie. Elle nous a apporté des provisions parce que Jake le lui a demandé avant de mourir. Elle a de doux cheveux bruns et les yeux d'une biche. Je l'adore. J'ai essayé de convaincre Cooper de redescendre à la rivière, mais il ne veut pas. Il a neigé, et on a fait de la luge ! J'espère que mon autre amie va bien.

Tard dans la nuit, Finch se réveille, se redresse sur les coudes. Le faible rougeoiement des braises dans la cuisinière éclaire son visage. Je tends une main vers elle, glisse une mèche de cheveux derrière son oreille.

– Tu te sens mieux ? Tu veux quelque chose ?

Elle me regarde. M'entend, je le sais. Ses yeux… ils n'expriment ni bouleversement, ni confusion. Sa lèvre tremble, elle soutient mon regard.

– Finch ?

Elle cligne des yeux. Une larme déborde et coule sur sa joue.

– Ma puce…

Elle continue à me fixer. Avec son regard dépourvu d'expression. Sans plus d'étincelle.

Le lendemain, nous ne nous éloignons pas de la cabane. Assis sur le perron, je surveille régulièrement les bois, guette le moindre mouvement, le plus léger des sons. Une brindille qui craque sous une semelle, des feuilles qui crissent. Toutes les heures, à l'heure pile, je fais le tour de la cabane, cherche le signe d'un visiteur.

Finch ne quitte pas le perron. Elle n'a toujours pas parlé. Pas un seul mot.

Je le reconnais : le silence comme punition, quand on n'est que deux au beau milieu de nulle part… c'est une excellente technique pour exprimer sa colère. Son bavardage continuel, ses questions incessantes sur qui a fabriqué le monde et est-ce que j'ai déjà remarqué que les insectes avaient des piquants sur les pattes et quel est mon poème préféré de Whitman… Ça me manque.

Et surtout, le silence me laisse de l'espace pour cogiter. Une activité dangereuse. Depuis le jour où j'ai récupéré Finch chez M. et Mme le Juge, je me suis débrouillé pour ne pas trop décortiquer la situation, parce que la pente est trop glissante quand on s'autorise à questionner ses choix. Mieux vaut se contenter de faire ce qu'il y a à faire, et de gérer les répercussions. Mais le silence de Finch me déroute complètement : sans le flux constant de la conversation, j'analyse absolument tout, et je ne tarde pas à déborder de culpabilité, de doute et de peur. Ces sentiments montent en moi par vagues, l'un après l'autre.

Casey Winters avec ses cheveux roux.

La promesse faite à Marie, et violée.

Le tueur qui sait que Finch l'a vu blesser Casey Winters. À en croire la presse, il n'a pas pris la fuite, ce qui signifie qu'il reviendra. Pour le corps, pour détruire le campement et peut-être même l'arme du crime. Tous ces indices exposés au grand jour, prêts à être exploités. Sans oublier un témoin. Peut-être très vite, peut-être pas, en tout cas à un moment il ressentira le besoin de tout faire disparaître. Ce qui signifie que cet endroit qui a été notre maison, notre sanctuaire... n'est plus sûr. Il ne le redeviendra peut-être jamais. Et pas seulement à cause de mes propres agissements.

Enfin, si, puisque mes agissements restent au cœur du problème. Et c'est le plus dur à accepter.

Mais quelque part ce qui me trouble autant que le reste c'est le changement dans le regard que Finch porte sur moi. Je n'y lis plus émerveillement et admiration. Ce truc magique dans les yeux des gosses qui, même s'ils ne vous le disent pas, pensent, vous le savez, que vous êtes la personne la plus intelligente, la plus forte et la plus intéressante à la surface de la planète. Qui vous font confiance. Pour qui votre existence est une garantie de sens et de sécurité. Au risque de passer pour un grand sentimental, je l'affirme : quelque chose a changé en elle. La confiance qu'elle exprimait dans sa façon d'être, la posture de son corps a été remplacée par du doute, lueur qui lui échappe, rayonne autour d'elle. Comme si, quelque part, elle était devenue plus petite, comme si elle était moins sûre du monde.

Ce changement en Finch me brise le cœur. Parce que voir votre propre enfant, l'être pour lequel vous avez tout sacrifié, pour lequel vous avez enfreint des lois, franchi les limites que vous vous étiez fixées, n'a plus confiance ni en vous, ni en lui, ni dans le monde en général, alors à quoi bon tout ça ?

Plus tard, Scotland fait une apparition. Il surgit dans la clairière, transpirant et hors d'haleine. Pour la première fois depuis que je le connais, il a l'air vieux. Inquiet. Mâchoire serrée. Bizarrement, son visage carré paraît soudain émacié.

– J'ai de mauvaises nouvelles, dit-il en se passant une main dans les cheveux. Attends, Cooper, on va s'asseoir.

Je ne l'ai jamais vu dans cet état d'agitation. De trouble. De la sueur perle sur son front, alors qu'il fait froid dehors. Je reste debout.

– Cooper, c'est moche.

Il sort un journal plié en trois de sa poche arrière. Enfin la page d'un journal.

– Regarde.

Je prends l'article, le déplie et là, en une… non.

Une photo de Finch et moi sur l'affût dans le Roi des Arbres.

Et juste en dessous de la photo, un gros titre : une seule ligne, en gros caractères gras.

QUI SONT-ILS ?

Mes genoux se dérobent, je m'effondre sur les marches. La panique enfle, rugit dans mes oreilles : une tempête, un train. Finch accourt et se faufile sous mon bras pour lire, elle aussi.

Parmi les 2 381 images retrouvées dans les cartes mémoire de l'appareil photo de Casey Winters, les enquêteurs en ont découvert une qui a retenu leur attention : ce cliché d'un homme et d'une fillette. La famille de l'adolescente portée disparue a confirmé qu'elle ne connaissait aucune de ces deux personnes. Les enquêteurs, qui vont recevoir des renforts, comptent désormais orienter leurs recherches sur…

Je m'appuie contre le pilier pendant que Finch termine l'article. Ferme les yeux parce que tout s'est mis à tourner, à briller d'un blanc aveuglant. Le shérif. S'il n'a pas vu le Bronco – et je ne suis pas certain que ce soit le cas –, il a maintenant un second indice en sa possession. Il va forcément se souvenir que peu de temps avant la disparition de Casey Winters, il est tombé sur nous à la station-service.

– Ils ont appelé le FBI, dit Scotland. Cooper, avec la technologie dont ils disposent aujourd'hui…

Il se met à faire les cent pas.

– Vingt-quatre heures. C'est tout ce que tu as, grand max. Le journal est sorti ce matin. D'ici demain, ils sauront… ils sauront qui tu es. Que tu es ici, tout près. Ils te trouveront. Cooper, tu dois agir, et vite. Tu ne peux pas rester là à ne rien faire.

Je ramène mes genoux contre ma poitrine.

– Avec leur système de reconnaissance faciale, ils pigeront rapidement. Toi, Finch.

– Qu'est-ce que tu veux que je te dise, Scotland ?

– J'en sais rien… Tu as un plan B ?

– Un plan B pour quoi ? Pour le cas où une fille s'introduirait dans notre propriété et prendrait notre photo avant de mourir ? Oui, j'ai bien dit mourir.

Nous n'avons pas encore eu l'occasion de le lui dire.

– On l'a trouvée dans la vallée, hier. Et…

Je coule un regard à Finch, fais signe à Scotland de me suivre sur le côté de la cabane.

– Sa mort n'est pas accidentelle. Quelqu'un l'a tuée.

– Finch est au courant ?

Je confirme d'un hochement de tête.

– Elle est partie à sa recherche.

Il soupire.

– Et comment elle va ? Après avoir vu une chose pareille…

– Elle est secouée.

– Il faut que tu lui parles, que tu l'aides à surmonter cette épreuve.

– C'est vraiment le cadet de mes soucis.

Ça ne devrait pas, je le sais bien, mais je n'ai pas le temps dans l'immédiat. Je parle à Scotland du petit copain, de Finch qui l'a vu malmener Casey Winters.

– Il l'a aperçue. Finch. Il s'est lancé à sa poursuite.

Les mots jaillissent à toute allure.

Scotland semble désolé, prend une profonde inspiration. La colère déferle sur ses traits, la cicatrice au-dessus de son sourcil luit. Il se tourne vers les bois pour les examiner.

– Tu veux que je reste ? Pour t'aider à faire le guet ? Ou ce dont tu as besoin. Il te suffit de demander.

Au-dessus de nos têtes, le ciel de décembre : un bleu infini qui engloutit tout.

Fatigué, voilà ce que je suis. Usé. Je n'ai jamais voulu être quelqu'un qui baisse les bras. Un déserteur. Mais parfois il faut bien, après avoir évalué la situation, accepter de jeter l'éponge. Battre en retraite. Se replier.

– Non. Merci pour la proposition. Et pour le tuyau.

– Bon, si tu es sûr, je vais rentrer alors. J'ai ma CB, je la laisserai branchée. J'ouvrirai l'œil aussi. Si quelqu'un vient par ici, je serai là.

Il traverse d'un pas lourd la clairière pour disparaître dans les bois.

Je ressens la morsure de la culpabilité de l'avoir suspecté d'être mêlé à la disparition de Casey Winters, d'avoir pensé qu'il pourrait nous trahir.

– Merci !

Il lève une main.

Un plan prend forme dans mon esprit, petit à petit, et j'ai beau le détester, une fois que je l'ai accepté, que je l'ai regardé bien en face, je suis convaincu qu'il n'y en a pas d'autre possible. Ce qui me donne une forme de détermination. De lucidité. Et j'ai conscience que j'aurai bien besoin des deux.

32

Vient le moment, lors d'un saut en parachute, où on doit s'abandonner à l'attraction terrestre. On est à huit ou dix mille mètres d'altitude. On respire de l'oxygène pur, on essaie d'expulser tout l'azote de son système. On a son sac à dos, son parachute, on a fait tout ce qu'il fallait pour rester en vie. Lors d'une chute opérationnelle, on saute de l'avion et on voyage dans les airs, on vole, enfin pas exactement, parce que le vol implique un certain degré de contrôle. Une forme de beauté. Ce qui n'est pas du tout le cas quand on chute. On n'ouvre pas le parachute avant d'avoir dévalé plusieurs milliers de mètres et pendant ce temps-là on file à cent cinquante kilomètres-heure dans le ciel.

Les premières fois, j'ai paniqué par réflexe. Je me suis demandé ce qui arriverait si le parachute se coinçait, si je m'emmêlais dans les fils, si je ne réussissais pas à ouvrir mes bras et mes jambes en grand, si je mourais. Mais au bout d'un moment, j'ai appris à savourer cette expérience. La sensation de lâcher prise. De capitulation.

Je dis à Finch de grimper dans le Bronco.

– Tu vas au bureau du shérif ?

– Oui, mais après. On reviendra d'abord ici. Je dois juste faire une chose rapide.

– Je peux emmener Walt Whitman ?

– Bien sûr.

– On va où ? me demande-t-elle en se hissant sur la banquette arrière, le chaton sous le bras.

– Je dois passer un coup de fil. Pour régler deux trois choses.

Arrivé au portail, je le referme derrière nous. Je roule lentement sur la route, molle et pleine d'ornières à cause des neiges récentes : le sol est gorgé d'eau, malléable. Une fois sur le goudron, Finch demande à écouter la radio, et je l'allume. Je me gare devant la station-service et je sors une poignée de pièces de ma poche pour composer le numéro que Marie m'a noté sur un bout de papier.

Je lui explique, de mon mieux, ce qui est arrivé, et lui demande si elle peut venir. Elle a le mérite de ne pas poser trop de questions, de ne pas me dire que j'aurais dû prévenir la police que j'avais vu la fille depuis plusieurs jours, comme je m'y étais engagé. Elle se contente de me répondre qu'elle prépare quelques affaires et sera à la cabane d'ici demain matin. Je repense à ma première visite à la cabine téléphonique, avec Finch, pour appeler Jake et lui annoncer que nous allions habiter dans la cabane. Il a aussitôt rappliqué. Je raccroche et remonte derrière le volant.

– Tu sais, quand je vais aller voir le shérif pour lui parler de cette fille, dis-je à Finch sur le chemin du retour, je ne pourrai pas revenir ensuite.

Elle fronce le nez à l'arrière.

– Mais si, enfin.

– Non, Finch. Je ne reviendrai pas.

Suis-je prêt à lui dire ? Si je vais jusqu'au bout, il n'y aura plus de retour en arrière possible. Le monde, tous les secrets que j'ai gardés, cette vie étrange, fragile et belle que nous nous sommes construite, est en train de s'écrouler. À toute vitesse. Je prends mon élan.

– Il y a une chose que tu dois savoir. Une chose que je dois te dire. Ce que j'ai fait, pour qu'on puisse rester ensemble… C'est un peu plus compliqué que ça. Des gens t'avaient prise. Et je devais te récupérer. Mais pour réussir, j'ai blessé quelqu'un. Et j'ai attaché ces gens et je les ai laissés comme ça, chez eux, pour t'emmener ici, dans les bois. Ce qui veut dire que j'ai enfreint la loi. Et je te l'ai déjà expliqué, ces actes ont des conséquences. Des conséquences sérieuses. Des années d'emprisonnement.

– Tu as fait ce que tu avais à faire.

Une formule, apprise par cœur il y a des années.

Je me racle la gorge.

– Ce n'est pas tout. Les gens qui t'avaient prise, les gens que j'ai attachés et laissés comme ça… c'étaient les parents de ta mère. Tes grands-parents.

– J'ai des grands-parents ?

– Oui.

– Tu ne me l'avais jamais dit.

– Ben… on ne s'entendait pas très bien, eux et moi.

– Alors je ne m'entendrai pas non plus avec eux.

Elle croise les bras. Cette attitude de défi est une source de réconfort. L'étincelle est revenue.

– Non… Ils ne m'aimaient pas, moi. Ils t'auraient traitée différemment. Ils t'auraient adorée, à leur façon.

– Peu importe. C'était mal de leur part de vouloir nous séparer.

Vraiment ? Je reconsidère aujourd'hui la situation avec une lucidité que je ne possédais pas alors, aveuglé par mon chagrin. Je tends le bras derrière moi pour lui attraper le genou.

– Bref. J'ai fait des choix à l'époque, et je ne peux pas revenir dessus. Ce qu'il y a, Finch, c'est que ces choix ont des conséquences, et qu'en allant trouver la police je vais devoir les affronter. Ce que je suis prêt à faire.

Voilà ce que j'ai fini par comprendre. Si c'est la fin, si je dois perdre Finch, je préfère que cela se fasse dans les conditions que j'aurai choisies. Si ce garçon reste libre de ses mouvements, qui sait à quel genre de folie il pourrait se livrer. De même, si nous partons en cavale et que des policiers nous retrouvent, ça finira mal. Je serai arrêté devant Finch. Quelqu'un pourrait être blessé. Et ce sera le dernier souvenir qu'elle gardera de moi : un père qui se bat, puis qui est emmené, menottes aux poignets. Avec mon plan, au moins, je conserve une part de contrôle sur la situation. De dignité. Et j'aurai le temps de lui faire mes adieux.

Finch me tapote la main.

– Je pense que si tu fais les choses comme il faut, Cooper, tu reviendras. Et tout ira pour le mieux.

– Finch, on n'est pas dans un conte, où tout se termine bien. Ça ne marche pas pareil dans la réalité. Alors quand je te dis que je ne reviendrai pas, j'ai besoin que tu l'enregistres dans ta tête. J'ai besoin de savoir que tu ne resteras pas ici à m'attendre.

Au début, j'ai essayé de me convaincre qu'il y avait une chance pour que j'aille à la police, que je parle aux enquêteurs du corps et du petit ami, puis qu'ils me renvoient chez moi après avoir pris des notes. Évidemment, ça n'arrivera jamais, pas avec notre photo dans le journal. Pas lorsqu'ils m'auront vu.

Je ne reviendrai pas. Elle est terminée, cette vie dans les bois, et j'ai besoin que Finch accepte cette idée, dans la capacité de ses moyens. L'imaginer postée à la fenêtre, comme elle l'a fait avec Jake, à guetter le moteur du Bronco dans le virage…

– Marie sera là demain matin. Une fois que je serai parti, tu feras ta valise. Marie te conduira chez tes grands-parents. Tout ira bien pour toi. Marie sera là pour s'en assurer. Et, ma puce, je veux que tu saches qu'avoir pu vivre dans cet endroit, avoir pu t'élever… je n'échangerais ça contre rien au monde. De tout ce que j'ai fait dans ma vie…

Les mots se coincent dans ma gorge.

– … être ton père, c'est ma plus belle réussite.

Soudain je sais : je dois trouver un poème pour Finch. Quelque chose de beau. Sur lequel elle pourra s'appuyer quand je serai parti. Voilà ce qu'elle choisirait, oui, un poème. Alors je cherche. Une fois qu'elle est couchée – et ce soir, ça va vite, alors que j'aimerais prolonger ce moment. Je voudrais qu'elle me supplie de lui raconter une anecdote sur Cindy, ou de lui faire la lecture plus longtemps, mais elle est épuisée, et après m'avoir embrassé sur la joue elle roule sur le flanc, en me tournant le dos. Je reste assis là un moment à la regarder. La courbe de sa colonne vertébrale, ses petites épaules, ses cheveux blonds emmêlés. Est-ce que je peux vraiment l'abandonner ? Est-ce vraiment la chose à faire ? Parce que, à cet instant précis, ce n'est certainement pas ce que me dicte mon cœur.

Je sors discrètement et laisse la porte entrouverte, dans l'espoir secret qu'elle me rappellera sous un prétexte ou un autre, qu'elle aura besoin de moi. J'ajoute un gros morceau de chêne dans la cuisinière pour raviver le feu. J'ouvre les placards et passe le doigt sur le bord des assiettes, puis je caresse le plan de travail rouge. Je commence ensuite à feuilleter les livres de la bibliothèque. Page après page. Rien ne va. Rien n'est parfait. Et j'ai besoin que ça le soit. La perfection absolue. Ça ne peut pas être déprimant. Ça ne peut pas parler du mauvais type d'amour. Il faut que ça contienne une forme de conseil, même s'il ne saute pas aux yeux. Il faut que ça parle de moi, quelque part. Il faut que ça parle de Finch. Que ça recrée un univers. « Oh, petite fille, mon haricot vert. » Pas Anne Sexton. Je mets Sylvia Plath de côté aussi.

Sur l'étagère la plus haute, je trouve un petit livre avec une couverture toute simple. Un recueil de poèmes de

Mary Oliver. Étonnamment, en huit années ici, je ne l'ai jamais lu. Je casse le dos. Le nom de Jake est écrit au verso de la couverture. Je feuillette l'ouvrage. Soudain, *Journée d'été*.

Finch qui roule dans l'herbe, qui examine le monde et s'y immerge. Toutes ses questions, pendant toutes ces journées. Cette vie sauvage si précieuse. Je le comprends aussitôt : c'est le poème que je recopierai de mon écriture maladroite et que je laisserai à ma fille avant de monter dans ma voiture et de rouler vers la fin de moi-même.

33

Pendant un moment, je reste allongé sur mon lit, à écouter la respiration de Finch, qui se retourne sous les draps. Je me lève sans bruit pour aller m'agenouiller près d'elle, caresser ses cheveux blonds, poser ma main sur son dos. Penser que c'est la dernière fois que je la verrai ici dans notre maison. Qu'elle va grandir et changer. Que chacun de ses muscles et de ses os va pousser, que son apparence va se modifier et qu'elle deviendra une personne que je ne connaîtrai plus. Que je ne reconnaîtrai peut-être même pas. Et que je me transformerai moi aussi. Je ne grandirai pas, mais je ne serai plus le même, non plus.

Je ne peux pas faire ça. Je ne peux pas. Je ne le ferai pas.

Je m'assieds. Je sanglote maintenant, je tremble comme une feuille. Je vais me réfugier dans le séjour, et je m'affale sur le canapé, j'essuie mes larmes avec la courtepointe de Finch, terminée enfin : tous ces bouts de tissus, souvenirs de vêtements qu'elle a portés. La robe bleu et blanc qui date de l'été où elle a appris à marcher. Le sweatshirt jaune qu'elle n'a pas quitté de l'hiver dernier. La grenouillère rose avec un éléphant. Cindy l'avait choisie avant la naissance de Finch.

– Elle n'est plus en sécurité ici, dis-je tout haut, à Cindy.

Le poids de son absence est une pierre dans mon ventre.

Et même si elle était en sécurité, ce n'est pas la question. Savoir que cette fille est morte d'une façon aussi terrible. Savoir que ses parents espèrent encore qu'elle rentrera. L'attendent. Je m'essuie le visage avec ma manche.

– Je ne peux pas fermer les yeux sur ce qui lui est arrivé. Ce n'est pas l'homme que je suis. Celui que je veux être. Pour Finch et pour moi.

Je me lève du canapé, prends une boîte d'allumettes et la fusée éclairante, celle que Scotland m'a donnée la première fois qu'il a débarqué ici, toutes ces années auparavant. Je retire la pelle sous la poignée, ouvre la porte et sors dans la nuit. Pour une raison que je ne m'explique pas, le passage de la Bible où Jésus se trouve dans le jardin de Gethsémané tourbillonne dans mon esprit : Jésus qui demande à Dieu s'il y a une autre solution. Non que je me compare à Jésus, je vous rassure. C'est juste ce désir d'une alternative. D'une autre voie. D'un moyen d'éviter le déchirement imminent. C'est terrible de savoir qu'une chose dramatique se profile, que même si elle n'est pas encore là, elle se rapproche inéluctablement. Et de savoir que vous avez le choix en réalité : que tout repose sur vous. Vous pourriez changer d'avis. Vous pourriez reculer. Vous pourriez prendre la fuite.

Je descends les marches du perron pour aller m'allonger dans l'herbe, m'étirer et admirer le ciel. La clairière est lumineuse, la lune presque pleine et le ciel sans un seul nuage. Les étoiles s'étendent à l'infini ici, bien nettes. Constellations d'Orion, du Taureau. Je puise une forme de réconfort dans l'idée que le ciel ne changera pas. Je ne tourne pas la tête vers elles, mais je sais que les poules sont bien au chaud dans leur poulailler, tranquilles et vulnérables.

J'allume la fusée, qui explose dans la nuit. J'espère qu'il est toujours à son poste d'observation, même s'il est tard. Je ramasse du petit bois puis vais chercher quelques bûches sur le perron, pour allumer un feu de camp. Un dernier luxe, par pur plaisir. La chaleur dans l'air nocturne et froid. Je m'assieds sur un rocher et regarde les flammèches lécher le bois. Les étincelles s'envolent dans le noir. Ça ne m'avance à rien de penser que c'est la dernière fois, pourtant je le fais. J'y pense.

Mon monde est devenu si petit, ici. Si simple et si bon. *Huit années, Coop. De paix, de tranquillité et de bonheur. Beaucoup de gens n'ont pas droit à autant, tu sais. Tu devrais être reconnaissant.*

Peu après, il est là, sa silhouette avance dans ma direction, éclairée par la lueur du feu, son corps projette une longue ombre dans la clairière.

– Cooper ?

Je me rappelle la première fois qu'il s'est pointé, ici même, avec son AK-47, sa fusée, le lapin mort dans son sac à dos et le corbeau sur son épaule.

– Merci d'être venu.

– Tout va bien ?

– J'ai un service à te demander.

Il s'assied sur un rocher, en face de moi. Son front est moite de transpiration, sa respiration un peu laborieuse. Il a dû se magner.

– Bien sûr. Tout ce que tu veux.

– Je vais descendre en ville, demain matin. Je vais leur parler de la fille. Les conduire à son campement. Marie est en route. Elle accompagnera Finch chez ses grands-parents.

C'est marrant comme le fait de dire quelque chose à voix haute peut susciter autant de tristesse. Elle enfle, se coince dans ma gorge.

– J'aurais besoin d'un petit coup de main avec les poules. Je ne peux pas les abandonner ici. Et je n'ai pas non plus envie de les lâcher en pleine nature. Elles ne tiendraient pas une nuit.

Il cligne des yeux, la lumière du feu baigne son visage. Douleur dans ses yeux, désarroi.

– Je pourrais vous cacher. Je connais des endroits. Laisse-moi vous aider.

– Je te remercie, Scotland. Bien plus que tu ne le crois.

Et c'est le cas. Toutes ces années à nous espionner, à mettre son nez dans nos affaires… pour la première fois je me demande si, peut-être, depuis le début, il ne cherchait qu'à nous aider au fond, à sa manière, si étrange.

– Maintenant que notre photo a été publiée, la situation a changé du tout au tout pour Finch et moi. Tu l'as dit toi-même, le FBI a sans doute déjà pigé qui on était. Et les parents de Cindy voudront nous retrouver s'ils pensent que nous sommes en vie. Ils relanceront l'enquête, placarderont nos visages, ça recommencera. On sera partout, comme avant.

– Vous pourriez partir. Loin. Entamer une nouvelle vie.

– On n'a nulle part où aller, cette fois.

Je plonge l'extrémité d'un bâton dans les flammes.

– On est acculés, Scotland. Et c'est ma faute, je le sais. L'heure est venue d'affronter les conséquences de mes actes.

Il reste assis en silence, à contempler le feu.

– Tu as pris ta décision ?

Je hoche la tête.

– Tu as un stylo et du papier ? J'aimerais écrire un petit mot à Finch, si ça ne pose pas de problème.

– Bien sûr.

Je vais chercher un carnet et un stylo dans le tiroir, à l'intérieur de la cabane. Je retourne m'asseoir près du feu, pendant qu'il s'installe sur le perron, adossé à la façade de la maison. Il y reste un long moment, à perdre son regard dans la nuit et à griffonner, jusqu'à ce que, enfin, il se relève.

– Je vais le déposer sur la table.

Et il disparaît à l'intérieur.

À son retour, il me lance :

– Tu diras à Finch…

Sa cicatrice tressaille, son visage est une constellation de chagrins.

– Je lui dirai.

– Je passerai chercher vos poules demain.

– Attends l'après-midi, si ça ne te dérange pas. Pour laisser à Marie et Finch le temps de partir. C'est juste que… si elle te voit…

– Je comprends. Demain après-midi, alors.

Je me surprends à tendre une main vers lui pour la poser sur son épaule et à regretter, un instant, d'avoir choisi de le haïr toutes ces années.

– Merci.

– Prends soin de toi, voisin.

Puis il disparaît.

Je m'assoupis un moment, et quand je me réveille j'ai le dos et la nuque raides, le feu n'est plus qu'un tas de braises éteintes et il fait froid. Je relève ma carcasse et m'étire. Ouvre la porte du poulailler pour jeter un coup d'œil à l'intérieur.

– Continuez votre boulot, les filles. Vous allez changer de maison, mais tout ira bien pour vous.

Je plonge le bras à l'intérieur pour les tapoter, chacune, sur la tête – et comme il fait nuit et qu'elles ne voient pas vraiment elles ne peuvent pas m'éviter.

– Alors salut, dis-je.

Coop, quel drôle d'oiseau tu fais. À parler avec les poules encore une fois, et peut-être même à verser quelques larmes.

Marie arrive à l'aube. Finch dort encore, mais je suis sur le perron à la guetter. Je savoure une tasse de café chaud, préparé avec sa cafetière à piston, parce que c'est la dernière fois. Le dernier lever de soleil à la cabane, avec les bois qui virent au rouge, puis au rose et enfin l'embrasement général, jaune. La dernière fois que je puise de l'eau à la pompe. Que je dose le café moulu. Toutes ces dernières fois…

Elle gare sa Prius, descend et, dès qu'elle m'aperçoit, se met à courir. Me serre de toutes ses forces, son corps se presse contre le mien. Je pose mon menton sur son front et respire son odeur.

– Je suis désolée. Je suis désolée de vous avoir mis dans cette situation.

– Tu n'y es pour rien. Manque de chance, c'est tout. Et quelques mauvaises décisions, il y a des années. Mais je vais régler ça. Arranger les choses.

Nous restons là un moment, et j'imagine l'avenir que nous aurions pu avoir ensemble. Nous nous étions tellement approchés de ce qui ressemblait au bonheur, ici, la semaine de Noël. Ses ailes nous avaient effleurés. Un presque.

Je lui glisse, au creux de la main, le bout de papier avec le nom et l'adresse des grands-parents de Finch.

– Le Juge est un sacré morceau. Mme le Juge est pire.

Je donne un coup de pied dans le gravier.

– Dis-leur que tu nous as trouvés ici. Qu'elle a été bien traitée. Aimée. Tout ça. Et aussi… Dis-leur que je suis désolé. Si tu sens que tu peux faire quelque chose, que tu peux m'aider à avoir une chance de la revoir…

Elle enveloppe ma main de la sienne.

– Bien sûr.

À huit heures, je fais mes adieux. M'agenouille pour enlacer Finch. Elle tient le mot que Scotland a laissé pour elle sur la table, bien serré dans sa main, mais elle ne me regarde pas, elle s'y refuse. Garde ses yeux dirigés droit devant elle.

Je monte dans le Bronco. Ferme la portière, baisse la vitre. Marie s'essuie les yeux avec sa manche, agite la main. Finch enfouit son visage dans la jupe de Marie. Je rassemble mon courage. Mets le contact.

Je m'éloigne, lentement. Immortalise mentalement les lieux dans ma tête. La cabane, la corde à linge, la pompe à eau, le potager, les myrtilles. Cet endroit où j'ai porté le deuil, où j'ai trimé, où je me suis retrouvé aussi. Marie et Finch dans la clairière : ma seconde chance de bonheur, et pourtant je n'ai pas d'autre choix que lui tourner le dos. Je la regarde rétrécir dans le rétroviseur et soudain Finch… Finch court après moi, je vois bouger ses bras et ses jambes. J'écrase la pédale de frein, enclenche le point mort et descends.

Elle se jette dans mes bras et m'étreint de toutes ses forces. Elle colle son nez dans mon cou, agitée de gros sanglots.

– J'ai changé d'avis, pleure-t-elle. Je ne veux pas que tu partes.

– Ma puce, écoute…

– Ne pars pas, s'il te plaît ! Je suis désolée. Je suis désolée d'avoir dit que tu devrais avoir honte. Je ne le pensais pas. J'avais tort, je retire !

– Tu n'avais pas tort, ma puce. Les parents de Casey méritent de connaître la vérité, de savoir que leur fille n'est plus en vie. Et Casey mérite que la justice fasse son travail. Je n'ai pas le choix, Finch. Je dois y aller. Pas seulement pour eux. Pour toi aussi. Et moi.

– Marie pourrait s'en charger.

– Même si c'était elle qui parlait à la police, des gens nous chercheraient. Cette photo… Finch, il n'y a pas d'autre solution.

J'essaie de me dégager, mais elle s'accroche encore plus fort. Je me relève et elle ne bouge pas. Enroule ses jambes autour de moi pour se cramponner.

– S'il te plaît, papa.

Elle ne m'a jamais appelé comme ça, et la façon qu'elle a de prononcer ce mot : une supplique grave et désespérée, à peine un murmure… Ça me fait hésiter. Tout remettre en cause.

Marie nous rejoint. Pose une main sur le dos de Finch.

Finch la repousse d'un mouvement d'épaules.

– Va-t'en !

– Lâche-moi, Finch ! dis-je doucement en essayant de conserver ma détermination. Sois une gentille fille.

Elle sanglote si fort.

Je me tourne vers Marie.

– Aide-moi.

Ensemble, nous décrochons Finch, et elle hurle hurle hurle. Je me libère, Marie la tient. Elle s'assied sur le gravier, referme ses bras et ses jambes autour de Finch pour l'immobiliser. Finch ne se laisse pas faire, elle rue, se débat, s'agite de tout son être. Une bête sauvage, enragée.

Je file au Bronco, reprends le volant. Je repars et une fois que j'ai avancé d'une centaine de mètres sur la route, au moment où je m'apprête à prendre le virage qui les fera disparaître, je jette un dernier coup d'œil dans le rétroviseur. Finch a réussi à se libérer et elle court derrière moi, suivie de

Marie, et malgré le rugissement du moteur j'entends Finch crier : « Cooper, ne m'abandonne pas ! Cooper ! », et c'est le dernier souvenir que j'aurai de ma fille dans cet endroit : ma fille qui me supplie de rester, et moi qui continue à rouler, et je crois bien que je ne me suis jamais autant haï qu'à cet instant.

34

Le jour où nous étions coincés Jake et moi, qu'il agonisait et que j'ai tué deux personnes, la nuit a fini par tomber. Quand le calme a été là depuis assez longtemps, j'ai pris Jake sur mon épaule et je me suis mis en route, en veillant à bien longer les bâtiments pour rester dans l'ombre, convaincu que nous ne nous en sortirions jamais – mais comme nous n'avions plus d'eau et aucun moyen de contacter qui que ce soit, il fallait bien tenter quelque chose. Cette nuit-là, j'étais certain de mourir, certain. Même si je ne suis pas du genre croyant, j'ai toujours pensé qu'il y avait un après. Un temps où il faudrait fournir des réponses, peut-être. Des explications. Je ne parle pas de paradis ou d'enfer en soi, plutôt d'une forme de jugement. Ma vilaine âme serait confrontée à ses actions, et aucune excuse ne pourrait justifier ce que j'avais fait. Pourtant déjà à l'époque je suspectais que je pourrais connaître un sort bien pire : vivre avec le poids de mes actes serait en soi une forme d'enfer. Ce qui a été le cas. L'est. Nous avons survécu. Et j'ai revécu dix mille fois ce que j'ai fait ce jour-là. Je peux vous garantir que ça a empiré maintenant que je suis devenu père, parce que quand on devient parent, il y a cette chose en vous qui s'épanouit et grandit. On aime comme on n'a jamais aimé auparavant.

Un jour, des mois plus tard, alors que Jake était en convalescence et moi en permission, il m'a dit qu'il lui arrivait de rêver parfois qu'il était sur cette table, à l'agonie, et que deux personnes lui apportaient un gâteau aux dattes et aux noix, un gâteau si bon qu'il avait cru qu'il se trouvait aux portes du paradis. « C'est sans doute la morphine », a-t-il conclu dans son lit d'hôpital, relié à toutes sortes de machines. Je ne lui ai pas dit que ce n'était pas un rêve, pas vraiment. Je ne lui ai pas dit qu'il avait de la chance de ne pas être au courant de certaines choses terribles qui s'étaient produites ce jour-là. Je lui avais sauvé la vie, mais cet acte-là me hanterait jusqu'à la fin de mes misérables jours. Jake en valait la peine : c'est ce que je me suis répété depuis, toutes ces années. Il m'a toujours été supérieur, il était plein de bonté et il en valait la peine, oui.

Je pense à tout ça sur le trajet de la ville. Une vingtaine de kilomètres à travers bois, la station-service, une poignée de maisons de campagne, encore d'autres kilomètres. Puis la ville. Enfin « ville » paraît un mot un peu trop grandiloquent pour cet endroit, minuscule. Sur la carte que le shérif a remis à Marie se trouve un numéro de téléphone et une adresse, 401 Main Street.

Je me gare sur la seule place libre de Main Street et je cherche les numéros sur les bâtiments pour savoir dans quelle direction aller. Un joli petit endroit, franchement. Pas de feux de circulation et tous les cent mètres environ un banc métallique entre deux érables palmés. Je longe une bâtisse en brique avec de larges marches et des belles colonnades : la bibliothèque.

Un peu plus haut dans la rue, il y a de l'agitation. Un attroupement sur le trottoir, la camionnette d'une chaîne de télévision garée devant. Un homme adossé à un bâtiment qui fume une cigarette.

– Qu'est-ce qui se passe ? demandé-je avec un signe de la tête.

– La fille qui avait disparu avant Noël… Ils l'ont peut-être retrouvée.

Il tire sur sa cigarette.

– Ah oui ?

J'essaie d'avoir un ton désinvolte. Je repense aux articles dans la presse.

– Très bizarre, poursuit-il. Tôt ce matin, un type s'est pointé chez le shérif pour déclarer que la fille était morte et qu'il savait où se trouvait le corps. Il a prétendu qu'il ne l'avait pas tuée mais qu'il pouvait conduire les autorités à l'endroit en question.

De la fumée jaillit de ses lèvres. Je n'avais pas senti cette odeur de cigarette depuis des années, et même si je n'ai jamais fumé, ça a quelque chose d'agréable, à cet instant précis.

– Ils sont là-bas en ce moment. Le shérif, son adjoint et d'autres types.

Il désigne les gens attroupés dans la rue.

– Ils attendent tous leur retour.

– Quoi ?

Il fait un signe vers le bâtiment de la police.

– Le type les a emmenés sur place. Dans la forêt.

Que faire de ces informations, comment leur donner un sens ? Et cet homme dit-il seulement la vérité ? Et qui a parlé du corps au shérif, comment cette personne l'a-t-elle retrouvé ? Et tous ces gens en train d'écumer les bois et de se rapprocher de Finch, de Marie…

– Le type a dit où se trouvait le corps ?

L'homme à la cigarette hausse les épaules.

– Près d'une rivière, je crois.

Il baisse ses lunettes de soleil et rive sur moi ses yeux bleu clair, plissés.

– Et ce n'est pas tout. Cette photo, qu'on a trouvée dans l'appareil photo de la fille. Celle qui montrait un homme et une gamine. Vous voyez de quoi je parle ? Elle a été publiée dans le journal. Ça a fait tout un foin cette histoire, tout le monde s'est demandé qui ils étaient.

Je remonte mes lunettes de soleil sur mon nez, soulagé de ne pas avoir été reconnu.

Il avale une dernière bouffée de tabac puis jette sa cigarette sur le trottoir et l'écrase sous sa semelle.

– Le type prétend qu'ils squattaient sur ses terres et qu'il les a tués. Il a apporté des preuves. Les plaques militaires de l'homme. Une dent de la gosse.

Il crache sur le côté.

– Il dit qu'il les a gardés en souvenir. Ça me fout la nausée de répéter ça. Un type du coin. Un psychopathe. Il a fallu que ça tombe sur nous.

Je la sens venir, monter à toute berzingue : l'attaque de panique. Le soleil est trop brillant, le trottoir aussi. Les bâtiments et les voitures commencent à tanguer d'avant en arrière ; à devenir flous, mouvants. Je prends appui contre le bâtiment, agrippe une brique.

– Vous auriez une cigarette pour moi ?

Il m'observe, semble réfléchir, puis sort de la poche de sa chemise une cigarette et un briquet.

– Tout va bien ? me demande-t-il en me les tendant.

Je réponds d'un hochement de tête. Allume la cigarette et tire légèrement dessus.

– Les corps, dis-je. Qu'est-ce qu'il a fait des corps ?

– Il a utilisé ces insectes qui mangent la chair sur les carcasses. Il leur a filé les cadavres, puis il a jeté les os dans la rivière. Enfin, c'est ce qu'il raconte.

Quand je finis par reprendre mon souffle, je demande :

– Et c'est qui, ce type ?

– Un taxidermiste. Il vit au nord d'ici. Il y a longtemps, il était pasteur. Il a perdu sa femme et sa fille. Dans un accident de voiture. Il conduisait. Il s'est fait tatouer leurs portraits sur les bras, avant de partir vivre dans la forêt. Je crois qu'il est un peu toqué depuis. Il n'est jamais ressorti des bois. Une dame du coin lui livrait ses courses. Elle les déposait sur le pas de sa porte. Mais personne ne s'inquiétait trop. C'est vrai, qui n'aurait pas été un peu dérangé après un drame pareil, hein ? Tout le monde le pensait inoffensif… Il m'a naturalisé un daim une année. À dix andouillers ! J'avais jamais vu une bête aussi belle.

Il sort une autre cigarette, l'allume.

– Il faisait toujours un travail impeccable. En tant que taxidermiste, je veux dire.

– Et il s'appelle comment ?

J'avale une plus grande bouffée de tabac. Mes mains tremblent, la cigarette frémit entre mes lèvres.

– Marcus Barnes, mais j'ai toujours entendu les gens l'appeler Scotland.

35

Finch. Je regagne le Bronco en chancelant. Le soleil m'étourdit, et mon cerveau essaie de digérer toutes ces informations, mais peut-être qu'il en est incapable. Parce que c'est trop, là. Si c'est vrai. S'il a bien fait ça. Les implications. Et au centre de tout ça, cette question : pourquoi ?

Mais avant toute chose : Finch.

Marie et elle sont en train de vider la cabane, à moins qu'elles n'aient déjà fait leurs valises et ne soient en route vers M. et Mme le Juge, je ne pourrai jamais les rattraper et alors quoi ? Je rentrerai à la cabane et je vivrai là tout seul jusqu'à la fin de mes jours ? Ou j'enlèverai Finch ? Une nouvelle fois ?

Je n'aurais pas dû la laisser. Alors qu'elle me suppliait de rester en sanglotant, qu'elle m'a couru après. Quel genre de père inflige ça à sa fille unique, l'amour de sa vie, le centre de son univers ? J'aurais dû lever le camp, comme Scotland me l'avait suggéré. Partir. Me planquer. Vivre dans une grotte, camper jusqu'au prochain hiver. Je n'aurais pas dû l'abandonner, et peut-être que maintenant je l'ai perdue à tout jamais ?

Je roule vite, je ne devrais pas en demander autant au moteur du vieux Bronco. Il vrombit et chauffe, la température grimpe et il pourrait bien cramer, mais aucune importance. Rien n'a plus d'importance à part Finch. Je longe les petites maisons. Ralentis à la hauteur de la station-service, dont le parking est plein. Je ne l'avais pas remarqué à l'aller. Il y a deux camionnettes blanches avec les noms de chaînes de télévision sur les côtés. Trois voitures de police. Des gens tout autour des véhicules. J'essaie de détourner le regard.

Je m'engage sur la route de gravier, je suis encore à des kilomètres de la cabane, je ralentis un peu. L'argile est bruyante sous les pneus, la poussière vole dans mon sillage. Je guette la voiture de Marie qui viendrait à ma rencontre. J'espère ne pas arriver trop tard.

Enfin j'atteins le portail. Fermé. Ce qui pourrait signifier qu'elles ne sont pas encore parties. Elles prennent leur temps peut-être. Finch a fait une crise ou traîne les pieds. Les deux sont envisageables. Ou alors au contraire elles ont détalé au plus vite. Elles ont pensé à refermer le portail derrière elles et elles sont déjà loin. La panique monte, mais je me force à rester concentré. Rentrer. Inspirer, expirer. C'est son nom qui me guide. Inspire, expire : Finch, Finch.

Je prends le dernier virage, et la cabane surgit devant moi, Finch est assise sur les marches du perron, occupée à enrouler de la ficelle autour du manche de l'un de ses couteaux en os. Quand elle me voit, elle se lève et s'élance vers le 4 × 4. Je coupe le contact, et je cours à sa rencontre pour la soulever dans mes bras et la serrer très fort sur mon cœur.

– Tu es revenu, dit-elle en se blottissant contre moi, en s'agrippant à moi.

Une larme déborde et dévale en zigzag sur sa joue. Sa lèvre tremble.

– Je savais que tu reviendrais.

– Ça n'aurait pas dû… se passer comme ça.

Je bute sur les mots.

– Il y a eu du changement.

Elle s'écarte et penche la tête sur le côté.

– Est-ce que ça va ?

Marie accourt à son tour. Désemparée, inquiète.

– Qu'est-ce qui s'est passé ?

Je pose Finch.

– Je crois que Scotland a parlé de la fille à la police. Je crois qu'il s'est chargé de conduire les enquêteurs sur les lieux.

Finch se mordille la lèvre.

– Est-ce que les gens continuent à nous chercher, toi et moi ?

– Je ne sais pas.

Elle jette un coup d'œil à Marie.

– Mais je croyais que comme la fille nous avait pris en photo, on n'était plus en sécurité. Que des gens partiraient à notre recherche…

Comment formuler, comment expliquer ?

– J'ai l'impression qu'il s'est occupé de ce problème aussi.

Finch donne un coup de pied dans une pierre.

– Comment ?

– C'est une longue histoire, disons que je crois qu'il a trouvé un moyen de nous protéger. De faire en sorte qu'on puisse rester ensemble. En se sacrifiant, lui. Écoute, je dois aller vérifier un truc.

Je file vers la cabane. Si c'est vrai, si l'homme avait raison au sujet des preuves fournies par Scotland, alors mes plaques et la dent de Finch ne seront plus dans la boîte en fer.

Je pousse la porte, fonce vers la cuisinière et attrape la boîte sur l'étagère. Je tire sur le couvercle et un morceau de papier plié s'en échappe, tombe par terre. Je le ramasse. Une lettre.

Cher Cooper,

Si tu lis ces mots, c'est que tu es revenu, ce qui signifie que tu es allé en ville pour parler de Casey Winters au shérif et que tu es au courant que j'ai pris la décision d'aller trouver la police. J'imagine que tu envisages maintenant d'y retourner pour rétablir la vérité et me sauver, parce que, même si tu sembles incapable de t'en rendre compte, tu es quelqu'un de bien, tout au fond, Cooper.

Quand la police verra le campement et le corps, elle comprendra ce qui est arrivé à Casey Winters, je suis confiant. Et entre ma « confession » et les preuves que je leur ai apportées, ils devraient avoir suffisamment d'éléments pour clore définitivement le dossier vous concernant, Finch et toi. En d'autres termes, plus besoin de filer vous planquer dans le cellier. De vous cacher.

Je sais que pour le moment tu trouves injuste que j'assume ce fardeau à ta place. Mais Cooper, il y a un terme pour parler d'une faveur accordée ainsi, sans être due. « Grâce ». Et le principe de la grâce, c'est qu'on ne la mérite pas. On ne peut rien faire pour l'obtenir. On doit seulement l'accepter. Ou pas.

J'ai pris ma décision en connaissance de cause, et je n'ai aucun regret. Agir ainsi pour toi, et pour Finch, constitue un immense honneur ; c'est ma dernière volonté, et j'espère, je prie pour que tu décides de la respecter.

Ton voisin et ami,
Marcus Scotland Barnes

PS : « Il n'y a pas de plus grand amour que de donner sa vie pour ses amis. » Jean XV, 13.

PPS : Désolé d'avoir pris la dent de Finch. Je ne voyais pas d'autre moyen.

Bon.

Je replie la lettre. La range dans ma poche. Cherche les plaques et la dent. Évidemment, elles ne sont plus là. Puis je marche. Je m'enfonce entre les pins gris, mes pieds ne font aucun bruit sur les aiguilles brunes et molles. Je franchis la butte derrière la cabane, j'avance vite, sans savoir où je vais, sans but, et pourtant en chemin je me rends soudain compte que j'ai pris la direction de la vallée.

Scotland. Toutes ces fois où il a surgi dans la clairière. Tous les cadeaux qu'il a apportés à Finch. Les os et les crânes, d'un blanc luisant. Ses dermestes du lard. Les tatouages sur ses bras. Les versets de la Bible aussi. Tout ce que je l'avais imaginé être. Toutes ces choses que j'ai dites et pensées, que j'ai voulu lui faire. J'étais tellement, tellement, tellement à côté de la plaque. Me suis-je vraiment trompé sur son compte pendant tant d'années ?

J'atteins le point culminant, me fais tout petit. Dans la vallée, toute une tripotée de gens à l'œuvre. Garés un peu à l'écart, à un endroit où la terre est assez compacte, deux pick-up et une Jeep, celle du shérif qui se trouvait à la station-service quand nous avons fait notre opération d'approvisionnement, Finch et moi, et qui a donné sa carte à Marie le jour où nous nous cachions dans le cellier. La scène de crime – le corps n'est plus là – est délimitée par un ruban jaune. Mes yeux scrutent l'assemblée, à la recherche de Scotland. Enfin, à l'arrière de l'un des pick-up, j'aperçois la silhouette d'une personne assise, derrière une vitre entrouverte pour laisser entrer un peu d'air frais. C'est forcément lui.

Je m'effondre par terre. Sors la lettre de ma poche, la déplie et la relis, pour essayer de donner du sens à tout ça. J'aimerais tellement pouvoir effacer toutes ces années où je l'ai regardé de travers, insulté, où je me suis mis en colère parce qu'il réussissait toujours à nous prendre au dépourvu en arrivant par surprise.

Un bruissement de feuilles à proximité. Mon cœur bondit dans ma gorge.

Le cri d'un engoulevent.

Finch émerge des arbres, transpirante et essoufflée. Elle s'affale à côté de moi.

– Tu vas trop vite pour moi.

– Comment tu as su où me trouver ?

Elle hausse les épaules.

– Tu aurais pu aller où sinon ?

Je passe mon bras autour de ses épaules et je l'attire vers moi. Nous restons assis là, en silence, adossés à un rocher. Le vent se lève, courbe la cime des arbres au-dessus de nos têtes.

Je repense à ce que j'ai vu au campement. La poêle pleine de sang, la plaie. Il est fort probable que l'ADN du petit copain soit présent partout et que Scotland soit blanchi dans le dossier Casey Winters. Plus loin dans la vallée, à l'endroit où l'ancienne route forestière se termine, une ambulance est garée, et deux hommes chargent une civière avec une housse noire.

– Il est en bas ? finit par demander Finch.

– J'ai aperçu quelqu'un à l'arrière d'un des véhicules. Je crois que c'est lui.

– Cooper ?

– Oui ?

– J'ai beaucoup aimé le poème que tu m'as choisi.

– Je suis content alors.

Pendant un long moment, nous redevenons silencieux. Puis Finch se lève, chasse les aiguilles de pin sur son pantalon.

– Tu es prêt à rentrer ? demande-t-elle en me tendant la main. Marie nous attend.

J'ai toujours été convaincu que si une chose était écrite, et qu'elle n'advenait pas la première fois, alors on avait une seconde chance. Mais je n'ai jamais eu l'audace de croire à la possibilité d'une troisième ou même d'une quatrième chance. D'imaginer que le monde pourrait vous offrir un peu de bonheur après vous avoir, toute votre vie, accablé de peines, comme s'il avait changé de position sur celui que vous êtes et sur ce que vous méritez. Appelez ça comme vous voulez : chance, karma ou, peut-être davantage, grâce.

Je me relève et jette un dernier regard vers l'endroit de la vallée où, il y a à peine plus d'une semaine, une jeune fille est entrée dans nos vies. L'ambulance qui contient son corps s'éloigne, le blanc de la carrosserie et les lumières du gyrophare s'évanouissent entre les pins. Le pick-up où se trouve Scotland reste garé à sa place, et j'aperçois encore sa silhouette sur la banquette arrière.

– Merci, marmonné-je.

Et même si je sais qu'il ne peut pas m'entendre, j'espère que, d'une façon ou d'une autre, il sentira que j'ai accepté son cadeau. Avec gratitude.

Finch me tend la main, et je la fais disparaître dans mon immense paume. Des jours, des jours et encore des jours. C'est ce que je pensais ne plus avoir, et maintenant ils sont de retour. Nous marchons lentement, Finch et moi, nous retraversons le bosquet de pins. Au moment où nous allons atteindre la clairière, elle s'arrête, retient son souffle. Elle pointe son doigt droit devant, sur notre clairière, et me montre Marie, sur les marches du perron, bras grands ouverts, qui appelle doucement un oiseau noir avec un fil rouge à la patte, qui tourne dans les airs et semble envisager de se poser. Un corbeau.

ÉPILOGUE

Je suis presque arrivée maintenant, la voiture que mes grands-parents m'ont offerte pour fêter mon diplôme du secondaire proteste sur la longue route de gravier qui conduit à la maison. Je me rapproche et je la sens – l'attraction des bois. Le murmure de la rivière, les pins qui se balancent très haut, les chênes qui déploient leurs feuilles. Les oiseaux et leurs chants familiers. Tous me font signe. Même après ma première année de fac, passée chez mes grands-parents, ces bois où j'ai rampé, marché, couru et escaladé restent le seul endroit à m'offrir un répit face au bruit du monde. C'est l'endroit où, ainsi que Jake l'aurait apparemment dit à Marie au sujet de mon père, et ainsi que mon père me l'a dit, lui, plus tard, je peux reprendre pied.

Cooper me guettera. Marie aussi. L'année de mes onze ans, elle nous a fait asseoir à table, Cooper et moi, pour nous dire qu'elle nous demandait notre bénédiction pour vendre la maison de Jake et emménager ici, avec nous. Un mois plus tard, elle est arrivée avec ses affaires et trois caisses de livres. Nous avons organisé un mariage à trois, Cooper et elle ont échangé leurs vœux.

C'est Marie qui a largement contribué à préparer le terrain pour ma découverte du vaste monde, au-delà de la cabane. J'avais quatorze ans la première fois qu'elle a abordé le sujet. Elle a notamment souligné les avantages qu'il y aurait à tirer de mes liens avec mes grands-parents. Mon père n'a pas cédé avant mes seize ans, ce qui, connaissant la sagesse de Marie dans ce domaine, était sans doute son objectif dès le début.

Peut-être que les seize années qui s'étaient écoulées depuis qu'ils nous avaient perdues, ma mère et moi, les avaient adoucis. Ou alors, peut-être que mes grands-parents n'avaient jamais été aussi cruels et inaccessibles que mon père le croyait. Ça a été un choc au début, bien sûr. Pour nous tous. Mais il faut bien dire qu'à cet âge j'étais de plus en plus en demande d'explications, de liens avec le monde extérieur, et j'étais prête à affronter toutes les gênes qui pourraient en découler. Ainsi que Cooper l'avait prédit, il ne leur a pas fallu longtemps pour m'accepter. Ils ont été gentils avec moi. Ils le sont encore. Nous nous sommes mis d'accord pour ne jamais mentionner mon père, et ça a aidé.

L'année où j'ai fait la connaissance de mes grands-parents, je me suis inscrite au lycée le plus proche, où Marie travaillait comme bibliothécaire depuis mes treize ans. Je suis entrée en première. J'ai adoré l'enseignement ; en revanche, pour être honnête, j'ai détesté cet endroit. Scolairement, je m'épanouissais. Socialement, c'était beaucoup plus compliqué. Ma grand-mère m'avait pourtant aidée en me fournissant des tenues à la mode, du maquillage, et en m'offrant une coupe de cheveux, mais je n'ai jamais réussi à trouver ma place. Ça va mieux à la fac. Les gens sont plus indulgents qu'au lycée, moins enclins à critiquer. Ils s'intéressent à mon éducation originale, et ils comprennent que certains endroits puissent être parfois trop bruyants pour moi, trop animés, et que j'éprouve le besoin de m'échapper.

Certains jours, je me surprends à penser à la fille de la forêt. Pas souvent, mais parfois. Ça fait plus de dix ans maintenant, et je me demande encore quelle vie, dans les bois ou ailleurs, elle aurait pu vivre... Serions-nous devenues amies ? Combien de temps serait-elle restée ? De temps en temps, aujourd'hui encore, je l'imagine sous les traits de la Daphné d'Ovide qui, au moment où Apollon s'apprêtait à l'enlever, s'est échappée de ses mains puissantes pour se métamorphoser en laurier.

Je pense plus souvent à Scotland, le voisin de mon enfance, un homme dont les traits se sont brouillés dans ma mémoire au fil des années, même si j'ai essayé de les retenir. Quand j'avais douze ans et que je me souvenais encore parfaitement de lui, mon père m'a dit la vérité sur ce qu'il avait fait. J'ai eu du mal à encaisser cette révélation. Je n'ai pas dit au revoir à Scotland, je n'ai pas pu le remercier, et savoir ce qu'il était devenu pesait terriblement sur ma conscience. Pendant longtemps, ça a été un poids, pourtant avec le temps Cooper et Marie m'ont aidée à comprendre que Scotland n'aurait jamais voulu ça pour moi. Et qu'au contraire, accepter son don, vivre la vie qu'il avait souhaitée pour nous, c'était une façon d'honorer non seulement ses dernières volontés mais aussi son sacrifice. Marie m'a conseillé de m'en remettre aux propres mots de Scotland : *Et le principe de la grâce, c'est qu'on ne la mérite pas. On ne peut rien faire pour l'obtenir. On doit seulement l'accepter. Ou pas.*

Ces derniers temps, je me suis beaucoup interrogée sur la décision de mon père de m'enlever à mes grands-parents et de m'emmener dans les bois. Aurais-je fait pareil ? J'aime penser que je suis moins impulsive, cependant peut-être que si j'étais sur le point de perdre la seule chose à laquelle je tiens dans cette existence je me surprendrais. J'ai réfléchi, aussi, à l'enfance que j'aurais pu avoir dans l'immense demeure de mes grands-parents – toutes les personnes qui seraient entrées dans ma vie puis ressorties, l'abondance de jouets et de vêtements, toutes les opportunités à portée de main –, ponctuée de visites occasionnelles à mon père.

Je ne regrette jamais de ne pas avoir eu cette vie-là.

Je me gare dans la clairière et coupe le moteur. Cooper m'attend sur le perron en taillant un bout de bois. Il pose le couteau à côté de lui et se lève. Des étourneaux se sont posés dans l'herbe entre nous, picorant des graines ou peut-être des miettes que Marie leur aurait jetées. Je descends de voiture et je prends un moment pour observer. Je fais un pas vers la cabane, et ensuite – je ne saurais dire pourquoi, et j'ai bien conscience, à dix-neuf ans, d'être trop grande pour ça, pourtant l'envie s'empare de moi et je ne lui oppose aucune résistance – je me mets à courir vers les étourneaux. Ils s'envolent, le bruit de leurs ailes semblable à mille cœurs qui palpitent, tourbillonnant d'abord sans ordre, puis montant au-dessus de nos têtes, une centaine de points noirs qui jaillissent dans un immense ciel bleu : distincts mais aussi liés par une sorte d'union magique, s'élevant toujours plus haut avant de disparaître.

REMERCIEMENTS

La rédaction de ce roman a été une véritable entreprise spirituelle pour moi. J'ai passé d'innombrables heures à prier, marcher dans les bois et ordonner les histoires de ces personnages. Puis est venu, enfin, le temps de faire entrer dans la bergerie d'autres lecteurs, et ce texte est, à l'heure de sa publication, passé entre de nombreuses mains. Je tiens à exprimer ma gratitude la plus sincère à tous ceux qui m'ont aidée avec générosité à faire de ce livre ce qu'il est aujourd'hui.

À ma chère amie et première lectrice de toujours, Bethany Spicher Schonberg, qui, bien avant que d'autres yeux se posent sur cette histoire, l'a lue et m'a dit qu'elle était bonne. Je te suis profondément reconnaissante pour tes conseils littéraires et ton amitié, et pour les délicieux légumes aussi.

À Beth Loretto et Lauren Salinas, merci d'avoir accepté de vous pencher sur un manuscrit mal dégrossi au tout début et de m'avoir donné votre avis. Je vous remercie pour votre temps et votre soutien.

À Heather Holleman, qui a lu et planté l'idée que l'histoire ne devait pas se terminer là où elle se terminait. Tu es toujours un phare d'encouragement et de sagesse pour moi.

À mes lectrices plus tardives, Megan Bridgwater et Corrie Passavant, qui, en dépit de leurs nombreux engagements, ont accepté de lire une dernière version très rapidement. Mais, surtout, merci pour votre affection et votre amitié de toujours.

À mon agent, Amy Cloughley, qui a lu, relu et re-relu. Tu m'as offert ta patience et ta sagesse à chaque étape, et j'ai une chance infinie de t'avoir à mes côtés.

À Sarah Grill, extraordinaire éditrice, dont les efforts inlassables pour améliorer ce livre et le niveau élevé d'exigence ont fait de moi une meilleure écrivaine. Merci d'avoir cru en moi et d'avoir adopté ce texte avec tant d'énergie.

Merci à Terry McGarry, dont l'incroyable attention au détail m'a permis de débusquer mes oublis et erreurs.

Merci aussi au reste de l'équipe chez Minotaur – Kelley Ragland, Andrew Martin, Paul Hochman, Allison Ziegler, Hector DeJean, David Rotstein, Lisa Davis et Cathy Turiano –, qui ont accueilli ce roman avec tant d'enthousiasme et de chaleur.

À mon ami qui a relu les passages sur la guerre contre le terrorisme : merci de m'avoir aidée à rendre cette expérience avec une plus grande fidélité. Merci, encore plus, pour tes nombreuses années au service de notre pays et pour les innombrables sacrifices consentis en chemin.

À mes parents, qui ont toujours cru en moi et qui ne m'ont jamais conseillé d'envisager un métier plus stable ou utile.

À mon mari, Chris, qui a cru à ce livre dès le tout début, mais qui a surtout accepté qu'en tant qu'écrivaine, je choisis souvent de passer du temps avec des personnages de fiction plutôt qu'avec lui. Merci de m'aimer et de m'encourager dans ma voie.

À Hudson et Holt, qui ont inspiré de si nombreuses scènes et phrases de ce roman. Vous serez toujours ce que j'ai créé de plus attachant et de plus remarquable.

Soli deo gloria. À Dieu seul la gloire.

COMPOSITION ET MISE EN PAGES
NORD COMPO À VILLENEUVE-D'ASCQ

ACHEVÉ D'IMPRIMER CHEZ FIRMIN DIDOT
EN MAI 2022

N° d'impression : 170508
Dépôt légal : mars 2022
Imprimé en France

MICHELLE VOGT

WAND PILATES

Das GEHEIMNIS *eines* SCHLANKEN & GESUNDEN KÖRPERS

Schnell zur Traumfigur mit einfachen Übungen für zuhause – Mehr Stabilität, Kraft und Flexibilität

IMPRESSUM

Deutschsprachige Erstausgabe August 2023

Traumfeder Verlag | Ilias Stefanidis
Alfred-Heinze-Str. 14
58513 Lüdenscheid

Covergestaltung und Satz: Wolkenart - Marie-Katharina Becker,
www.wolkenart.com

Lektorat:Ilias Stefanidis
Korrektorat:Ilias Stefanidis
Herstellung und Verlag: Traumfeder Verlag

1. Auflage

ISBN: 978-3-9825687-0-6